Brigitte Bialojahn
Schwarzer Afghane

D1735785

Brigitte Bialojahn

Schwarzer Afghane

Kriminalroman

edition fischer

Die Handlung dieses Romans sowie die darin vorkommenden Personen sind frei erfunden; eventuelle Ähnlichkeiten mit realen Begebenheiten und tatsächlich lebenden oder bereits verstorbenen Personen wären rein zufällig.

Bibliografische Information der Deutschen Nationalbibliothek
Die Deutsche Nationalbibliothek verzeichnet diese Publikation in der Deutschen Nationalbibliografie; detaillierte bibliografische Daten sind im Internet über http://dnb.d-nb.de abrufbar.

© 2010 by edition fischer GmbH
Orber Str. 30, D-60386 Frankfurt/Main
Alle Rechte vorbehalten
Schriftart: Palatino 11°
Herstellung: efc / NL
Printed in Germany
ISBN 978-3-89950-533-7

Für Katharina

Personen:

Lucca Bork	Fotografin und Archäologin
Mona Siebert	Ärztin mit einem Faible für Traditionelle Chinesische Medizin
Anna Lausen	Tierärztin
Charlotte Kuhn	Juristin
Karina Rothers	Journalistin
Alana Raesfeld	Zahnärztin, älteste Freundin von Charlotte und mit Stephan verheiratet
Stephan Raesfeld	Jurist, Ehemann von Alana
Diana Schwarze	Tierpsychologin, Hundezüchterin
Susanne Reiners	Kriminalbeamtin
Dörte Wagner	»rechte Hand« von Diana Schwarze
Hans Bork	Luccas Vater

Es war Freitag und der traditionelle Freitagabendtreff der Freundinnen fand heute bei Lucca statt. Die Freundinnen Anna, Charlotte, Mona und Lucca kannten sich seit der Studienzeit, die sie zwar in unterschiedlichen Studiengängen, aber unter anderem in gemeinsamen Gremien verbrachten. Sie hatten sich fast gleichzeitig kennengelernt und nach kurzer Zeit waren die regelmäßigen Treffen Tradition. Nur selten hatte eine von ihnen in den vergangenen Jahren ein Treffen verpasst. Mona hatte einige Monate in China verbracht und sich dort mit traditioneller chinesischer Medizin beschäftigt. Während ihres Medizinstudiums hatte sie einen Kommilitonen aus Peking kennengelernt, der sie für die Möglichkeiten der Akupunktur begeisterte. Während der Zeit des Chinaaufenthaltes schrieb sie mindestens einmal wöchentlich ihren Freundinnen und blieb so in dem von ihr geschätzten engen Kontakt, denn sie konnte sicher sein, dass an jedem Freitagabend eine liebevolle und aufmunternde Antwort verfasst wurde.

Mona bereitete in Luccas Küche mit Anna das Abendessen vor. Anna hatte Tiermedizin studiert und sich seit einiger Zeit in eigener Praxis auf Windhunde, deren besondere Bedürfnisse und Krankheiten spezialisiert. Sie interessierte sich auf Grund Monas Einflusses sehr für alternative Heilmethoden und verband diese immer wieder mit der tierärztlichen Schulmedizin. Anna hatte sich einen sehr guten Ruf erarbeitet und ihr wurden inzwischen vierbeinige Patienten aus dem gesamten Bundesgebiet vorgestellt. Züchter der verschiedensten Windhunderassen legten großen Wert auf ihre Meinung und ließen ihre kostbaren Hunde von Anna behandeln.

Als draußen ein Wagen in die Auffahrt einbog, blickten die beiden Freundinnen zur Tür, aber statt ihrer Gastgeberin, die immer noch nicht aufgetaucht war, trat Charlotte in die große Küche.

»Hm, das riecht ja köstlich. Backst du eines deiner berühmten Brote, Mona?«

Mona nickte Charlotte zu »Ja, dort drüben liegt es und kühlt aus.«

Charlotte arbeitete als Juristin für eine große Kölner Kanzlei und hatte sich auf Lizenzen und Patente spezialisiert. Sie war in der ganzen Welt unterwegs, sprach fließend Englisch, Spanisch, Italienisch und Französisch und lebte eigentlich nur aus dem Koffer.

Charlotte blickte sich suchend um »Wo sind Lucca und Pepper?«

Pepper war Luccas riesiger Irischer Wolfshund, an dem allerdings nur die Größe Furcht einflößend war. Vor drei Jahren war Pepper ein todgeweihter Hund, als er Anna von seinem Besitzer mit hohem Fieber und einem damit verbundenen Kreislaufkollaps gebracht wurde. Der Halter wollte ihn einschläfern lassen und hatte sich bei einer Züchterin schon einen neuen Wolfshund bestellt. Anna sah noch Chancen für den Hund und redete so lange auf den Besitzer ein, bis dieser ihr den Hund und alle weiteren Entscheidungen überließ. Lucca, die in dem Moment in der Praxis der Freundin erschien, als der Mann diese hastig verließ, verliebte sich augenblicklich in den schwerkranken Hund und wich ihm eine ganze Woche tags und nachts nicht von der Seite. Dann hatte Anna es tatsächlich wieder mal geschafft und Lucca nahm Pepper mit nach Hause.

»Sieht so aus, als wäre Pepper noch mit Lucca unterwegs. Beide sind hier noch nicht aufgetaucht«, antwortete Anna auf Charlottes Frage. »Und ich glaube auch nicht, dass sie noch nebenan im Atelier sind, denn Luccas Auto steht nicht in der Garage.«

Es war nicht ungewöhnlich, dass Lucca erst kam, wenn ihre Freundinnen schon da und in voller Aktion waren. Sie wurde manchmal länger als geplant bei Fototerminen aufgehalten oder saß noch in der Dunkelkammer, um einen Auftrag in der gesetzten Zeit abzuwickeln. Alle Freundinnen wussten wo der Hausschlüssel lag, um nicht wie bestellt und nicht abgeholt vor der verschlossenen Tür warten zu müssen.

»Na gut, dann werde ich mal den Tisch decken. Die beiden werden ja sicherlich jeden Augeblick auftauchen.« Charlotte schnappte sich Besteck und Geschirr und setzte ihren Vorsatz in die Tat um.

Alle hörten den Volvo kommen, eine Tür und die Heckklappe schlugen zu, die Tür öffnete sich so weit, dass Pepper hereinkommen konnte, und Lucca rief: »Hi Mädels, holt euch schon mal Wein aus dem Keller, ich springe schnell unter die Dusche und bin frisch wie der junge Frühling gleich bei euch.« Dann war die Tür zu und sie hörten, wie Lucca, zwei Stufen der Treppe gleichzeitig nehmend, in das obere Stockwerk stürmte.

Mona konnte sich nicht verkneifen zu sagen, dass Lucca wohl nicht gesellschaftsfähig sei, weil ihr der Geruch einer anderen Frau anhaftete.

Diese Bemerkung führte dazu, dass Charlotte betont beiläufig fragte, wer denn derzeit in Luccas Gunst oben stünde. »Ist es etwa immer noch diese unanständig gut aussehende Karina Rothers?«

»Ich habe noch nichts anderes gehört«, meinte Anna, die allerdings nicht immer auf dem Laufenden war, was das Liebesleben ihrer diesbezüglich sehr umtriebigen Freundin betraf.

Mona, die wusste, dass Lucca sowohl mit Karina als auch mit Charlotte schlief, schwieg, um die Stimmung bei Charlotte nicht weiter anzuheizen. Stattdessen ging sie in den Keller, um den reichhaltigen Weinvorrat um einige seiner besten Tropfen zu erleichtern.

Als sie wieder nach oben kam, hörte sie Lucca auf der Treppe und beide trafen sich vor der Küche. »Na Schätzchen, enges Timing, hm?«

Lucca grinste Mona an und küsste sie auf die Wange. Lucca konnte unwiderstehlich sein, wie Mona aus eigener Erfahrung wusste. Sie war vor sieben Jahren hoffnungslos in Lucca verliebt gewesen. Sie hatten eine kurze heftige Affäre gehabt, die nach zwei Wochen von Lucca beendet wurde, weil sie anderweitig auf der Jagd war.

Als Freundin war sie treu wie Gold, als Geliebte war sie wie ein Hurrikan, der über einen hinweg tobte und unterschiedliche Verwüstungen hinterlassen konnte. Mona wollte lieber auf den gemeinsamen Sex, aber nicht auf ihre Freundschaft verzichten, und so wurden sie wieder das, was sie vorher waren: Freundinnen.

Als Mona und Lucca in die Küche kamen, saßen Anna und Charlotte am Kachelofen, zu ihren Füßen lag Pepper, der kurz und heftig mit der Rute auf den Boden klopfte, als er Lucca sah.

»Na, dann mal zu Tisch, Mädels«, forderte Lucca ihre Freundinnen auf und setzte sich an den großen Eichentisch, der mit seinen sechs Stühlen einen nicht unerheblichen Teil der Küche füllte.

»Wie oft soll ich dir noch sagen, dass ich kein Mädel, sondern eine Frau bin?«, fragte Charlotte gereizt, die auf den ersten Blick die selbstzufriedene Ausstrahlung Luccas wahrgenommen hatte. Sie kannte dieses Lächeln, das sich nach vollzogenem Sex in Luccas Mundwinkeln festsetzte. So sehr Charlotte dieses Lächeln liebte, wenn sie selbst der Grund dafür war, so sehr hatte sie jetzt mit Wut und Enttäuschung zu kämpfen. Lucca fragte nie danach, was es für sie bedeutete, zu wissen, dass sie nicht die einzige Frau in ihrem Leben war. Mit ihrer Offenheit was ihre Beziehungsgestaltung betraf, gab Lucca die Verantwortung für den Gefühlswirrwarr an die jeweilige Partnerin ab und machte munter weiter.

Charlotte hätte Lucca am liebsten den Wein in das grinsende Gesicht geschüttet, aber Mona, die mitbekommen hatte, in welchen Gefühlsstrudel ihre Freundin geraten war, bat diese, ihr zu helfen, den Salat, die Lasagne und das selbst gebackene Brot auf den Tisch zu tragen.

Sie kamen an den Tisch, als Anna fragte, wie weit Luccas Ausstellungspläne für die Galerie Ziesel in Köln fortgeschritten waren.

»Ich kann die Vorbereitungen erst abschließen, wenn ich den neuen Auftrag erledigt habe. Ich mache für ein Frauenmagazin die Fotos zu der Homestory über Diana Schwarze. Die scheint im Augenblick sehr angesagt zu sein. Kennst du sie eigentlich, Anna?«

»Wer kennt nicht Diana Schwarze, *die* Tierpsychologin und Züchterin von berühmten Afghanen. Ganz nebenbei gesagt, betreue ich ihre Hunde tiermedizinisch, von der Impfung angefangen bis hin zur Begleitung auf Großevents wie zum Beispiel der Welthundeausstellung nächsten Monat in Dortmund. Diese Frau ist ein Guru und ständig von so genannten Fans umlagert, die ihr jedes Wort von den Lippen saugen und sie anhimmeln.«

»So wie deine Augen glänzen, könnte man auf die Idee kommen, dass du sie auch anhimmelst.« Mona war eine sehr aufmerksame Beobachterin, der so leicht nichts entging.

»Sie ist einfach eine faszinierende Frau« versuchte sich Anna matt zu verteidigen.

»Na, ich werde wonderwoman ja dann auch bald kennenlernen.« Lucca lehnte sich in ihrem Stuhl zurück.

»Wer macht denn den Text zu der Homestory?«, fragte Charlotte.

»Karina Rothers«, war die knappe Antwort.

»Na, wenn du dann mal überhaupt zum Fotografieren kommst. Wahrscheinlich klemmst du mehr zwischen den Beinen dieser Frau als sonst was.« Charlotte schaute Lucca nicht an, sondern füllte sich ihr Weinglas.

Lucca antwortete nicht, sondern fragte Anna: »Was ist Diana Schwarze denn für eine Frau? Ich habe bislang noch nie von ihr gehört, muss ich gestehen.«

Während die anderen der köstlichen Lasagne zusprachen, erzählte Anna was sie wusste. »Ich habe sie vor einem Jahr kennengelernt, als sie mit ihren Hunden in die Nähe von Köln zog. Sie bewohnt ein großes Haus, in dem sie Seminare zu den verschiedensten hundepsychologischen Themen durchführt und ihre Afghanen züchtet. Sie hat vor allen Dingen Showhunde ...«

»Showhunde?« Monas linke Augenbraue schoss nach oben.

»… ja, Showhunde im Gegensatz zu den Rennhunden. Showhunde sind in der Regel nicht so schnell, sie zeigen sich halt lieber auf Ausstellungen und wollen bewundert werden, während das Herz der Rennhunde für die Rennbahn schlägt.«

»Na ja, sind Afghanen nicht eher langsam?«, warf Lucca ein.

»Ja, du hast Recht, die schnellsten Windhunde sind die Greyhounds. Diana Schwarze hat Afghanen, die sie auch manchmal bei Rennen laufen lässt. Ihre Hunde kommen allerdings nur unter ferner liefen ins Ziel, dafür ist sie als Züchterin um so erfolgreicher und es geht ihr bei den Veranstaltungen nur darum, gesehen zu werden und Kontakte zu knüpfen. Wirklich intensiv engagiert sie sich bei den Hundeausstellungen.«

»Hochinteressantes Thema, noch so eine Superfrau.« Charlotte spielte auf Karina an.

Lucca legte ihre Hand auf Charlottes Unterarm:»Charlotte, bitte.« Ihre Stimme war weich und schmeichelnd und verfehlte prompt nicht ihre Wirkung. Charlotte schaute Lucca an und hielt sich an ihren Augen fest.

Sie entspannte sich leicht und atmete tief aus.»Ich wollte euch übrigens von dem genialen Angebot erzählen, das mir meine Kanzlei gemacht hat. Ich soll ein Jahr in New York in unserer Partnersozietät mitarbeiten, bei erfolgreicher Arbeit wird der Aufenthalt möglicherweise verlängert.«

Die Freundinnen zeigten sich begeistert und der Abend verging damit, sich den Aufenthalt im Big Apple vorzustellen und Pläne zu schmieden, wann wer wie und wie lange Charlotte besuchen käme.

Mona und Anna verabschiedeten sich gegen 23 Uhr. Charlotte blieb und hörte sich zu Lucca sagen:»Ich möchte,

dass du mit mir nach New York gehst. Du kannst dir auch dort ein Atelier einrichten und arbeiten.«
Statt eine Antwort zu geben, küsste Lucca sie und beide gingen nach oben ins Schlafzimmer. New York war kein Thema mehr.

———————

Lucca hatte Karina Rothers abgeholt und sie machten sich gemeinsam auf den Weg zu Diana Schwarze.
»Ich habe ungefähr so viel Lust zu dieser Geschichte, wie eine Katze zum Salzlecken«, Karina stöhnte auf und suchte in ihrer großen Umhängetasche nach dem Diktiergerät. »Ich mag keine Hunde und ich mag keine Hundezüchter. Und was ich von dieser Hundepsychologienummer halten soll, weiß ich auch noch nicht. Wenn Leute ihre Viecher nicht vernünftig erziehen können, sollten sie keine halten dürfen. Dann gäb's etliche Probleme weniger.«
Lucca grinste und schaute zu Karina rüber. »Warum machst du die Geschichte?«
»Ich konnte mir leider in letzter Zeit meine Aufträge nicht mehr so aussuchen, ich muss einfach im Geschäft bleiben.«
Karina legte Parfüm nach und nebelte den Wagen ein.
»Meine Güte«, Lucca wedelte mit einer Hand, »willst du in Konkurrenz zu den Duftnoten der Hunde gehen? Dann vergiss aber nicht, an der Grundstücksgrenze zu markieren, wenn wir da sind.«
»Lucca, du bist blöd!« Die Empörung hielt sich bei Karina allerdings in Grenzen. »Weißt du, wie du die Fotos anlegen willst.«

16

»Nein, ich kenne die Frau doch noch gar nicht und muss mir erst ein inneres Bild von ihr machen. Das dauert entweder 'ne ganze Weile, oder ich habe sofort Ideen. Es würde mir leichter fallen, wenn ich sie oder ihre Arbeit schon kennen würde. Na ja, lassen wir uns überraschen.«

Karina legte Puder nach »Ich habe gehört, dass sie eine echte Diva sein soll.«

»Na, dann bist du ja nicht alleine. Wir sind da.« Lucca bog in eine kleine Straße ab, an deren Ende ein großes schmiedeeisernes Tor die Weiterfahrt verhinderte. An dem Tor war ein Schild mit der Aufschrift *Diana Schwarze, Institut für angewandte Hundepsychologie* angebracht.

»Siehst du irgendwo eine Klingel oder ähnliches?« Lucca blickte sich suchend um. »Eine Kamera hat uns auf jeden Fall schon ins Visier genommen. Also vergiss nicht, nett zu lächeln.«

»Da drüben ist die Klingel.« Karina stieg aus und drückte den Knopf. Augenblicklich ertönte aus einem Lautsprecher eine Frauenstimme, die nach Namen und Anliegen fragte.

»Karina Rothers und Lucca Bork, wir haben einen Termin mit Frau Schwarze.«

Ohne eine Erwiderung schwang das Tor lautlos zur Seite, Karina stieg wieder in den Wagen und Lucca fuhr eine Kiesauffahrt hinauf. Am Haus zeigte ein Wegweiser mit der Aufschrift *Seminare* nach links. Die beiden Frauen sahen sich fragend an.

»Wir wollen kein Seminar besuchen, wir gehen ins Haus«, entschied Karina, die mit entschiedenem Schwung die Beifahrertür auffliegen ließ. Als auch Lucca ausgestiegen war, öffnete sich die Haustür und eine Frau, der man getrost das Attribut *Graue Maus* geben konnte, begrüßte sie.

Lucca überlegte noch, ob das die berühmte Diva war, als

vier Afghanen mit Gebell an der Frau vorbei auf sie zustürmten. Karina stand wie versteinert, ihr war anzusehen, dass sie von dieser Begrüßung nicht angetan war.

Aus dem Haus ertönte eine andere Stimme und die Hunde drehten sich prompt um und verschwanden. Die graue Maus, die sich mit Dörte Wagner vorstellte, bat sie einzutreten. »Bitte kommen Sie herein, Frau Schwarze erwartet Sie bereits.« Sie führte sie in ein Wohnzimmer, das auf der Rückseite des Hauses lag.

Es war ein großer heller Raum, der sehr sparsam möbliert war. Es gab einige ausgesuchte Accessoires, die einen ausgesprochen teuren Eindruck machten.

»Bitte nehmen Sie doch Platz. Darf ich Ihnen Tee, Kaffee oder kalte Getränke anbieten?«

»Danke, für uns beide Kaffee mit Milch ohne Zucker, bitte«, erwiderte Karina katzenfreundlich.

»Gerne.« Die graue Maus verschwand, um fast augenblicklich mit einem Servierwagen wieder zu erscheinen und den Gästen den gewünschten Kaffee zu reichen.

»Danke, Dörte. Ich übernehme alles Weitere. Du kannst gehen.« Diana Schwarze war unbemerkt eingetreten, gefolgt von einem der Hunde. Der schwarze Afghane ignorierte den Besuch und legte sich vor den Kamin auf einen Seidenteppich.

»Ich freue mich, dass Sie da sind.« Diana Schwarze ging mit ausgestreckter Hand auf Karina zu. Dann wandte sie sich mit einem Lächeln an Lucca:»Ich freue mich sehr, Sie persönlich kennenzulernen. Ich habe einige Ihrer Arbeiten gesehen und bin fasziniert von Ihrem Blick für Menschen.«

In Luccas Augen musste sich das berühmt-berüchtigte Leuchten gezeigt haben, denn die zierliche Frau hielt

Luccas Hand etwas länger fest und bedachte ihr Gegenüber mit einem Extralächeln.

Karina, die sofort mitbekommen hatte, dass ein Funke zwischen den beiden Frauen hin- und hersprang, räusperte sich und zog damit die Aufmerksamkeit von Diana Schwarze auf sich. Karina wurde mit einer Handbewegung in einen Sessel komplimentiert, während Diana Schwarze sich auf das Sofa setzte und Lucca bedeutete, sich neben sie zu setzen.

Während Karina den ersten Smalltalk zum Aufwärmen machte, sah Lucca sich dezent um. Vom Sofa aus hatte sie einen Blick über eine riesige Terrasse auf einen im englischen Stil angelegten Garten.

»Schauen Sie sich nur in Ruhe um und machen sich ein Bild.« Diana Schwarze lächelte Lucca an. »Ich zeige Ihnen später gern mein kleines Reich persönlich.«

»Danke.« Lucca stand auf. »Dann werde ich schon mal meine Utensilien aus dem Wagen holen, mich draußen etwas umsehen und die ersten Fotos machen. Wird es ein Problem mit Ihren Hunden geben, wenn ich hier rumlaufe?«

»Nein, machen Sie sich keine Sorgen.« Diana lächelte beruhigend.

»Ich kenne schwarze Afghanen, die reißen einem die Beine weg.« Lucca grinste und ihre Bemerkung amüsierte auch die beiden anderen Frauen.

Der Hund hob den Kopf und beobachtete Lucca, als diese zur Tür ging.

»Das ist übrigens *Nefertari*. Sie ist mehrfach als Worldchampion ausgezeichnet worden und meine erste Zuchthündin.« Stolz schwang in der Stimme von Diana Schwarze mit.

»Hi, Nefertari.« Die Hündin zeigte keine Reaktion auf Luccas Versuch, Kontakt aufzunehmen.

Lucca ging zu ihrem Wagen, nahm eine ihrer digitalen Spiegelreflexkameras heraus und überprüfte die Chipkarte. Sie interessierte sich nicht für das Haus und das Gelände. Sie wollte nur die Frau fotografieren und entsprechende Einstellungen zogen vor ihrem inneren Auge vorbei. Sie machte einige Alibiaufnahmen, wobei sie links am Wohnhaus vorbei ging. Sie kam zu einem zweistöckigen Anbau, vor dem ein großer Parkplatz angelegt war. Hier fanden also die Seminare statt.

Lucca ging zurück ins Haus und setzte sich wieder neben Diana Schwarze auf das Sofa.

Zwischen ihr und Karina herrschte eine angespannte Atmosphäre, die den Raum ausfüllte. Lucca fragte sich, wie Karina die Situation meistern würde. Die Voraussetzungen für eine gute Zusammenarbeit zwischen Karina und Diana Schwarze schienen denkbar schlecht zu sein. Beide Frauen taten sich offensichtlich schwer mit attraktiven Geschlechtsgenossinnen.

Diana Schwarze hatte als Gastgeberin alles unter Kontrolle und bemerkte sehr wohl, worauf der gereizte Unterton Karinas zurückzuführen war. Lucca hatte den Eindruck, dass Diana Schwarze die Situation genoss und sich geschickt in Szene setzte.

»Lucca, ich habe mir vorgestellt, dass Sie mich mit Ihrer Kamera hier in meinen Privaträumen, während eines Seminars und auf der nächsten Hundeausstellung begleiten. Ich hoffe, dass Ihre Termine das zulassen, denn das würde bedeuten, dass wir in der nächsten Woche viel Zeit miteinander verbringen würden.«

»Ja, Frau Schwarze …«

»Diana …«

»… ja, Diana, wir sollten uns über anstehende Events unterhalten und uns abstimmen. Vielleicht möchten Sie uns jetzt ein wenig herumführen, damit ich mir einen Eindruck über die Möglichkeiten verschiedener Aufnahmen machen kann?«

»Liebend gerne.« Diana Schwarze stand auf und deutete mit der linken Hand in den Raum. »Der Salon bietet sicherlich ein ansprechendes Ambiente. Ich schlage vor, ich zeige Ihnen nun die Räume für die Seminare und stelle Ihnen endlich meine anderen Hunde vor.«

Die drei Frauen traten durch die Eingangstür und gingen am Haus vorbei zu dem großen Anbau. Dörte Wagner schien sie bereits zu erwarten, denn die Tür öffnete sich wie von Geisterhand.

»Danke, Dörte.«

Sie standen in einem größeren Vorraum, der Platz für eine große Garderobe und verschiedene Sitzelemente bot. Links öffnete Dörte Wagner eine Doppeltür und sie traten in einen hellen Seminarraum, in dem Stühle für 50 Personen so aufgestellt waren, dass sie auf ein kleines Podium mit Stehpult und Mikrofon ausgerichtet waren.

»Die Anzahl der von mir hier durchgeführten Seminare hängt davon ab, für wie viele Vorträge und Seminare ich in anderen Städten engagiert wurde. In der Regel führe ich hier wöchentlich Seminare durch, die allerdings in den nächsten zwei Monaten unregelmäßiger durchgeführt werden, weil ich mit meinem neuen Buch auf Lesereise gehen werde.« Diana Schwarzes Stimme hatte einen geschäftsmäßigen Ton angenommen, während sie diese kurze Information gab. Sie wandte sich wieder an Lucca und ein herzliches Lächeln veränderte ihren Gesichtsausdruck.

»Dörte ist sicherlich bereits mit den Hunden im Haus. Wir sollten wieder rüber gehen und dort noch offene Fragen besprechen. Sie haben auch einen Hund, Lucca?«

»Ja, zu mir gehört ein Irischer Wolfshund.«

»Sie sind also auch eine Windhundeliebhaberin.« Diana berührte Lucca leicht am Arm.

»Ach, so würde ich das nicht sagen. Ich war nur zur rechten Zeit am rechten Ort. Ich kenne mich mit anderen Windhunden nicht besonders gut aus.«

»Ich glaube, wir haben dieselbe Tierärztin. Wenn mich nicht alles täuscht, hängen in Annas Praxis unter anderem Fotos, die Sie von Ihrem Pepper gemacht haben.«

Lucca äußerte ihre Verwunderung darüber, dass Diana Schwarze den Namen ihres Hundes kannte.

»Ich habe Anna natürlich gefragt, wie dieser wunderschöne Hund auf den Fotos heißt und wem er gehört.« Diana hakte sich bei Lucca ein.

Karina, die hinter den beiden zum Haus zurückging, verdrehte die Augen. Gott, was war das für ein Gesülze. Nein, sie konnte nicht behaupten, dass die Frau ihr irgendwie sympathischer wurde. Die beliebte Hundepsychologin mochte fachlich eine Koryphäe sein, Freundinnen würden sie beide aber nie werden.

Karina hoffte, dass die anderen Hunde ähnlich zurückhaltend sein würden, wie die Hündin, die sie vorhin, wie sie fand, herablassend beobachtet hatte.

»Wir gehen in den Salon und trinken noch einen Kaffee oder Tee und dabei stelle ich Ihnen meine kleine Zucht vor.«

Diana Schwarze betrat als erste den Raum und tatsächlich waren die Hunde schon da. Dörte Wagner stand mit vier angeleinten Afghanen vor dem Kamin, die ihr Frauchen mit freundlichem Schwanzwedeln und leisem Bellen begrüßten. An den Gästen waren sie nur peripher interessiert, allerdings wurden sie auch recht kurz gehalten, so dass sie keinen direkten Kontakt aufnehmen konnten.

Auf einen leisen Befehl hin legten sich die Hunde ab.

»Ich besitze ein sehr erfolgreiches Zuchtpaar mit Nefertari und Lancelots Honour. Ihre Nachkommen habe auch schon teilweise bei internationalen Ausstellungen Preise und Auszeichnungen erhalten. Isis ist eine Tochter der beiden und auf einem ähnlich erfolgreichen Weg wie ihre Mutter. Mit Isis beginne ich nächstes Jahr die Zucht. Ich hoffe, dass ich mich mit D'Artagnan für einen qualifizierten Rüden entschieden habe.«

Die Hunde, die ihren Namen hörten, hoben die Ohren, ansonsten blieben sie liegen.

Karina ergriff nun die Gelegenheit, um sich wieder in Erinnerung zu bringen und die Initiative für die weiteren Absprachen zu übernehmen. Karina vereinbarte, dass sie und Lucca an dem letzten Seminar vor der Lesereise am Donnerstagabend teilnehmen würden. Ebenso wurde ein umfangreicher Interviewtermin abgeklärt, bei dem Lucca Fotoaufnahmen machen würde. Das Angebot, mit zur Hundeausstellung nach Dortmund zu fahren, lehnte Karina dankend ab. Sie war nicht der Meinung, dass sie das Erlebnis brauchte, um ihre Homestory zu schreiben. Sie wollte den Schwerpunkt auf die Seminartätigkeit legen. Es wurden die verschiedenen Visitenkarten ausgetauscht und Lucca und Karina machten sich auf den Rückweg.

Als sie durch das große Tor gefahren und wieder auf der Straße waren, atmete Karina hörbar kräftig ein und aus.

»Also, die Frau ist eine geschäftstüchtige, ausgekochte Ziege. Ich bin auf das Seminar gespannt. Hast du gesehen, welcher Teilnehmerbetrag auf dem Plakat stand, das im Vorraum auf die Veranstaltung hinweist?«

»Ja, 25,– € für einen zweistündigen Vortrag.«

Karina ereiferte sich weiter. »Und dann rechne mal aus, wie viel das multipliziert mit fünfzig Stühlen ist. Die Frau kassiert für zwei Stunden satte 1.250,– €! Das ist doch nicht zu fassen.« Karina machte eine kleine Pause. »Und diese Dörte kommt mir vor wie eine Gestalt aus der Rocky-Horror-Show.«

Lucca musste lachen. »Sie scheint Mädchen für alles und omnipräsent zu sein.«

»Ich habe das dringende Bedürfnis, unter die Dusche zu gehen. Wollen wir beide nicht zusammen den Tag ausklingen lassen?« Karina legte eine Hand in Luccas Nacken und streichelte sie sanft. »Du setzt mich bei mir ab, fährst nach Hause und gehst mit deinem reizenden Hund Gassi, legst ihn schlafen und wir treffen uns in zwei Stunden wieder bei mir. Was hältst du davon? Ich warte mit dem Duschen auch bis du da bist.« Karina beugte sich zu Lucca und gab ihr einen zärtlichen Kuss, der für den Abend viel versprach.

»Wie könnte ich da widerstehen?« Lucca hatte zwar Charlotte einen gemeinsamen Abend in Aussicht gestellt, aber das würde sie schon irgendwie regeln. Das Bild einer leidenschaftlich entfesselten Karina vor ihrem inneren Auge ließ alles andere verblassen.

––––––––––

Als Lucca um drei Uhr morgens von Karina nach Hause kam, blinkte der Anrufbeantworter.

Die erste Nachricht war von Charlotte: »Hallo Lucca, es ist jetzt 22 Uhr 30 und ich warte auf dich bzw. auf eine Nachricht von dir. Ich dachte, dass wir heute Abend ins Kino gehen würden. Geht es dir gut? Oder ist irgendwas? Melde dich bitte. Ich freue mich auf dich.«

Lucca hatte sich neben Pepper, der vor dem Kachelofen lag, auf den Boden gesetzt. Sie streichelte ihm über den riesigen Kopf, während er sie aufmerksam ansah. »Ach, Pepper, was mache ich da bloß?«

Lucca griff nach dem Telefon und wählte Charlottes Nummer. Sie rechnete damit, dass der Anrufbeantworter um diese Uhrzeit automatisch anspringen würde. Sie zuckte, als sie statt dessen die verschlafene Stimme von Charlotte hörte.

»Hallo Charlotte, hier ist Lucca. Entschuldige, dass ich dich geweckt habe, aber ich bin gerade erst nach Hause gekommen. Ich war wegen des neuen Auftrages unterwegs und habe unsere Verabredung glatt vergessen. Es tut mir sehr leid. Schlaf weiter, wir treffen uns heute Abend bei mir zum Essen. Ciao.«

Sie wartete keine Antwort ab, sondern unterbrach die Verbindung. »Shit.«

Dann rief sie bei Mona an. Hier sprang tatsächlich augenblicklich der Anrufbeantworter an: »Hi, Mona, Lucca. Wie wäre es mit Pasta morgen bzw. heute Abend bei mir? Komm vorbei, wann du magst, du weißt ja, wo du den Schlüssel findest, wenn ich nicht da bin.«

Mona hatte eine beruhigende Wirkung auf Charlotte, zumindest glaubte Lucca das.

———

Als Lucca gegen neunzehn Uhr von einem ausgiebigen Spaziergang mit Pepper zurückkam, stand Monas Auto schon vor dem Haus. Lucca sah, wie ihre Freundin im Kräutergarten Pflanzen abzupfte, die sie für ihre Tees und Tinkturen benutzte. Ihre Patienten schworen auf die Kräuterrezepte.

Pepper begrüßte Mona ausdauernd und Lucca schaute zu, während sie am Zaun lehnte, der den Garten von der Auffahrt trennte.

Mona sah Lucca liebevoll an und kam auf sie zu. »Hallo, meine Liebe.« Mona nahm Lucca in den Arm und drückte sie fest.

»Schön, dass du schon da bist, dann haben wir noch Zeit, um in Ruhe zu quatschen, bevor Charlotte zum Essen kommt.«

Mona, die es gewohnt war, dass bei ihrer Freundin unangemeldeter Besuch auftauchte, war von dieser Ankündigung nicht überrascht. Außerdem hatte sie gestern am späten Abend ein langes Telefonat mit Charlotte geführt, die bei ihr anrief, um sich nach Lucca zu erkundigen. Bei der Gelegenheit hatte sich Charlotte ihren Frust, den ihre Beziehung zu Lucca betraf, vom Herzen geredet.

Mona fragte sich, wann ihre Freundin es in einer Beziehung aushalten könnte bzw. ob sie dazu überhaupt in der Lage war. Sie wusste, dass Lucca sich tief in ihrer Seele nach einem Menschen sehnte, zu dem sie nach Hause kommen konnte. Dieser Mensch musste aber vermutlich erst noch gebacken werden.

Die Freundinnen gingen ins Haus und machten es sich in der Küche bequem. Sie wählten gemeinsam aus, welche Pasta es heute sein sollte und machten sich an die Vorbereitungen.

»Ich habe heute einen kurzen Bericht über Diana Schwarze gesehen. Sehr attraktive Frau und sehr eloquent«, sagte Mona, während sie die Tomaten enthäutete.

»Hm«, brummte Lucca ihre Zustimmung. »Ich hab den Erstkontakt hinter mir. Für ihr Alter ist die Frau ein scharfer Feger.«

»Wie alt ist sie denn?« Mona schaute Lucca an. »Im Fernsehen wirkte sie nicht so besonders alt.«

»Ich schätze, sie ist gut zehn Jahre älter als ich, so Ende vierzig.« Lucca schnibbelte weiter Paprika und Möhren. »Ich glaube, Charlotte kommt.« Lucca legte das Küchenmesser beiseite, wusch sich kurz die Hände und ging zur Haustür. Sie öffnete, nahm Charlotte in den Arm und küsste sie zärtlich auf den Mund, bevor diese irgendetwas sagen konnte. Charlotte erwiderte den Kuss, bis Mona aus der Küche rief: »Macht doch wenigstens die Haustür zu, es zieht. Außerdem könntet ihr helfen, ich habe nämlich Hunger und will bald essen.«

»Lass Charlotte erst mal ankommen.« Lucca sorgte dafür, dass Charlotte sich setzte und ein Glas Wein bekam, dann nahm sie ihre Kochvorbereitungen wieder auf.

»Es kommt alles anders als geplant. Stellt euch vor, ich muss in zwei Wochen schon nach New York fliegen und ich weiß gar nicht, wie ich das alles schaffen soll. Ich werde die erste Zeit in einem Hotel wohnen, das hat der Verlag schon alles geklärt, aber ich sollte ja schon das Nötigste packen und mitnehmen.« Charlotte wirkte leicht nervös und schüttelte den Kopf.

»Jetzt essen wir erst mal und dann sehen wir weiter.« Mona behielt wie immer die Ruhe. »Wir managen das schon, wir haben noch jede Situation gemeistert.«

Es wurde ein ausgelassener Abend, an dem die Planung für

eine große Abschiedsfeier am nächsten Wochenende bald im Mittelpunkt stand.

Als Pepper ankündigte, dass er noch mal nach draußen wollte, verabschiedete sich Mona und Lucca und Charlotte drehten eine Runde mit dem Hund. Als sie wieder zurück waren, nahm Lucca Charlottes Hand und ging mit ihr nach oben. Im Schlafzimmer legten sie sich aufs Bett und fingen an, sich zu streicheln und auszuziehen. Lucca berührte zart die kleinen Brüste von Charlotte und streichelte mit der Zunge über die Brustwarzen, bis Charlotte aufstöhnte und die Freundin auf sich zog. Sie liebten sich so intensiv und zärtlich wie noch nie zuvor und Charlotte ahnte, dass es das letzte Mal gewesen sein würde. Als sie in der Morgendämmerung ihre schlafende Geliebte betrachtete, wusste sie, dass Lucca in dieser Nacht Abschied von ihr genommen hatte.

Lucca, die Monogamie verabscheute wie der Teufel das Weihwasser, würde zweifellos eine große Lücke in Charlottes Leben hinterlassen, die gehofft hatte, dass die Beziehung zu Lucca in eine Partnerschaft führen würde.

Charlotte spürte ein Gefühl von Wehmut, das sie von ihren gescheiterten Beziehungen zu Männern nicht kannte. Sie küsste die Schlafende zart auf die Wange und kuschelte sich an sie. Sie nahm sich vor, die verbleibende Zeit zu genießen und schlief in Luccas Arm ein.

———————

Die nächsten Tage waren für Lucca mit Atelierarbeit und den Vorbereitungen für Charlottes Abschiedsfeier ausgefüllt. Ihr Organisationstalent prädestinierte sie für die Aufgabe, in so kurzer Zeit eine tolle Fete auf die Beine zu stellen. Sie schaffte es, sich mit einem DJ und einem Catering-Service abzustimmen und das alte Feuerwehrhaus im Dorf mit Hilfe von Mona so zu gestalten, dass es nur an den Gästen liegen konnte, wenn diese Feier kein Erfolg wurde.

Am Donnerstagabend machte sie sich dann auf den Weg, um während des Seminars Fotos zu machen.

Lucca hatte von Karina nichts mehr gehört, was aber nicht weiter ungewöhnlich war. Ihre private Beziehung beschränkte sich auf unregelmäßigen gemeinsamen Sex, beruflich war der Schwarze-Auftrag nach langer Zeit mal wieder eine gemeinsame Arbeit. Sie hatten sich vor zwei Jahren kennengelernt, als Karina auf der Suche nach einer Fotografin für eine Serie von Homestories über im Ausland lebende deutsche Künstler war. Beide Frauen waren ein halbes Jahr immer wieder mal einige Tage gemeinsam in der Welt unterwegs und nutzten die Zeit nicht nur zur Arbeit, sondern verbrachten jede sich bietende Gelegenheit mit Sex.

Karina passte genau in Luccas »Beuteschema«: sie war schlank, hatte langes dunkles Haar und strahlte eine Erotik aus, die Lucca als unverschämt sexy bezeichnete. Lucca befand sich in guter Gesellschaft, denn Karina wirkte ebenso auf Frauen wie auf Männer und verteilte ihre Gunst gleichmäßig.

Lucca holte auch an diesem Abend Karina ab und fuhr mit ihr gemeinsam zu Diana Schwarze.

Als sie am Eingangstor ankamen, bot sich ihnen ein völlig

anderer Eindruck als bei ihrem letzten Besuch. Das Portal war weit geöffnet und der Weg zum Haus und zu dem Seminarbereich war hell beleuchtet. Der Parkplatz neben dem Haus schien voll zu sein, denn auch auf der Auffahrt parkten die Wagen. Lucca stellte sich direkt vor die Eingangstür und stieg aus.

»He, hier ist ja richtig was los. Dann mal ran, komm Karina, heb deinen geilen Hintern aus dem Wagen.«

»Nach all der Zeit, die wir uns kennen, finde ich einige deiner Sprüche immer noch ausgesprochen dämlich und deplaziert.« Karina stolzierte davon, ohne auf Lucca zu warten.

Die Haustür öffnete sich und Anna trat heraus. »Anna, du bist auch hier?« Lucca freute sich, die Freundin zu sehen. »Was ist los, hast du geweint?«

Anna wirkte sehr angespannt als sie Lucca kurz antwortete: »Wir sehen uns morgen Abend bei mir«, und, ihr einen Luftkuss zuwerfend, zu ihrem Auto hastete und davon fuhr.

Lucca schaute ihrer Freundin sorgenvoll hinterher. Irgendetwas schien die ruhige und besonnene Anna aus der Bahn geworfen zu haben. Lucca verließ sich darauf, dass sie es morgen Abend erfahren würde und stellte sich innerlich auf die bevorstehende Arbeit ein.

Als sie sich ihre Kameras und das Equipment auf die Schulter und um den Hals gehängt hatte, ging abermals die Haustür auf und diesmal erschien Diana.

»Hallo Lucca, ich hatte eigentlich gedacht, dass Sie etwas eher kämen.« In der Stimme klang Verärgerung mit und das Lächeln war eine Spur weniger herzlich als beim ersten Besuch.

Lucca ließ allerdings ihren Charme spielen und glich so die

aufkommende Verstimmung auf dem Weg zu dem Vortragsraum schnell aus.

Als sie hinter Diana den großen Raum betrat war sie erstaunt, wie viele Menschen dort waren. Sie hatte den Eindruck, dass mindestens hundert Personen auf den Auftritt von Diana Schwarze warteten. Als diese das kleine Podium betrat und sich an das Pult stellte, brandete ein Beifall auf, den Lucca eher bei Popstars erwartet hätte.

Diana Schwarze genoss sichtlich die frenetische Begrüßung und ließ die Menschen gewähren, bis sie sich setzten und Ruhe eintrat.

Diana Schwarze begann mit ihrem Vortrag zu dem Thema: »Was will mir mein Hund sagen?« Sie sprach ohne Manuskript und hielt dabei die ganze Zeit den Kontakt zu ihrem Publikum.

Lucca bemerkte Dörte Wagner, die am Mischpult an der gegenüberliegenden Wand saß. Sie regelte fehlerfrei die Technik und sorgte so dafür, dass der Abend reibungslos über die Bühne ging.

Lucca machte ihre Fotos und beobachtete zunehmend fasziniert den Auftritt von Diana Schwarze. Die Zuhörerinnen und Zuhörer hingen förmlich an ihren Lippen und lächelten verzückt, als würde ihnen soeben das neue Evangelium verkündet. Eine ähnliche Stimmung hatte Lucca erlebt, als sie für einen Fotoband einen religiösen Guru und seine Anhängerschaft abgelichtet hatte.

Am Ende ihres Vortrages machte Diana Schwarze auf die Möglichkeit aufmerksam, dass im Vorraum ihre Bücher erworben werden könnten und dass sie diese gerne signieren würde. Die Leute klatschten noch begeisterter in die Hände als zu Beginn und es dauerte einige Minuten, bis sie sich beruhigt hatten und Diana Schwarze das Podium verließ.

Im Vorraum saß Dörte Wagner bereits mit den Büchern an einem Tisch und erwartete den Ansturm der Massen, der auch prompt einsetzte. Diana nahm neben Dörte Platz und schrieb gut gelaunt ihre Widmungen mit persönlicher Ansprache in die Bücher, die ihr hingehalten wurden. Karina tauchte neben Lucca auf. »Ganz schön geschäftstüchtig, unser Star. Das Publikum war ja wie im Sog, ist dir das auch aufgefallen?«

»Ja, mir kam das Ganze plötzlich sektenhaft vor und ich musste an einen Auftrag denken, der schon einige Zeit zurückliegt.« Lucca war unangenehm berührt.

»Tja, und das Ganze nur, weil die Leute ihre Köter nicht im Griff haben«, Karina war fertig mit ihrer Story. »Wäre schön, wenn wir deine Fotos möglichst schnell in die Geschichte integrieren könnten. Ich will diesen Auftrag am Wochenende abschließen.«

»Ich will sehen, was ich machen kann. Es wird bei mir aber knapp, denn vor Sonntag komme ich nicht dazu, die Aufnahmen zu sichten, es sei denn ich lege heute eine Nachtschicht ein.« Lucca war von dieser Aussicht nicht sonderlich begeistert.

»Komm, lass uns hier verschwinden. Je eher wir gehen, desto eher kommst du zur Sichtung des Materials.«

Karina und Lucca machten wilde Zeichen in Richtung der umlagerten Diana Schwarze, aber diese nahm sie nicht wahr. Dafür reagierte Dörte Wagner mit einem Kopfnicken.

Als Lucca schließlich nach einem ausgedehnten Abendspaziergang mit Pepper nach Hause kam, blinkte der Anrufbeantworter. »Hallo Lucca, Sie überraschen mich immerzu. Sie tauchen heute erst im letzten Augenblick auf, dann versetzen Sie mich auch noch für den Rest des Abends. Ich weiß gar nicht, was ich davon halten soll. Ich erwarte Ihren Rückruf.«

Lucca war verwirrt. Hatte sie mit Diana Schwarze eine Verabredung getroffen, an die sie sich nicht mehr erinnern konnte? Sie war sich sicher, dass dem nicht so war.

Lucca blickte auf die Uhr, es ging bereits auf Mitternacht zu und sie entschied sich, erst am Vormittag zu antworten und Diana einen Vorschlag zu machen, der ihr seit dem heutigen Abend im Kopf herumgeisterte.

Lucca hatte tatsächlich bis vier Uhr morgens das Fotomaterial gesichtet, eine Vorauswahl getroffen und die Aufnahmen auf einen USB-Stick kopiert. Sie wollte Diana Schwarze so schnell wie möglich die Fotos zeigen und die Aufnahmen für die Zeitschrift festlegen.

Lucca streckte und dehnte sich, ihr Nacken fühlte sich verspannt an. Sie blickte durch die großen Fenster, die bis auf den Boden reichten, hinaus auf die Streuobstwiese, die sich weit ausdehnte.

Ihre Patentante hatte dieses Atelier nach ihren Vorstellungen bauen lassen, um zu trainieren und später Workshops durchzuführen. Luisa war Tänzerin und hatte in verschiedenen bekannten Companys mitgetanzt. Ihre Leidenschaft gehörte dem Modern Dance und ihre Begeisterung gab sie an ihre Schülerinnen und Schüler weiter, als sie sich gegen eine weitere Bühnenkarriere und für Lucca entschied.

Luisa war die beste Freundin ihrer Mutter gewesen, die beiden Frauen hatten regelmäßig Zeit miteinander verbracht und waren gemeinsam auf Reisen gegangen. Diese Reisen dauerten maximal vier bis fünf Tage und Lucca war dann mit ihrem Vater unterwegs gewesen. Der Vater kümmerte sich liebevoll um sie, ging mit ihr in den Zoo und in Museen. Er war Archäologe und hatte sich auf die Erforschung der Hünengräber im Emsland spezialisiert. So nahm er Lucca mit zu kleineren Ausgrabungen und sie entwickelte ein großes Interesse an dieser Wissenschaft. Ihre Begeisterung gipfelte dann im Studium der Archäologie, allerdings machte sie die untergegangenen Kulturen der Ureinwohner Nordamerikas zu ihrem Schwerpunkt.

Während Lucca aus dem Fenster starrte, dachte sie an die Zeit ihrer Kindheit zurück. Sie verlor ihre Mutter bei der Geburt ihres Bruders, der die Mutter nur wenige Stunden überlebte. Lucca hatte bis heute nicht begriffen, was da geschehen war. Ihr Vater brach zusammen und konnte sich nicht um seine Tochter kümmern. Luisa, die durch den Tod ihrer Freundin über Nacht um Jahre gealtert schien, nahm die 7jährige Lucca bei sich auf, die sich entschieden hatte zu verstummen. Dieser Zustand hielt ein Jahr an, dann nahm Lucca wieder soziale Kontakte zu ihrer Umwelt auf. Luisa hatte ihr einen Hund mitgebracht, den sie Odin taufte, der ihr auf Schritt und Tritt folgte und als ihr Beschützer in der Nachbarschaft berühmt wurde.

Lucca war in diesem Haus groß geworden, hier fühlte sie sich ihrer Mutter und Luisa nah.

Luisa hatte versucht, den Verlust der Mutter auszugleichen, ohne als Ersatz zu fungieren. Dafür war Lucca ihr dankbar und liebte sie. Als ihr Vater seine Arbeit wiederaufnehmen konnte, hatte er sich zur Teilnahme an einer mehrjährigen Ausgrabung in Mittelamerika verpflichtet. Er schien sehr froh zu sein, dass sich Luisa um seine Tochter kümmerte. Lucca flog in den Schulferien zu ihrem Vater, aber ihr Kontakt war nie mehr so wie zu der Zeit, als die Mutter noch lebte. Später blieb Lucca lieber in Deutschland, weil sie nicht mehr wusste, wie und worüber sie sich mit ihrem Vater unterhalten sollte. Heute lebte er allein in einem alten Heuerhaus im Emsland. Sie telefonierten regelmäßig miteinander, sahen sich aber kaum.

Lucca musste auch an die Tiergräber denken, die dort draußen auf der Wiese waren. Dort hatte sie überfahrene Katzen, aus dem Nest gefallene oder vor die Scheiben geflogene Vögel, Odin und seine Nachfolgerin Greta beerdigt.

Luisa war vor zwei Jahren in diesem Haus gestorben. Lucca war bis zum letzten Atemzug bei ihr und hielt stundenlang Wache an ihrem Totenbett, bis sie den Eindruck hatte, dass die Seele der Tante den Körper verlassen hatte und auf einem guten Weg war.

Lucca spürte, dass sich Traurigkeit in ihr auszubreiten drohte. Dazu hatte sie nun so gar keine Lust und sie entschied sich für einen Spaziergang mit Pepper, um ihren Kopf wieder frei zu bekommen.

Auf dem Rückweg kaufte sie frische Brötchen bei Bäcker Weivels an der Hauptstraße, freute sich auf ein ausgedehntes Frühstück und den anschließenden, vermutlich nur kurzen, Schönheitsschlaf.

Gegen Mittag rief Lucca bei Diana Schwarze an. Sie hatte Dörte Wagner am Apparat, die ihr mitteilte, dass ihre Chefin im Moment nicht mit ihr sprechen könnte. Lucca bat die

Angestellte, den Terminkalender ihrer Chefin zu checken und sie für den Nachmittag einzutragen. Lucca schüttelte innerlich den Kopf, diese Frau war gegen ihren Charme immun und sprach nur das absolut Nötigste. Na ja, jeder Jeck ist anders, sagte sich Lucca und dachte nicht weiter über die Frau nach.

Für die Verabredung mit Diana Schwarze packte sie auch eine Kamera ein, weil ihr noch Aufnahmen von ihr mit ihren Hunden fehlten.

Lucca fuhr pünktlich vor dem Haus vor und wurde von Dörte Wagner an der Haustür erwartet.

»Hallo, Frau Wagner, ein schöner Tag, finden Sie nicht? Wie lange haben Sie denn gestern noch gearbeitet, der Vortrag war ja wohl ein voller Erfolg!«

»Nun ja, die letzten Teilnehmer waren um 23 Uhr aus dem Haus, und ja, Frau Schwarze war mit dem Abend zufrieden.« Sie ging voran und begleitete Lucca in den Salon, wo diese ihr Notebook auspackte und die Fotoschau vorbereitete.

Nach zehn Minuten erschien Diana Schwarze, die von einem großen Blumenstrauß, den Lucca ihr überreichte, überrascht wurde und der den von Lucca erhofften Erfolg hatte. Die leicht verkniffenen Mundwinkel von Diana Schwarze entspannten sich und ein Lächeln zeichnete sich ab.

»Oh, Lucca, das sind ja herrliche Blumen. Danke.« Sie bedankte sich mit einem leichten Kuss auf Luccas Wange, den diese wiederum mit ihrem speziellen Lächeln kommentierte.

»Ich habe hier die Aufnahmen vorbereitet, die mir für die Homestory geeignet erscheinen. Ich würde außerdem noch gerne einige Fotos von Ihnen und Ihren Hunden machen, vielleicht mit den verschiedenen Pokalen und Auszeichnungen, weil ich es nicht schaffen werde, Sie nach Dortmund zu begleiten, wo Ihre Nefertari womöglich einen weiteren Welttitel erringt.« Lucca redete fast ohne Luft zu holen.

»Lucca, Sie sind ja ganz atemlos?« Diana blickte ihr tief in die Augen.

Lucca konnte sich ihre Aufregung selbst nicht erklären und sprach weiter, ohne auf diese Frage einzugehen. »Ich möchte Ihnen einen Vorschlag machen. Ich würde Sie gern porträtieren, vielleicht nehmen wir davon auch eine Bild in die Zeitschrift. Aber eigentlich möchte ich Sie für meine Ausstellung fotografieren und ich möchte dies in meinem Studio machen.«

»Sie wollen mit mir Kunst machen?« Diana war sichtlich geschmeichelt.

»Ja, Sie faszinieren mich und ich will Sie unbedingt fotografieren.«

»Nun, dann sollten Sie das auch tun. Aber jetzt wollen wir die Aufnahmen sichten, die Sie mitgebracht haben.« Sie setzte sich an den kleinen Sekretär, auf dem das Notebook stand. Lucca drückte die Enter-Taste und die Diashow begann. Sie stand hinter Diana und beugte sich über sie, wenn sie die Ansicht anhielt, um das Foto zu kennzeichnen, dass Diana ausgewählt hatte. Dabei stieg ihr das Parfum in die Nase und ihre Wange streifte kurz die von Diana.

»Das sind sehr schöne Fotos, Lucca. Ich bin mit allen einverstanden. Was meinen Sie, wie viele werden tatsächlich erscheinen?«

»Ich schätze maximal sieben.« Lucca hatte sich auf das Sofa gesetzt. »Es wird immer nur ein Bruchteil des vorliegenden Materials verwendet.«

»Wann soll ich für die Fotositzung zu Ihnen kommen?« Diana hatte sich neben Lucca gesetzt.

»Nächste Woche, vielleicht schon direkt am Montagvormittag?«

»Ja, das geht.« Diana war sehr entgegenkommend, Lucca hatte mit Schwierigkeiten gerechnet.

»Und jetzt würde ich Sie gern mit den Hunden aufnehmen.« Lucca stand auf.

»Dann gehen wir am besten in das Trophäenzimmer.« Diana drehte sich zu Dörte. »Dörte, holen Sie doch Nefertari.« Die Angesprochene verschwand augenblicklich. Lucca fragte sich, warum Diana ihre Hunde nicht immer um sich hatte, so wie sie ihren Pepper, und wo die Hunde eigentlich waren.

»Kommen Sie, Lucca.« Diana hielt Lucca die Hand hin. »Wir gehen schon mal in das Allerheiligste.«

Lucca nahm die Kamera und folgte Diana nach oben.

Diana öffnete eine Tür und sie betraten einen Raum, in dem ringsum an den Wänden Glasvitrinen standen. Alle Vitrinen verfügten über eine Innenbeleuchtung, die Pokale in verschiedenen Größen und Ausführungen effektvoll anstrahlten. Über den Vitrinen hingen an den Wänden Urkunden und Schleifen.

»Wow!« Lucca war beeindruckt.

»Ja, ich habe mit meinen Hunden großen Erfolg.« Diana strahlte.

In diesem Augenblick kam Dörte Wagner mit Nefertari herein, die ihr Frauchen überschwänglich begrüßte, so als hätten sie sich eine Ewigkeit nicht gesehen.

Lucca machte etliche Fotos, unter anderem auch im Salon, auf der Terrasse und in der Küche. Schließlich packte sie zufrieden ihre Sachen zusammen.

»Wir sehen uns am Montag.« Lucca war auf dem Sprung zu ihrem Wagen.

»Muss ich auf besondere Kleidung achten?« Diana blickte Lucca erwartungsvoll an, so als wollte sie sagen, dass es vielleicht genau auf das Gegenteil ankam.

»Vielleicht bringen Sie einige Ihrer Lieblingsstücke mit, ich möchte Sie so fotografieren, wie Sie sich wohl fühlen.«

Lucca lächelte Diana an.

»Ich freue mich auf Montag, ich habe große Lust zu den Fotos.« Diana drehte sich um und Lucca stieg in den Wagen.

Pepper lag ergeben im großen Laderaum des Kombis und blickte Lucca an.

»Ja, wir fahren jetzt in die Ville und machen einen schönen Spaziergang.« Lucca war mit sich und der Welt ausgesprochen zufrieden.

Anna erwartete Mona und Lucca an diesem Abend. Charlotte würde heute nicht kommen, denn ihr Team hatte ein Abschiedsessen für sie organisiert.

Lucca brachte Pepper mit, der von Siegfried, Annas Italienischem Windspiel, stürmisch begrüßt wurde. Die beiden Hunde boten einen Anblick, der es in sich hatte. Pepper ließ die Liebesbeweise des kleinen zarten Hundes gelassen über sich ergehen, so als wüsste er, dass eine ungestüme Bewegung von ihm ausreichen würde, um Siegfried großen Schaden zuzufügen.

»Na, Siggi, du kleine Ratte.« Mit dieser Ansprache lenkte Lucca die Aufmerksamkeit des Windspiels auf sich und ein leichter Klopfer auf ihren Oberschenkel ließ Siegfried nach oben schnellen und direkt in Luccas Arm landen.

»Feiner Siggi, bald können wir im Zirkus auftreten. Dein Frauchen schaut ganz neidisch, siehst du? Wir brauchen nur noch einen Namen. Jungs, was haltet ihr von *Lucca und die Barbaren*?« Siegfried leckte ihr über die Nase. »Das werte ich als Zustimmung.«

Lucca ließ den Hund vorsichtig auf den Boden und begrüßte ihre Freundinnen.

»Ja klar, erst der Hund und dann der Mensch.« Anna sah Mona an. »Wir spielen hier nur die zweite Geige.«

»Ja, das Leben kann so grausam sein«, stimmte Mona zu.

»Mädels, ihr redet dummes Zeug.« Lucca ließ sich auf Annas Sofa fallen, von dem sie die Freundinnen in der offenen Küche sehen konnte.

Anna wohnte über ihrer Praxis und es war immer damit zu rechnen, dass ein tierischer Notfall gebracht wurde. Anna schickte niemanden weg, egal wie spät oder früh bei ihr geklingelt wurde. Mona hatte manchen Besuch bei Anna als Assistentin in der Praxis verbracht und bewunderte die Ruhe und Umsicht, mit der die Tierärztin jede Situation meisterte.

Lucca kämpfte gegen ihre Müdigkeit, allmählich musste sie der durchgearbeiteten Nacht Tribut zollen. Mona und Anna unterhielten sich angeregt, bis ihnen auffiel, dass von Lucca keine Kommentare mehr eingefügt wurden.

»Sie schläft«, stellte Mona fest. »Sie engagiert sich sehr in der Schwarze-Story.«

»Wenn sie sich mal nicht zu sehr reinhängt. Die Frau verschluckt sie, ohne dass sie es merkt.« Anna sprach mit einem Ernst in der Stimme, dass Mona ihre Freundin aufmerksam ansah.

»Wie meinst du das? Ist sie ein Frauen fressender Vamp?« Mona musste bei der Vorstellung lächeln.

»Sie ist ein Vampir. Sie saugt die Menschen aus und lässt sie dann fallen. Schlimm daran ist, dass man es erst merkt, wenn es zu spät ist.«

Mona legte Anna die Hand auf die Schulter und fragte beunruhigt:»Was ist passiert, Anna?«

»Mach dir keine Sorgen, Mona, ich bin wieder auf dem Boden gelandet. Ich glaube, ich habe noch mal Glück gehabt. Ich erzähle es dir ein anderes Mal, ich muss erst noch ein wenig über das nachdenken, was ich erlebt habe.« Anna strich sich über die Stirn und lächelte verzagt.

Mona kannte die Freundin so nicht, respektierte aber ihren Wunsch und bohrte nicht weiter nach.

»Was machen wir jetzt mit Lucca, sollen wir sie schlafen lassen oder müssen wir mit ihr noch etwas wegen morgen besprechen?« Anna strahlte wieder Ruhe aus.

Mona betrachtete das Bild, das sich ihnen bot. Lucca lag schlafend auf dem Sofa, davor lag Pepper und an seinen Kopf schmiegte sich Siegfried.

»Ich hole eine Decke«, entschied Anna und breitete sie vorsichtig über Lucca aus. Dann setzte sie sich zu Mona in die Küche und sie unterhielten sich noch eine Weile leise, bis Mona sich verabschiedete.

Anna schaute noch kurz nach Lucca und den Barbaren. Sie musste über diesen Namen lächeln und dachte daran, dass Lucca nie um eine Idee verlegen schien und ihre Kreativität für viele Lacher bei den Freundinnen gesorgt hatte. Lucca konnte einen ganzen Saal unterhalten und zum Lachen bringen.

Anna dachte an Diana Schwarze und machte sich Sorgen.

Fast alle waren zu Charlottes Abschied ins alte Feuerwehrhaus gekommen, nur wenige konnten der Einladung nicht folgen.

Lucca stand an der Theke und beobachtete die Tanzenden. Sie spürte, wie sich jemand neben sie schob und schaute sich um. »Alana, hallo. Wir haben uns ja lange nicht gesehen. Bist du allein?« Lucca lächelte Alana an.

»Nein, Stephan müsste eigentlich nicht weit sein.« Alana war eine der ältesten Freundinnen Charlottes. Sie kannten sich noch aus Schulzeiten und waren seitdem beste Freundinnen.

Alana hatte Zahnmedizin in Bonn studiert und gehörte von daher nicht zu dem »Freitagskreis«. Sie hatte schon während des Studiums ihren Mann Stephan kennengelernt, der dort Rechtswissenschaften studierte. Sie waren jetzt seit zehn Jahren verheiratet und beide beruflich sehr erfolgreich.

Lucca und Alana begegneten sich hin und wieder bei Charlotte und plauderten dann über Gott und die Welt.

Luccas erste Begegnung mit Alana verdankte sie einer entzündeten Zahnwurzel und dem beherzten Eingreifen Charlottes, die in einer Nacht- und Nebelaktion dafür sorgte, dass die schmerzgepeinigte Lucca sich zitternd in Alanas Hände begab. Zahnarztbesuche gehörten nicht zu Luccas Stärken und sie war froh, dass Alana ihre Hysterie zu nehmen wusste.

Charlotte forderte sie auf, mit ihr auf die Tanzfläche zu kommen, was sich die beiden nicht zweimal sagen ließen.

Nach einer Stunde tauchte Stephan auf und machte seiner Frau ungestüme Zeichen. »Es sieht so aus, als wollte mein Gatte nach Hause.«

»Jetzt doch noch nicht.« Charlotte war von dieser Idee nicht begeistert. »Er soll sich mal ein bisschen zusammenreißen, es ist schließlich mein letzter Abend.«

»Ich komme morgen mit zum Flughafen.« Alana umarmte ihre Freundin und wandte sich an Lucca. »Sehen wir uns morgen? Wann geht es wo los?«

»Der Flieger startet um 10 Uhr 35 in Köln, ich denke, wir fahren um acht Uhr los. Kannst du dann bei mir sein?«

Lucca fand es auch sehr schade, dass Alana ihren Mann nach Hause begleitete, statt weiter mit ihnen zu feiern.

»Ich werde mich bemühen.« Alana ließ sich die Adresse von Lucca geben und verschwand.

»Komischer Heiliger«, bemerkte Lucca, als sie mit Charlotte weitertanzte.

»Ich möchte ihn nicht geschenkt haben.« Charlotte war mit Stephan nie richtig warm geworden, er war eben der Mann ihrer besten Freundin. Sie war immer froh, wenn Stephan nicht anwesend war, wenn sich die Frauen bei Alana trafen. Seine Gegenwart strengte nicht nur Charlotte sehr an, denn Stephan wusste zu allem etwas zu sagen und zeichnete sich durch extreme Besserwisserei aus.

Sie drehte sich zu Lucca und küsste sie auf den Mund. »Lass uns tanzen!«

Um vier Uhr am Morgen saßen Charlotte, Anna, Mona und Lucca in der Küche und tranken noch einen Tee. Sie besprachen angeregt ihre Eindrücke der letzten Nacht. Gleichzeitig spürten die Freundinnen aber auch die besondere Stimmung des Abschieds, der zwar nur für ein Jahr sein sollte, aber keine von ihnen wusste, wie sich diese Zeit entwickeln würde, wie sie sich selbst entwickeln würden. Möglicherweise blieb Charlotte länger in den USA als jetzt geplant, möglicherweise wurde die Freundin danach in ein anderes Land versetzt. Wen würde Charlotte kennenlernen, welche neuen Freunde würde sie gewinnen, wer würde für sie die Funktion und Rolle der Freundinnen übernehmen? Lucca spürte ein großes Verlustgefühl. Sie ahnte, dass sie nie wieder die Beziehung zu Charlotte haben würde, die sie jetzt hatte. Charlotte hatte vor ihr nur heterosexuelle Beziehungen gelebt und Lucca war sich sicher, dass ein Mann ihren Platz in Charlottes Leben einnehmen würde. Sie spürte schon jetzt eine Entfremdung, die sie unsicher machte.

Die Freundinnen schliefen in dieser Nacht nicht.

Um kurz vor acht Uhr fuhr ein Wagen rasant vor das Haus und Alana erschien. Lucca machte ihr die Tür auf. »Du wärst vielleicht besser gleich mit uns gekommen, statt noch den Umweg über Bonn zu machen.«

»Nächstes Mal.« Alana lächelte Lucca an. »Ich hoffe, dass ich nicht zu spät bin.«

Die fünf Frauen stiegen in Luccas Volvo 240. Pepper und ein Koffer von Charlotte wurden im Kofferraum verstaut.

Lucca parkte den Wagen, nachdem sie die Freundinnen am Abflugterminal rausgelassen hatte. Sie traf auf die anderen, als Charlotte gerade eingecheckt hatte und von den Freundinnen verlangte, sofort zu fahren und sie allein zu lassen.

»Ich hasse solche Abschiede.« Charlotte hatte Tränen in den Augen.

Die Freundinnen nahmen sie nacheinander in den Arm, drückten und küssten sie. Lucca war verlegen und auch Charlotte wirkte so, als wüsste sie nicht, wie sie sich verhalten sollte.

»Pass auf dich auf.« Lucca nahm sie in den Arm, küsste sie auf den Mund und drehte sich zu den anderen. Charlotte ging durch die Passkontrolle und war nicht mehr zu sehen. Lucca stand verloren in der Halle und schaute dort hin, wo Charlotte verschwunden war.

Sie spürte eine Bewegung am Arm. »Komm«, sagte Alana leise. »Wir fahren jetzt.«

Lucca drehte sich zu Alana und den anderen Frauen um und lächelte gequält. Sie gingen schweigend zum Parkhaus und fuhren zurück.

Lucca lud alle zum Frühstück ein, doch Mona und Anna wollten sofort nach Hause. Sie fühlten sich müde und sehnten sich nach ihrem Bett.

Alana dagegen nahm Luccas Einladung zum Frühstück an. Mit einem Becher Kaffee setzten sie sich schließlich auf die Terrasse und schauten in die Landschaft.

»Das ist ja eine tolle Wiese. Hast du schon mal daran gedacht, dir Pferde anzuschaffen?« Alana war von Luccas Haus und Grundstück begeistert.

»Nein. Wie kommst du darauf?«

»Ich habe ein Pferd, eine Araberstute, sie heißt Santiago II. Ich muss mir leider einen neuen Stall suchen, in dem ich sie unterbringen kann, denn in dem jetzigen fühle ich mich nicht wohl.« Alana sah vor ihrem inneren Auge, wie Santiago voller Übermut über diese Wiese galoppieren würde. Am liebsten hätte sie Lucca gefragt, ob Santiago auf ihre Obstwiese ziehen dürfte.

»Meinst du, das arme Pferd würde sich da draußen allein wohlfühlen?« Lucca schaute Alana an.

»Ich denke schon. Leichter wäre es für ein Herdentier natürlich mit einem Artgenossen.« Alana war vorsichtig, sie wollte nichts kaputt machen.

»Ja dann. Am Ende der Wiese ist eine Art Unterstand, einen Stall habe ich hier nicht. Außerdem müsstest du dich um das Pferd kümmern, ich habe dafür keine Zeit.«

Alana glaubte ihren Ohren nicht zu trauen. »Du hättest überhaupt keine Arbeit mit Santiago, Lucca. Ich wäre dann nur täglich hier, um sie zu versorgen. Ich werde dir auf keinen Fall zur Last fallen, du musst dich nicht um mich kümmern. Ich füttere Santiago, reite sie aus und verschwinde wieder. Du wirst mich nicht sehen und nicht hören.«

Lucca lachte. »Na, so schlimm wird es nicht sein. Ich zeige dir, wo du den Schlüssel zum Haus findest, für den Fall, dass du dir zum Beispiel etwas Warmes zu trinken machen möchtest oder mal zur Toilette musst.«

Lucca fand die Vorstellung, dass sie Alana öfter sehen würde, sehr angenehm. Sie fühlte sich in ihrer Gegenwart sehr wohl und freute sich darauf, dass Alanas Pferd sozusagen bei ihr einziehen würde.

Lucca war bereits seit über einer Stunde im Atelier und bereitete sich und die Technik vor. Sie zog den Fond vor die Hohlkehle und stellte den Sessel davor. Sie überprüfte die Studioblitzanlage und die Aggregate. Lucca schraubte zusätzliche Lampen an die passenden Stative und setzte Softboxen darauf. Sie präparierte verschiedene Reflektoren und testete das Spotlight für die Frontalaufnahmen. Schließlich schraubte sie ihre Hasselblad auf das Stativ, nachdem sie einen 120er Film mit 100 ASA eingelegt hatte und checkte das Polaroid-Rückteil. Zum Schluss setzte sie einen Dummy auf den Sessel, um per Fernauslöser die korrekte Belichtung zu prüfen.

Sie war mit ihren Vorbereitungen gerade fertig, als sie ein Auto in der Einfahrt hörte.

Lucca öffnete die Tür. Diana Schwarze stand vor dem Haus und schaute sich suchend um. Als sie Lucca aus dem Atelier herauskommen sah, wandte sie sich ihr mit einem strahlenden Lächeln zu.

»Na, das nenne ich Timing, ich bin mit meinen Vorbereitungen gerade fertig. Herzlich willkommen.« Lucca trat zur Seite und machte eine einladende Handbewegung.

»Ich freue mich hier zu sein.« Diana Schwarze legte im Vorbeigehen kurz ihre Hand auf Luccas Oberarm.

»Wo ist Ihr Wagen, ich meine, ich hätte ein Auto gehört?«

»Dörte hat mich gebracht und wird mich in etwa drei Stunden wieder abholen. Sollten wir mehr Zeit brauchen, rufe ich sie an.« Diana betrat den großen Raum und schaute sich um.

Stative mit verschiedenen Scheinwerfern und Reflektorplatten vor einer riesigen beweglichen Leinwand, ein Sofa und ein Sessel waren aufgebaut. Stoffbahnen in verschiedenen Farben und Materialien lagen durcheinander.

Lucca lehnte an der Wand und betrachtete Diana, die eine Jeans, schwarze Stiefel und eine weiße Hemdbluse trug, deren Manschetten zugeknöpft waren.

Sie bemerkte, dass Lucca sie ansah und wandte sich um.

»Wie geht es jetzt weiter?«

Lucca lächelte und kam auf Diana zu. »Vertrauen Sie mir. Sie brauchen sich nicht anzustrengen, es wird wie von selbst gehen. Sie sind einfach so wie Sie sind. Ich werde vielleicht ab und zu eine kleine Korrektur in der Körperhaltung vornehmen und fotografieren. Das ist alles.«

Lucca öffnete einen Knopf am Dekolletee der Bluse.»Darf ich?« Als Diana nickte, öffnete sie einen weiteren Knopf, nahm dann eine Hand Dianas hoch und knöpfte ebenso die Manschette auf, so dass der Ärmel locker fallen konnte. Lucca schaute Diana an, als sie dies bei dem zweiten Ärmel wiederholte, und erkannte ein bekanntes Glimmen in deren Augen. Lucca wusste, dass sie bekommen würde, was sie für die Aufnahmen haben wollte.

»Sehr schön, ziehen Sie bitte Stiefel und Strümpfe aus, ich möchte, dass Sie barfuss sind. Wenn Sie soweit sind, kommen Sie bitte zu mir rüber.« Lucca war zum Sessel gegangen und schob ihn vor den Fond. Dann stellte sie sich hinter ihre Kamera und schaute Diana an.

In den letzten Minuten hatte sich eine Atmosphäre zwischen den Frauen aufgebaut, die Lucca sich für ihre Arbeit gewünscht hatte. Die erotische Ausstrahlung beider Frauen wurde von der jeweils anderen mit latenter sexueller Lust beantwortet, die sich im weiteren Verlauf steigerte und immer deutlicher wurde.

Lucca arbeitete wie besessen. Sie brachte Diana zum Lachen und machte sie ärgerlich, sie fragte nach ihren geheimen Wünschen, die sie ihr nur mit den Augen mitteilen sollte.

Nach fast zwei Stunden legte Lucca die Kamera zur Seite. »Wir sind fertig.« Sie schaute Diana in die Augen.

»Wir sind noch lange nicht fertig«, war Dianas leise Antwort, als sie mit katzenhafter Geschmeidigkeit auf Lucca zukam und sich dabei die Bluse auszog und auf den Boden warf.

Lucca zog die Frau an sich und küsste sie hart auf den Mund und Diana erwiderte den Kuss mit einer Leidenschaft, von der Lucca überrascht war. Ihre Hände glitten über den Körper Dianas und entledigten ihn seiner restlichen Kleidungsstücke. Diana riss Lucca fast die Klamotten vom Leib. Lucca umfasste ihre Brüste mit den Händen und nahm dann eine Brustwarze in den Mund, leckte und saugte an ihr. Diana stöhnte auf und führte Luccas Hand zwischen ihre Schenkel. Sie spürte die Feuchtigkeit der Frau, die sich ihr in einer ungeahnten Wildheit entgegendrängte. »Fick mich«, flüsterte ihr Diana ins Ohr, deren Körper schweißnass war. Als Lucca schließlich in sie eindrang, schrie nicht nur Diana vor Lust auf, sondern auch Lucca. Allerdings war dies ein Schmerzensschrei, denn Diana biss ihr auf dem orgastischen Höhepunkt in die linke Schulter und schlug ihre Fingernägel tief in Luccas Rücken.

Minuten später lag Lucca noch japsend auf dem Boden und spürte allmählich jeden Knochen im Leib. Diana war dabei sich anzuziehen und blickte triumphierend, als Lucca sich leise stöhnend aufrichtete.

»Herrje, was war das denn?« Lucca wollte sich an die Schulter fassen, zuckte aber augenblicklich zurück, denn die kleinste Berührung war ausgesprochen unangenehm.

»Liebelein, alles hat seinen Preis.« Diana strich mit ihrer Hand sanft über Luccas Gesicht und küsste sie auf den Mund. »Ich verspreche dir, beim nächsten Mal ganz zärtlich mit dir zu sein.« Sie lachte und verließ das Atelier.

Lucca hatte überhaupt nicht gehört, dass ein Wagen vorgefahren war, um Diana abzuholen.

Sie atmete tief durch und blickte sich suchend nach ihrer Hose und dem Shirt um. Als sie das Shirt fand, sah sie, dass es zerrissen war und warf es in den Papierkorb. Lucca hatte schon einiges an weiblicher Leidenschaft erlebt, aber sie kannte keine andere, die wie ein wildes Tier so über sie hergefallen wäre.

Lucca öffnete ein Fenster und ließ frische Luft herein. Dann ging sie hinüber ins Haus, um sich zu duschen. Im Spiegel besah sie sich die Wunden, die sie davon getragen hatte. Lucca konnte nicht fassen, dass Diana Schwarze sie verletzt hatte.

Am Abend konnte sie ihren linken Arm kaum noch bewegen, ohne nicht vor Schmerzen in der Schulter Schweißperlen auf die Stirn zu bekommen. Gegen 21 Uhr rief Lucca bei Mona an, die sofort an den Apparat ging.

»Hallo Mona, hast du Zeit für einen Hausbesuch? Ich habe so eine blöde Verletzung am Arm. Ich glaube, ich kann im Moment nicht so gut Auto fahren.«

»Was ist passiert?«

»Ach, nichts dolles, aber vielleicht kannst du deinen Notfallkoffer mitbringen?« Lucca hoffte, dass Mona nicht nein sagen würde.

»Okay, es dauert aber noch mindestens eine Stunde, bis ich bei dir sein kann.« Monas Stimme klang besorgt.

»Das ist kein Problem, Hauptsache du kommst überhaupt.« Lucca war erleichtert.

»Dann bis gleich.« Mona legte auf und Lucca holte sich einen Whisky, um das schmerzhafte Pochen in der Schulter erträglich zu machen.

Sie hörte Monas Wagen bereits nach vierzig Minuten und die eiligen Schritte verrieten ihr, dass die Freundin jeden Augenblick bei ihr sein würde.

Mona riss die Küchentür auf und sah das Whiskyglas in Luccas Hand. Sie wusste, dies bedeutete, dass Lucca starke Schmerzen hatte, denn Whisky war ihr Allheilmittel, ob es nun eine entzündete Zahnwurzel oder ein verstauchter Fuß war.

»Wo tut's denn weh?«

»Meine Schulter, Mona.« Lucca streifte das Hemd über die Schulter.

»Ach du liebes Bisschen, das ist ja ein Biss.« Mona war entsetzt, denn sie hatte Pepper im Verdacht, was ihr gleichzeitig aber völlig idiotisch erschien.

»Nein, das ist kein Hundebiss. Das war ein Mensch. Was hast du gemacht, Lucca?« Mona war von Lucca schon einiges gewohnt, aber jetzt war sie doch überrascht. Während sie ihr das Hemd über die linke Schulter auszog, fiel ihr Blick auf ihren Rücken.

»Meine Güte, bist du verprügelt worden? Mit wem bist du denn aneinander geraten?« Mona schüttelte empört den Kopf und öffnete ihren Notfallkoffer, um Tupfer, Pinzette und Jod herauszuholen. »Wie alt ist die Wunde und wer hat sie dir beigebracht, oder sollte ich fragen, wie sieht die Gegenpartei aus?«

»Nein, nein, es ist nicht so wie du denkst.« Lucca nippte an ihrem Glas.

»Ah so, du hast mal wieder eine Frau in den sexuellen Wahnsinn getrieben und sie hat dir dieses hübsche Andenken verpasst.«

Lucca nickte matt.

»Das muss ja heiß hergegangen sein, ich hoffe, du hattest Spaß daran.« Mona wollte die Wunde an der Schulter säubern, denn sie hatte sich schon entzündet. »Bist du jetzt in der Sado-Maso-Szene aktiv?«

Lucca stöhnte vor Schmerz »Mach dich nicht über mich lustig«, presste sie zwischen den Zähnen hervor. »Du tust mir weh, mir wird schlecht.«

»Ich tue dir nicht weh, bedank dich bei der Bestie, von der du nicht die Finger lassen konntest.« Mona zeigte wenig Geduld mit der jammernden Lucca. »Womöglich hatte die Dame Tollwut.« Mona fand Gefallen daran, ein Schreckensszenario zu entwickeln und schenkte der bleichen Lucca

Whisky nach.

»Scherz beiseite, ich werde deinen Impfpass checken, man weiß ja nie. Gegen Tetanus haben wir letztes Jahr geimpft, da besteht keine Gefahr. Außerdem werde ich dir eine Kräutertinktur zusammenstellen, die du regelmäßig auf die Wunde bringen wirst.« Mona besah sich das Muster der Fingernägel auf dem Rücken der Freundin und legte ein Antibiotikum auf den Tisch.

»Wenn du Pech hast, bleibt eine hässliche Narbe auf der Schulter, die dich ewig an diesen Tag erinnern wird. Und jetzt will ich endlich wissen, wer das war.« Mona setzte sich an den Küchentisch und schaute ihre Freundin erwartungsvoll an.

»Diana Schwarze«, war die knappe Antwort.

»Du lässt wirklich keine aus.« Mona klang nicht begeistert.

Am nächsten Tag tauchte Lucca in ihre Arbeit ein. Sie hörte kein Telefon, nahm keine Post aus dem Briefkasten, las keine E-Mails, sondern saß stundenlang in ihrer Dunkelkammer neben dem Atelier und entwickelte die Negative. Sie studierte die Kontaktabzüge mit einem Fadenzähler und bearbeitete schließlich zehn Negative, von denen sie Fotoabzüge herstellte. Immer wieder saß sie versunken vor dem Material, bis sie nach drei Tagen schließlich mit fünf Aufnahmen so zufrieden war, dass sie sie auf 70 cm x 80 cm vergrößerte und an die Wand des Ateliers hängte.

Lucca setzte sich auf das Sofa und schaute die Bilder an. Ja, das war Diana Schwarze, so wie sie sie gesehen hatte.

Lucca war gespannt darauf, was ihre Freundinnen zu ihrer Arbeit sagen würden, besonders auf Annas Meinung war sie gespannt. Anna kannte Diana, sie würde ihr sagen können, wie Luccas Arbeit zu bewerten war.

Morgen Abend würden die Freundinnen kommen, danach könnte sie die Bilder in ihren Ausstellungskatalog aufnehmen. Als Lucca ins Haus hinüberging, hörte sie das Telefon. Sie flitzte los, um den Anruf entgegenzunehmen, bevor aufgelegt wurde. Es war Alana, die sich erkundigte, ob Lucca etwas von Charlotte gehört hatte und mit ihr absprechen wollte, wann sie Santiago bringen könnte. »Du erinnerst dich doch noch an unser Gespräch?« Alana klang zögernd. Lucca, die tatsächlich das Pferd total vergessen hatte, musste lachen. »Na ja, jetzt wo du es sagst, erinnere ich mich schon. Ich habe in den letzten Tagen viel gearbeitet, bitte entschuldige, dass ich nicht schneller geschaltet habe. Du kannst ja morgen mit deinem Pferd kommen. So weit ich weiß, soll es Zahnärzte geben, die Freitagnachmittags nicht arbeiten.«

Alana nahm die Ironie nicht übel. Sie verabredeten sich für den kommenden Nachmittag und Lucca lud Alana zum Freitagabend-Treff ein. Alana freute sich, denn von Charlotte hatte sie über dieses Ritual schon viel gehört.

Lucca war hundemüde und beschloss, nach einem Spaziergang mit Pepper ein ausgedehntes Bad zu nehmen und dann schlafen zu gehen.

53

Am Vormittag tauchte völlig überraschend Karina bei Lucca auf.

Lucca zeigte ihr die Aufnahmen von Diana und wartete gespannt darauf, was Karina sagen würde.

»Das war wohl das Vorspiel mit dieser überheblichen Zicke. War der anschließende Fick gut?« Karina drehte sich fragend zu Lucca um. »Na ja, du musst nicht antworten, ich seh es auch so.« Sie schaute wieder die Bilder an und war eine ganze Zeit still. Lucca sagte ebenfalls nichts, sondern wartete ab.

»Du bist verdammt gut, Lucca. Ich weiß nicht, ob ich mich jemals von dir fotografieren lassen möchte. Wer weiß, was du dem Betrachter von mir offenbaren würdest.«

Karina schaute Lucca an. »Ich gehe übrigens für ein paar Wochen nach London, weil ich dort für eine Zeitschrift arbeiten werde. Ich bin hier, um dir adieu zu sagen.«

Karina küsste Lucca zart auf den Mund. »Es war schön mit dir.«

An der Tür drehte sie sich noch einmal um. »Nimm dich vor der Schlange da in Acht, ich befürchte, dass sie dir nicht guttun wird, Lucca.«

Mit diesen Worten war Karina verschwunden, ehe Lucca etwas erwidern konnte.

Sie schaute die Bilder an und dachte darüber nach, was Karina ihr dazu gesagt hatte. Sie war fasziniert von Diana Schwarze, sie spürte eine ungeheure Kraft, die von dieser Frau ausging. Sie konnte der erotischen Ausstrahlung Dianas im Moment nicht widerstehen, sie wollte ihr gar nicht widerstehen. Wenn Lucca an diese Frau dachte, rutschte ihr Gehirn in tiefere Regionen und sie wusste, dass sie für vernünftige Argumente nicht zu erreichen war. Gleichzeitig hatte sie das Gefühl von Fremdheit, aber sie wollte nicht weiter darüber nachdenken, sie wollte nur mit der Frau schlafen.

Sie malte sich aus, was sie mit Diana machen würde, als das Telefon klingelte.

»Hallo, hast du dich erholt?« Leiser Spott würzte die Stimme, die Lucca sofort erkannte.

»Ich habe mich nicht nur erholt, sondern einige possierliche Ideen entwickelt, die sich auf unser nächstes Treffen beziehen.« Lucca Stimme knisterte durchs Telefon und sie grinste in den Hörer.

»Dann mal los.« Die Stimme Dianas war reine Circe.

»Morgen Abend um 21 Uhr kann ich bei dir sein.«

»So lange soll ich warten?« Diana klang nicht mehr ganz so zufrieden. »Warum kommst du nicht sofort, ich bin jetzt schon feucht, wenn ich nur an dich denke.«

»Tja, das musst du nun wohl aushalten.« Lucca freute sich, sich so revanchieren zu können.

»Na warte, ich werde mich rächen.«

»Ich zittere jetzt schon vor Angst.« Lucca war sehr mit sich zufrieden.

»Bis morgen.« Diana beendete das Gespräch.

Lucca berührte ihre Schulter, die immer noch schmerzte. Das konnte ja heiter werden.

Pepper stellte seine Pfote auf Luccas Fuß. »Na, alter Schwede? Lass uns mal die Obstwiese anschauen, wir bekommen gleich Zuwachs.« Lucca ging mit dem Hund nach draußen und inspizierte den Schuppen, der sich am Ende der Wiese befand. Lucca bezweifelte, ob diese Unterkunft den Ansprüchen Santiagos genügen würde. Sie war gespannt auf die neue Mitbewohnerin und freute sich darauf, Alana wieder zu sehen.

Gegen 15 Uhr hörte Lucca einen Wagen vor dem Haus. Sie schaute aus dem Küchenfenster und sah einen überdimensionierten Geländewagen, der einen Pferdeanhänger zog. Sie ging hinaus, um Alana zu begrüßen, die gerade ausstieg. Alana umarmte sie sanft, aber scheinbar nicht sanft genug, denn Lucca stöhnte leise auf.

»Hab ich dir wehgetan?« Alana schaute Lucca sorgenvoll an.

»Nein, nein. Ich hab mir nur die Schulter verletzt. Geht schon wieder.« Lucca lächelte der blonden Frau zu.

»Kann ich etwas für dich tun?« Alana schaute Lucca fürsorglich an.

»Nee, ist schon okay.« Lucca ging um den Pferdeanhänger und schaute hinein.

»Sie ist ein wenig nervös. Komm, meine Schöne.« Alana entriegelte die Klappe und ließ sie herunter. Santiago ließ sich leicht herunterführen und warf den Kopf in den Nacken, als sie aus dem Anhänger heraus war. Sie schnaubte und tänzelte auf der Stelle.

»Pscht, alles ist gut.« Die Stute beruhigte sich sofort, als Alana leise mit ihr sprach.

Pepper hatte sich inzwischen zu Lucca gesellt und schaute dem Treiben aufmerksam zu.

»Kennt er Pferde?« Der besorgte Unterton in Alanas Stimme war nicht zu überhören und wie um sie zu beruhigen, schnupperte Pepper vorsichtig an den Nüstern Santiagos, die ihren Kopf zu ihm heruntergebeugt hatte.

Als Pepper mit der Rute wedelte, fiel beiden Frauen ein kleiner Stein vom Herzen.

»Es sieht so aus, als wäre dies der Anfang einer treuen Freundschaft.« Lucca trat zur Seite und Pepper trottete vor Santiago und den Frauen her zur Wiese.

Alana hatte am Tag vorher schon, unbemerkt von Lucca, die Zäune begutachtet und zu ihrer Freude festgestellt, dass nichts Schwieriges zu reparieren bzw. herzurichten war. Auf der Wiese angekommen, blieben die vier stehen und Santiago hob mit geblähten Nüstern den Kopf. Als Alana ihr das Halfter abnahm, galoppierte Santiago wiehernd los. Sie stürmte über die gesamte Wiese, galoppierte und trabte zwischen den Bäumen und kam dann direkt auf sie zu gelaufen. »Ach du je, die läuft uns über den Haufen.« Lucca schaute sich nach einem sicheren Fleckchen um, aber sie standen zu weit von einem Baum entfernt. Nix mit Klettern oder über den Zaun springen.

Lucca griff ohne nachzudenken mit ihrer linken Alanas Hand und klammerte sich fest. Sie kniff die Augen zu und das Herz sackte ihr in die Hose.

Pepper blieb erstaunlich still stehen, als die Stute blitzschnell auf sie zugedonnert kam. Alana, die ihr Pferd gut kannte, freute sich über so viel ungebändigte Lebensfreude und hielt Luccas Hand fest in ihrer. Kurz vor der kleinen Gruppe zog Santiago zur Seite und lief aus. Dann kam sie langsam auf ihr Publikum zu und stellte sich neben Alana.

»Du kannst die Augen wieder aufmachen.«

Lucca sah die Araberstute mit stolz erhobenem Kopf neben Alana stehen. Pepper wedelte, so als wollte er sagen, dass er gerade eine reife Leistung gesehen hatte.

Lucca atmete hörbar aus. »Das ist ein Teufel.« Sie wischte sich mit der rechten Hand Schweißperlen von der Stirn. »Das ist nichts für eine alte Frau.« Sie bemerkte, dass sie immer noch Alanas Hand hielt. Verlegen grinsend ließ sie sie los. »Ich glaube, ich brauche jetzt eine kleine bis mittelgroße Stärkung. Was hältst du von einem starken Kaffee oder Cappuccino?«

Alana fand die Idee hervorragend und sie gingen zum Haus. Pepper und Santiago schlossen sich den beiden Frauen an.

Pepper blieb bei Santiago auf der Wiese, allerdings auf der sicheren Seite des Zauns.

»Tja, meinen Hund bin ich wohl los.« Lucca staunte über den Irischen Wolfshund, der am Zaun entlang Santiago begleitete oder in der Nähe der Stute im Gras lag.

»Ich würde gern Stephan den Anhänger und den Wagen zurückbringen.« Alana schaute Lucca an. »Meinst du, es wäre ein Problem, wenn ich euch jetzt knapp zwei Stunden verlasse? Es sieht so aus, als fühlte sich Santiago sehr wohl.«

»Ach, ich dachte du bleibst.« Lucca war enttäuscht.

»Ich komme wieder! Der Wagen ist nur Stephans Liebling, er soll ihn so schnell wie möglich wieder haben. Ich komme dann sofort mit meinem Auto zurück.« Alana freute sich darüber, dass Lucca sie so fest eingeplant hatte.

»Ja dann, wir wollen dem Mann nicht seine Potenzschleuder vorenthalten.« Lucca gab sich ironisch großzügig.

Alana fuhr winkend davon und Lucca schaute ihr nach.

———

Lucca öffnete den Rotwein, damit er atmen konnte und machte sich einen Kir, mit dem sie sich auf die kleine Terrasse setzte, die neben der Küche lag. Von hier aus konnte sie die beiden Tiere beobachten und der untergehenden Sonne zusehen. Sie fühlte sich rundum glücklich und zufrieden. Lucca konnte sich im Augenblick nicht vorstellen, dass sich an diesem Zustand etwas ändern würde.

Alana war die Erste, die zum Freitagabend-Treff vorfuhr. Lucca bewunderte den mitternachtsblauen Sportwagen, den Alana elegant einparkte. »Noch ein Wahnsinns-Auto.«

»Ja, ich habe lange überlegt, ob ich es mir gestatten soll, so ein Auto zu fahren, aber ich fahre nun mal gerne schnell und bin ein Luxusweib. Deswegen auch die Sonderlackierung.« Alana lachte Lucca an.

»Auf das Luxusweib stoßen wir an.« Lucca holte ein weiteres Glas Kir und sie prosteten sich zu.

»Du hast es hier sehr schön, Lucca. Mir kommt es vor wie eine ruhige Oase in dieser hektischen Welt.« Alana setzte sich und schaute hinüber zu Santiago.

»Es freut mich, dass du dich hier wohlfühlst. Meine Tante hat viel Liebe in dieses Haus und das Grundstück gesteckt. Ich finde, dass man diese gute Energie überall spüren kann.«

Als Mona und Anna fast gleichzeitig kamen, hatten sich Lucca und Alana bereits in die Küche verzogen und bereiteten den Salat vor, den Alana mitgebracht hatte.

Siggi stürmte in die Küche und führte ein Freudentänzchen auf den Hinterbeinen auf, von dem Lucca sehr begeistert war. »Das hast du nicht von mir, elender Siegfried! Wer hat dir das beigebracht?« Sie sah den Hund streng an.

Mit großem Hallo begrüßten sich die Frauen und Mona schaute sich suchend um. »Wo ist Pepper, dein Schatten und Beschützer?« Auch Siggi schnupperte auf der Suche nach Pepper.

»Er hat eine neue Liebe, er ist immer noch draußen bei Santiago.« Lucca deutete mit dem Kopf nach draußen Richtung Wiese.

»Santiago?« Jetzt fragte Anna erstaunt nach.

Alana erzählte den beiden ausführlich von dem Nachmittag.

»Jetzt will ich sie aber auch sehen, was meinst du, Anna?«
Mona wartete keine Antwort ab, sondern nahm sich ihr
Glas und marschierte los. Die anderen folgten ihr. Siggi
stürmte voraus und bremste abrupt ab, als er die Araberstute am Zaun stehen sah. Er schnupperte aus sicherer Entfernung und näherte sich dann vorsichtig der Stute, die still
stehen blieb und ihrerseits den kleinen Hund aufmerksam
beäugte.

Anna war begeistert, als sie die stolze Stute sah, die sofort
eine kleine Einlage gab und sich in Szene setzte. Als sie ausgiebig bewundert worden war, zogen sich die Frauen wieder ins Haus zurück. Die beiden Hunde schlossen sich zögernd an, blickten aber immer wieder zu Santiago zurück.

Lucca, die den Rotwein in die Gläser füllte, sah Anna besorgt an. »Du siehst erschöpft aus.«

»Es war eine fürchterliche Woche. Diana Schwarze versucht, mir das Leben zur Hölle zu machen.«

»Diana?« Lucca war überrascht. »Wieso das denn?«

Anna schaute etwas betreten zwischen Mona und Lucca
hin und her. »Ich ...« Anna sprach nicht weiter.

»Was?« Lucca wusste nicht, was sie mit der sich zierenden
Anna anfangen sollte.

»Ich weiß nicht, wie ich es sagen soll. Es ist eigentlich nicht
so doll, wie du jetzt vielleicht glaubst, aber mir hat es ge-
reicht.«

»Was?« Lucca war nun eindeutig ungeduldig.

»Ich hatte eine kurze Affäre mit Diana, die ich letzte Woche
beendet habe. Das ist alles. Und sie scheint es nicht so locker
zu nehmen, wie ich dachte.«

»Du hattest eine Affäre mit Diana Schwarze?« Lucca schaute ihre Freundin an, als würde sie an deren Verstand zwei-
feln.

»Ja, stell dir vor, Lucca Bork.« Anna war jetzt mindestens so ärgerlich wie Lucca. »Nicht nur du hast ein Sexualleben.« »Alle haben vermutlich von dieser Liaison gewusst, nur ich nicht.« Lucca drehte sich langsam zu Mona um und blitzte diese an.

»Jetzt mach nicht so einen Wind. Wir sind erwachsene Frauen, wenn ich dich daran erinnern darf.« Mona ließ sich nicht beeindrucken.

»Ah ja, gut das zu wissen.« Lucca musste schlucken, um sich zu beruhigen. »Und jetzt ist die Affäre zu Ende? Ich brauch nämlich weder einen direkten noch einen indirekten flotten Dreier.«

Alana, die überhaupt nicht wusste, wovon die Rede war, schaute von einer zu anderen.

»Ja, Lucca, es ist vorbei, wie ich schon sagte. Es hatte auch gar nicht großartig was angefangen, ich hab ziemlich schnell auf die Bremse getreten. Und wieso interessiert dich das so stark?« Anna schaute die Freundin an. »Ist Diana jetzt deine neueste Eroberung?«

So schnell wie die Gefühle mit Lucca durchgegangen waren, so schnell hatte sie sich auch wieder beruhigt. »Tut mir leid, Anna. Ich habe da wohl was in den falschen Hals bekommen.«

Alana atmete erleichtert auf, die bedrohliche Energie, die für einen kurzen Moment von Lucca ausgegangen war, war vollständig verflogen.

»Du sagst, sie macht dir das Leben zur Hölle?« Mona wandte sich an Anna.

»Sie beanstandet die von mir durchgeführten Impfungen der Hunde, dabei habe ich nichts anderes gemacht als sonst auch. Ich habe das Gefühl, dass sie darauf wartet, mir eins reinwürgen zu können. Ich werde ihre Afghanen nicht mehr behandeln, dazu habe ich mich entschlossen.« Anna zögerte. »Sie scheint außerdem meinen Ruf bei den Windhundezüchtern ruinieren zu wollen.«

»Wie kommst du darauf?« Mona schaute skeptisch.

»Es wurden einige Untersuchungstermine von zwei Züchtern unter fadenscheinigen Gründen abgesagt. In einem Fall fiel sogar ihr Name.«

»Das muss doch nichts mit Diana zu tun haben.« Lucca fühlte sich nicht mehr ganz wohl in ihrer Haut.

»Du hast wahrscheinlich Recht, Lucca. Nächste Woche Samstag werde ich sie wahrscheinlich und hoffentlich zum letzten Mal sehen. Ich bin bei der Welthundeausstellung in Dortmund als Tierärztin für die Windhunde bestellt. Lasst uns von etwas anderem reden.« Anna wollte das Thema Diana Schwarze beenden und nicht mehr an die Frau denken.

Nach dem Essen lud Lucca ins Atelier ein. »Ich weiß, dass wir nicht mehr von Diana sprechen wollten, aber ich würde euch gerne meine neueste Arbeit zeigen und eure Meinung hören.«

Alle gingen mit und als Lucca die Beleuchtung aufflammen ließ, schauten sich die Frauen die Schwarzweißaufnahmen an, die an der Wand hingen. Es lachte ihnen Diana von einem Bild kokett entgegen, auf dem anderen saß sie lasziv auf dem Sessel, auf einem anderen blickte sie ernsthaft an der Kamera vorbei, während sie vornüber gebeugt saß und man in ihr Dekoltee sehen konnte. Es gab noch zwei weitere Aufnahmen, die Diana zeigten.

»Ich weiß ja nicht, wer das ist, aber die Aufnahmen strotzen von Erotik, wenn ich das mal so laienhaft sagen darf.« Alana war begeistert.

»Eine selbstverliebte Schauspielerin.« Mona erschauerte.

»Wenn du sie lässt, verschlingt sie dich und spuckt dich wieder aus, wenn sie dich satt hat.« Anna erkannte in den Bildern die Facetten der Frau, die sie dazu gebracht hatten, die Beziehung schnell zu beenden.

»Du hast sie entlarvt, scheint mir. Ich frage mich, ob es ihr gefallen wird.« Mona bezweifelte, dass Diana begeistert sein würde. Andererseits könnte es aber auch sein, dass sie sich geschmeichelt fühlte und nicht sah, was Lucca gesehen hatte. Sie hatte auf jeden Fall ein ungutes Gefühl, das sie nicht näher beschreiben konnte. Von daher entschied sie sich, zu schweigen und den Freundinnen nichts von ihren Gedanken zu sagen.

»Dieses hier werde ich ihr schenken.« Lucca hielt eine Aufnahme hoch, die Diana ebenfalls auf dem Sessel zeigte, aber in ihrer Wirkung fast neutral war. Sie saß aufrecht und lächelte lieb in die Kamera.

»Gute Wahl.« Mona schien besorgt. »Wann wird sie die anderen Aufnahmen sehen?«

»Wenn ich sie ausstelle. Sie hat mir die Rechte an den Fotos abgetreten, kann also keinen Einfluss darauf nehmen.« Damit schien für Lucca das Thema erledigt und sie stellte das Bild weg und löschte das Licht im Atelier. »Kommt, lasst uns wieder rüber gehen. Der Nachtisch wartet.«

Alana verabschiedete sich an diesem Abend zuerst. Nur kurze Zeit später verließen Anna und Mona das Haus. Lucca ging mit gemischten Gefühlen schlafen.

———

Lucca hatte das Foto von Diana auf eine große Holzplatte gezogen und fuhr mit diesem Geschenk gegen 21 Uhr vor dem beleuchteten Haus vor. Als sie das Bild aus dem Kofferraum nahm, sah sie, wie sich das große Eingangstor schloss und nur noch die Außenbeleuchtung an der Eingangstür Licht gab.

Lucca fragte sich, ob sie wohl irgendwie beobachtet würde oder ob dies ein Wunder der Technik war und diverse Bewegungsmelder dafür sorgten, dass Lampen an und wieder ausgingen und sich das Tor automatisch nach einer Weile schloss.

Sie nahm die vier Stufen zur Tür voller Elan, als sich die Haustür öffnete. Dörte Wagner hatte mal wieder alles im Griff.

»Guten Abend. Wie geht es Ihnen?« Lucca war wie gewohnt freundlich zu der zurückhaltenden Frau.

»Danke der Nachfrage, es geht mir gut.« War die knappe Antwort. »Sie bringen etwas mit?« Dörte konnte eine gewisse Neugier nicht verbergen.

»Ja. Schauen Sie, meinen Sie, es wird ihr gefallen?« Lucca drehte das Bild zu Dörte.

»Oh, das ist eine herrliche Aufnahme, sie ist wunderschön.« Sie schien regelrecht verzückt zu sein.

Lucca fragte sich, ob sie die Aufnahme oder die Frau meinte, ließ es aber dabei bewenden.

»Dann kann ja nichts schiefgehen.« Lucca war erleichtert.

»Frau Schwarze ist in der Küche, ich zeige Ihnen den Weg.« Dörte ging voran, klopfte an einer Tür, öffnete diese für Lucca und zog sich zurück. Lucca meinte, ein leises Lächeln auf Dörtes Gesicht gesehen zu haben, sie war sich aber nicht sicher.

Diana stand mit dem Rücken zur Tür an einem riesigen

Herd und gab Gewürze in einen Topf.»Du bist pünktlich, das schätze ich sehr.«

Lucca, die das Bild an der Tür abgestellt hatte, trat hinter die Frau, legte die Arme um ihre Taille und küsste sie sacht auf den Hals.»Hallo, schöne Köchin. Wenn ich dich so sehe, könnte ich den Nachtisch glatt vorziehen.« Luccas Hände begaben sich auf Wanderschaft.

Endlich drehte Diana sich um, schlang die Arme um Lucca und küsste sie leidenschaftlich.»Den Nachtisch gibt es erst am Schluss«, flüsterte sie Lucca ins Ohr.»Dies ist nur das Hors d'oeuvre.« Sie drehte sich wieder zum Herd.»Der Wein ist schon decantiert, Gläser stehen dort auf der Anrichte, schenk uns doch bitte ein. Ich bin hier gleich fertig.«

Lucca drehte sich um und ließ ihren Blick durch die noble Küche schweifen. Die Küchenzeile war aus massiver heller Eiche, ebenso eine Anrichte und ein Esstisch. Die technische Ausstattung reichte von einem hochgebauten Backofen über eine Mikrowelle, eine Designer-Kaffeemaschine und eine große Cappuccino- bzw. Espressomaschine.

Sie ging zur Anrichte, auf der zwei Gläser und eine Karaffe Rotwein standen. Sie sah, dass der Esstisch für zwei Personen hergerichtet war. Es roch köstlich und Lucca lief das Wasser im Mund zusammen.

Lucca ging mit den gefüllten Gläsern zu Diana und sie prosteten sich zu, wobei sie sich tief in die Augen blickten und Lucca Begehren in Dianas Augen aufflackern sah. Sie grinste frech.»Was riecht denn hier so gut?«

»Ich hoffe, du magst Wild und bist keine Vegetarierin.« Diana hob eine Augenbraue.»Ich habe ein kleines Menu zusammengestellt. Vorweg selbstgebackenes Brot und Oliven, dann Kaninchen Mallorquin und zum Abschluss ist eine Käse- und Obstplatte vorgesehen.« Diana schaute Lucca erwartungsvoll an.

»Hm, das hört sich fantastisch an.« Lucca war begeistert. Wenn es nur halb so gut schmecken würde, wie es jetzt duftete, war das Essen ein perfekter Einstieg in den Abend.

»Ich finde die Vorstellung sehr prickelnd, nach einem offensichtlich fantastischen Essen mit dir zügellosen Sex zu haben. Ich hoffe, dass du dir den Abend ähnlich vorgestellt hast.« Lucca streifte mit ihrer Hand über die Brust Dianas und spürte die harte Brustwarze. »Und ich habe eine kleines Geschenk für dich.« Lucca drehte sich weg und holte das Bild. Sie stellte es auf die Anrichte und lehnte es gegen die Wand, dann trat sie zur Seite und beobachtete Diana.

»Das kann ich nicht glauben.«

»Was kannst du nicht glauben?« Lucca war sehr gespannt, was Diana nun sagen würde.

»Ich kann nicht glauben, dass du mir dieses Bild schenken willst.« Diana schaute Lucca ernst an.

Diese hielt dem Blick stand. »Genau das will ich.«

Der Gesichtsausdruck Dianas veränderte sich, sie schaute Lucca voller Zärtlichkeit an. »Das Geschenk kann ich nicht annehmen, Lucca. Ich habe es nicht verdient.«

»Ich weiß nicht was du meinst. Geschenke haben es in aller Regel an sich, dass man nichts dafür tun muss. Geschenke verdient man sich doch nicht!« Lucca wartete einen Moment, während Diana sich wieder dem Bild zuwandte. »Du kannst das Geschenk natürlich ablehnen.« Sie wandte sich ab, um ihr Glas zu holen.

»Habe ich dich verletzt?« Diana sah Lucca an. »Es tut mir leid, wenn es so ist. Das war nicht meine Absicht.« Diana ging zu Lucca, legte ihre Hand in ihren Nacken und zog den

66

Kopf zu sich. »Ich danke dir für dieses wunderbare Geschenk. Du hast mich wirklich damit überrascht.« Sie küsste Lucca auf den Mund, streichelte mit ihren Lippen über ihre Wange, ihren Hals.

Lucca stellte ihr Glas weg, nahm die Frau in den Arm und erwiderte die Zärtlichkeiten, bis Diana sagte, dass das Essen verbrutzeln würde. »Wir machen eine kleine Pause, die Nacht ist noch lang.« Diana strich Lucca sanft über das Gesicht.

Das Essen war phantastisch. »Du bist eine begnadete Köchin, Diana.« Die so Gelobte war sichtlich über dieses Kompliment erfreut. »Was hältst du davon, wenn wir unseren Digestif oben nehmen?« Diana schaute Lucca erwartungsvoll an.

»Gerne.« Luccas Stimme hatte einen Klang, der bei Diana einen Schauer auslöste.

Diana nahm Luccas Hand und sie gingen nach oben. Diana öffnete die Tür, die dem Treppenabsatz gegenüber lag, und sie betraten ein großes Schlafzimmer, von dem drei weitere Türen abgingen. Zwei Türen standen offen und Lucca sah ein luxuriöses Bad und ein kleines Arbeitszimmer mit einem Sekretär, auf dem ein geschlossenes Notebook stand. Diana schloss die Tür zum Flur und drehte sich um. »Ich würde gern ein entspannendes Bad nehmen. Ich habe Lust, und du?« Sie schaute Lucca an und begann sich auszuziehen.

Lucca beobachtete sie und lächelte. Diana kam nackt auf Lucca zu. »Was ist mit dir?« Ihre Stimme klang belegt. Sie ging ins Bad und Lucca folgte ihr. »Ich hoffe nur, dass dich das Bad so entspannt, dass du deine Beißwerkzeuge unter Kontrolle behältst.«

Lucca sah, dass schon ein Schaumbad in die Wanne eingelassen worden war. Auf dem Rand der großen freistehenden Wanne standen zwei Champagnerkelche, auf einem Beistelltisch stand ein Sektkübel, in dem in zerstoßenem Eis eine Flasche Champagner auf sie wartete.

»Hier scheint eine Fee tätig gewesen zu sein.« Lucca vermutete, dass dies der Verdienst Dörte Wagners war.

»Es ist ein großer Vorteil, wenn man zuverlässige Angestellte hat.«

Lucca hatte nicht bemerkt, ob und wie Diana der Frau ein Signal zum Befüllen der Wanne gegeben hatte. Lange konnte das nicht her sein, denn der Schaum war noch nicht zusammengefallen.

»Worauf wartest du?« Diana war bereits im Wasser und schenkte den Champagner ein.

Lucca zog sich aus und sah, dass Diana sie geradezu mit den Augen verschlang. Sie stieg langsam in das angenehme Wasser. Diana, die die Wunde an Luccas Schulter gesehen haben musste, kommentierte sie nicht. Sie gab Lucca ein Glas und sie tranken einen Schluck des herrlich kalten Champagners. Diana stellte beide Gläser ab und glitt auf Luccas Schoß. Ihre Hände verteilten den Schaum auf Luccas Brust. »Verstehst du das unter Entspannung?« Luccas Atem ging schneller, denn sie spürte nicht nur die Hände auf ihren Brüsten, sondern Diana rieb sich auch an ihrem Bauch. Diana warf den Kopf in den Nacken und führte Luccas Hand zwischen ihre Schenkel. Diana kam zu ihrem ersten Orgasmus in dieser Nacht, die für Lucca ohne weitere Blessuren endete.

Lucca wachte am nächsten Morgen in einem völlig zerwühlten Bett allein auf. Sie hatte nicht gehört, dass Diana aufgestanden war. Sie blickte sich suchend nach ihrer Armbanduhr um und richtete sich auf.

Die Tür zum Bad öffnete sich und Diana kam herein. Sie trug einen weißen Bademantel und hatte ein Handtuch um die Haare geschlungen. Als sie sah, dass Lucca wach war, kam sie lächelnd ans Bett und setzte sich. »Guten Morgen, ich habe mich geduscht. Du warst leider nicht wach zu bekommen.« Sie küsste Lucca auf den Mund, die versuchte, sie an sich ins Bett zu ziehen.

»Nein, nein, ich habe leider keine Zeit mehr, obwohl mich die Vorstellung von heißem Sex erschauern lässt.« Diana schob Lucca energisch zurück. »Ich muss nach dem Frühstück nach München fahren. Meine Lesereise beginnt dort morgen und ich werde bis zum Wochenende in Bayern unterwegs sein: München, Augsburg, Bamberg, Nürnberg und Erlangen. Am Samstag bin ich dann mit Nefertari in Dortmund.« Diana ging zu der Tür, die neben der zum Arbeitszimmer lag. Sie öffnete sie und betrat einen riesigen begehbaren Kleiderschrank und verschwand darin.

»Ich geh dann mal schnell duschen.« Lucca sprang aus dem Bett und verschwand im Bad. Sie genoss das warme Wasser, das über ihren Körper lief. Sie fühlte sich nach dieser Nacht erschöpft, denn sie hatte höchstens zwei Stunden geschlafen.

Als sie aus der Dusche kam und sich abgetrocknet hatte, blickte sie sich nach ihren Klamotten um. Sie meinte sich zu erinnern, dass sie sich gestern Abend im Bad ausgezogen und ihre Sachen einfach fallengelassen hatte. Nun war hier aber weit und breit nichts von ihrer Jeans zu sehen.

Sie ging ins Schlafzimmer und wollte gerade Diana fragen, die an einem kleinen Schminktisch saß und sich zurecht machte, als sie ihre Sachen ordentlich zusammengelegt auf einem Stuhl sah. Lucca war leicht verwirrt und überlegte, wie viel sie gestern getrunken hatte.

Sie zog sich an und bevor sie Diana danach fragen konnte, hatte diese schon die Tür zum Flur geöffnet und schaute sie wartend an. »Komm, Lucca, lass uns frühstücken.« In der Küche war bereits der Tisch gedeckt und es roch nach frischen Croissants, die Lucca auf dem Tisch sah. Diana schenkte ihnen Kaffee ein und forderte sie auf zuzugreifen.

Nach einem ausgiebigen Frühstück verabschiedete Diana Lucca mit einem schnellen Kuss. »In vierzehn Tagen fliege ich an dem Wochenende nach Dublin. Ich möchte, dass du mich begleitest. Dörte wird sich um die Tickets kümmern.«

Lucca, die bereits auf dem Weg zum Wagen war, atmete hörbar aus und drehte sich um. »Ich muss überlegen, was ich an Terminen habe.« Sie war nicht gewohnt, dass jemand in der Art mit ihrer Zeit umging.

»Du brauchst dich um nichts zu kümmern, Lucca. Ich werde dich in der nächsten Woche nicht sehen und ich möchte so viel Zeit mit dir verbringen wie ich kann. Mach mir die Freude!« Diana klang, als würde sie keinen Widerspruch dulden.

»Okay, ich werde es sicherlich einrichten können. Wann soll es denn losgehen?«

»Am Samstagmorgen fliegen wir von Köln und am Sonntagabend sind wir zurück.« Diana warf ihr eine Kusshand zu und war im Haus verschwunden, ehe Lucca etwas erwidern oder fragen konnte.

Lucca setzte sich in ihren Volvo und fuhr langsam an Dörte Wagner vorbei, die verschiedene Taschen in einem schwarzen Van mit verdunkelten Scheiben verstaute. Sie winkte ihr zu und überlegte, ob Dörte die unsichtbare Fee gewesen war, die unter anderem ihre Sachen aufgeräumt hatte.

Lucca mochte sich nicht vorstellen, wann sie das wohl gemacht hatte.

Als Lucca um acht Uhr nach Hause kam, stand Alanas Wagen unter den Bäumen. Sie ging ins Haus und erwartete, von Pepper freudig begrüßt zu werden, der darauf wartete, endlich Gassi gehen zu können. Von dem Hund war aber weit und breit nichts zu sehen. Lucca ging um das Haus herum zur Wiese, aber auch hier war kein Mensch, kein Hund, kein Pferd zu sehen.

»Einfach weg!«, murmelte sie überrascht.

Vermutlich war Alana ausgeritten und Pepper hatte sich angeschlossen.

Sie ging ins Haus zurück, machte sich einen Kaffee und startete ihren PC, um ihre E-Mails zu checken. Charlotte hatte ihr aus New York geschrieben:

Liebe Lucca,

ich weiß, dass Du New York liebst, aber ich finde es im Moment nur schrecklich. Es ist tags wie nachts wahnsinnig laut und permanent jaulen die Sirenen von Polizei-, Feuerwehr- und/oder Krankenwagen.

Ich bin froh, dass Du mir den Tipp mit Tamaras kleiner Pension in Brooklyn gegeben hast. Von den vier Zimmern sind zurzeit nur zwei belegt. Eins bewohne ich, in dem anderen ist gestern ein Typ aus Edinburgh eingezogen. Was ich heute Morgen im Frühstücksraum zu sehen bekam, ließ mich an den sexiest Schotten alive denken. Dieser Knackarsch heißt doch tatsächlich auch Sean!

*Ach, Lucca, ich vermisse Dich und wünschte, Du wärest hier –
schottisches Sahnestück hin oder her.*
Könnt Ihr mich nicht einfach nächste Woche besuchen kommen?
*Ich glaube, ich habe entsetzliches Heimweh. Bevor ich mich hier
vollends in Tränen auflöse, beende ich nun lieber diesen schriftli-
chen Erguss und melde mich wieder, wenn es die nächsten
Highlights zu berichten gibt.*
Grüße bitte alle von mir.
Charlotte
Lucca antwortete umgehend, denn sie konnte sich lebhaft
vorstellen, wie mies es Charlotte im Augenblick ging.

Nach zehn Minuten meinte sie Hufgetrappel zu hören und
ging nach draußen. Tatsächlich, da kam Alana in die Auffahrt und neben dem Pferd trottete Pepper.

»Hallo Lucca, ich hoffe, du hast dir keine Sorgen wegen
Pepper gemacht. Ich habe ihn rausgelassen, als ich kurz im
Haus war, und er ist mir dann gefolgt.« Alana lächelte ent-
schuldigend.

»Er ist eine ganz schön untreue Tomate.« Lucca beugte sich
zu dem Hund, der wedelnd vor ihr stand und sie aus leuch-
tenden Augen ansah. »Du hattest Spaß, ich seh's.« Dann
wandte sie sich an Alana, die inzwischen abgestiegen war
und Santiago am Zügel auf die Wiese führen wollte. »Ich
muss mich erst noch daran gewöhnen, dass mein lieber
Hund ganz offensichtlich sehr auf dich und dein Pferd
abfährt.«

Alana lachte über die Schulter und brachte Santiago auf die
Wiese. Lucca blieb stehen und sah der schlanken Frau nach.

Sie wartete eine halbe Stunde in der Küche darauf, dass
Alana Santiago abstriegeln und dann auf einen Kaffee zu
ihr kommen würde. Aber sie hörte nur Alanas Wagen, ohne
noch einmal etwas von ihr gesehen zu haben. Lucca war

enttäuscht, sie hatte sich auf einen Plausch mit Alana gefreut.

Bis Freitag war Luccas Terminkalender ausgebucht, sie hatte noch zwei Fotoshootings in ihrem Atelier und wollte noch vor dem Wochenende Tieraufnahmen für einen niederländischen Zoo beenden. Diese Aufnahmen wollte der Tierpark für einen Kalender verwenden.

Die Tieraufnahmen gestalteten sich wie erwartet am langwierigsten und Lucca war froh, dass sie schon Material von vier Zootagen hatte und dass der heutige Tag tatsächlich der letzte vor Ort sein würde. Mit dem Kuratorium war vereinbart, dass sie ihnen vierundzwanzig Aufnahmen zur Auswahl vorlegen würde, aus denen sie sich zwölf aussuchen wollten.

Da Lucca diese Aufnahmen mit ihrer Digitalkamera gemacht hatte, bedeutete die Auswahl der Aufnahmen und das Senden per E-Mail keinen größeren Aufwand.

Die Freundinnen trafen sich am Abend erneut bei Lucca und auch Alana war wieder mit von der Partie.

Anna kam mit Siegfried, der sofort zur Wiese stürmte und Santiago zärtlich begrüßte, in dem er der Stute vorsichtig über die Nüstern leckte. Dazu musste Santiago ihren Hals sehr lang machen und Siegfried sich auf die Hinterbeine stellen. Dann flitzte Siegfried zurück ins Haus und begrüßte die anwesenden Frauen.

»Siggi, du weißt, wie du es machen musst. Du alter Charmeur.« Lucca streichelte über den kleinen Hundekopf. »Du teuflisches Männeken.« Siegfried bedankte sich für das Kompliment mit einem kurzen Schlecker über die Hand.

»Kannst du nicht normal mit dem Hund reden?« Anna war gereizt.

»Tu ich doch – ich rede völlig normal.« Luccas Stimme war zuckersüß.

Mona warf der Freundin einen warnenden Blick zu, doch Lucca schaute weg und wandte sich an Anna. »Schlechte Laune oder Mens?«

»Kannst du nicht ein Mal deine blöden Bemerkungen stecken lassen?!« Anna war jetzt offensichtlich kurz vor einer Explosion.

Lucca machte den Mund auf, um etwas zu erwidern, kam aber nicht dazu, weil Alana schneller war. »Ach übrigens, Lucca, morgen komme ich wieder mit dem Pferdeanhänger, weil ich Stroh für Santiago besorgt habe. Ich hoffe, ich störe dich nicht.« Alana lächelte Lucca an.

Nach einem kurzen Moment entspannte sich Lucca und lächelte zurück. »Du störst mich überhaupt nicht.«

Anna hatte die Gelegenheit genutzt, um zur Toilette zu gehen.

Alana deckte mit Mona den Tisch und beide Frauen sahen sich besorgt an, denn die Atmosphäre in der Küche war sehr angespannt.

Als Anna zurückkam sah sie verweint aus. »Ich glaube, es ist besser, wenn ich jetzt fahre, schließlich muss ich morgen schon sehr früh in Dortmund sein. Es bleibt dabei, dass Siegfried bei dir bleiben kann?«

»Ja klar, warum denn nicht?« Lucca war genervt.

Anna winkte kurz und war verschwunden.

Siegfried sah seinem Frauchen hinterher, legte sich dann aber wieder zu Pepper und kuschelte sich an ihn.

Lucca schüttelte den Kopf.

»Sie ist sehr angespannt. Wenn sie den Tag morgen überstanden hat, wird es ihr wieder besser gehen. Die Schwarze scheint eine echte Herausforderung für sie zu sein.« Mona machte sich Sorgen um die Freundin.

»Herrje, so schlimm kann es doch wohl nicht sein!?« Lucca war ungeduldig.

Mona ließ sich nicht weiter auf das Thema ein, sondern wechselte auf weniger gefährliches Terrain.

Lucca hatte vorgehabt, sich am Samstag nach dem Spaziergang mit Pepper und Siegfried wieder ins Bett zu legen und zu schlafen, bis sie irgendwann wach werden würde. In der Regel wurde sie bei diesen Gelegenheiten von Pepper um die Mittagszeit geweckt, der der Auffassung war, dass es wieder Zeit für den nächsten Spaziergang war.

Heute war Alana schon dabei, das Stroh abzuladen, als Lucca mit den beiden Hunden zurückkam.

»Kann ich dir helfen? Das sieht sehr mühsam aus, was du da veranstaltest.«

»Da sag ich doch nicht nein.« Alana war über das Angebot sehr erfreut.

Lucca packte also mit an und sie brachten das Stroh in die Remise, die Lucca auch als Garage diente. »Hier ist es zumindest trocken, aber der Weg zur Wiese ist relativ weit.« Lucca sah sich um. »Vielleicht sollten wir einen Gärtnerwagen besorgen, mit dem wir das Stroh zur Wiese fahren können.«

»Wir?« Alana schaute Lucca mit einem Blick an, den diese nicht deuten konnte und so einen Moment stutzte.

»War nur eine Idee, du kannst auch mit der Schubkarre losziehen. Gibt echte Muckis.« Lucca war verunsichert und wusste nicht, warum.

Im Haus klingelte das Telefon, Lucca machte aber nur eine abwehrende Handbewegung. Kurze Zeit später vibrierte ihr Handy in der Jackentasche.

»Hallo Lucca, hier ist Mona. Anna hat gerade aus Dortmund angerufen, es hat dort einen Eklat gegeben. Ein Hund von der Schwarze ist unter merkwürdigen Umständen verendet und sie gibt Anna die Schuld daran.«

»Was, wieso das denn? Was ist denn überhaupt passiert?«

»Mehr weiß ich im Moment auch nicht. Ich konnte kaum etwas verstehen, weil Anna immer wieder weinte. Ich fahre jetzt auf jeden Fall nach Dortmund, um sie abzuholen. Sie sagte, dass die Polizei sie vernehmen will. Es ist höchst dubios. Ciao.«

Lucca starrte ihr Handy an und schüttelte den Kopf.

»Etwas Unangenehmes?«, fragte Alana besorgt.

»Ich weiß nicht, vielleicht ein Zickenkrieg. Anna scheint zu Mona gesagt zu haben, dass Diana behauptet, dass sie einen ihrer Hunde ins Jenseits befördert hat.« Lucca schaute Alana an, als zweifelte sie am Verstand der Freundin.

»Aber das ist ja schrecklich.« Alana war entsetzt.

»Abwarten, Mona fährt jetzt nach Dortmund, um sie abzuholen. Wenn sie zurück sind, wissen wir mehr.«

»Willst du nicht mitfahren?«

»Nein, was soll ich da?«

»Sie ist doch deine Freundin.« Alana war erstaunt über Lucca.

»Anna macht zurzeit aus allem ein Drama, ich warte erst

mal ab.« Luccas Stimme deutete das Ende dieser Unterhaltung an.

Alana verstand das Signal und insistierte nicht weiter, sondern brachte Santiago frisches Stroh in den Unterstand.

Lucca blieb leicht bedröppelt stehen, sie fühlte sich nicht sehr wohl in ihrer Haut.

»Kommst du gleich noch auf einen Kaffee rein?«

Alana wandte sich kurz um und nickte.

Na wenigstens etwas. Lucca ging ins Haus, um ein zweites Frühstück vorzubereiten.

Alana und Lucca hatten das Frühstück bis zum frühen Nachmittag ausgedehnt. Sie hatten sich über verschiedene Themen angeregt ausgetauscht und die Zeit war wie im Flug vergangen. Lucca brachte Alana zum Auto und sah ihr winkend nach.

Sie schaute sich etwas verloren um und ging dann hinter Pepper und Siegfried her, die den Weg zur Wiese eingeschlagen hatten. Am Zaun wartete bereits Santiago auf ihre Freunde und begrüßte sie mit einem leisen Schnauben. Die Stute schaute Lucca an, die noch nie allein bei dem Pferd gewesen war.

Lucca hatte einen Heidenrespekt vor Pferden und so näherte sie sich nur sehr vorsichtig. Womöglich würde Santiago schnappen. Lucca hatte zwar noch nicht gesehen, dass sie zu diesen Mätzchen neigte, aber man wusste ja nie. Sie streckte vorsichtig die Hand aus und wich erschrocken zurück, als Santiago den Kopf nach hinten warf.

»Okay, okay, war nur ein Versuch. Soll nicht wieder vorkommen.« Lucca zuckte die Achsel und wollte sich umdrehen, um zu gehen, als die Stute sie ganz kurz am Oberarm stupste. Lucca streckte wieder die Hand aus und diesmal wich Santiago nicht zurück und ließ sich von Lucca zart über die Nüstern streichen. »Dann noch einen schönen Tag.«

Sie wollte gehen. »Los, Jungs, ab geht's.«

Siegfried schob sich unter dem Zaun durch auf die Wiese, bellte auf und startete wie eine Rakete durch. Santiago drehte sich um und galoppierte hinter dem Windspiel her. Lucca und Pepper beobachteten die wilde Jagd. Sie konnte sich nicht erinnern, dass der Irische Wolfshund sich jemals in dem Tempo bewegt hatte. Sie streichelte seinen Kopf und Pepper schaute sie gelassen an.

Nachdem Lucca noch zwei Stunden im Atelier gearbeitet hatte, rief sie bei Anna an, die sich tatsächlich meldete. »Hi, Anna, ich wollte fragen, wann ich dir Siggi bringen kann, oder soll er noch bei mir bleiben?«

»Nein, nein, wir sind ja jetzt zurück und du kannst jederzeit kommen.« Anna klang erschöpft.

»Gut, dann fahre ich jetzt los. Ist Mona bei dir?«

»Ja, sie ist hier.«

»Dann seh ich euch gleich.« Lucca legte auf, rief die beiden Hunde und machte sich auf den Weg zu Anna.

Mona öffnete die Tür und schaute Lucca ernst an. Diese hob fragend die Augenbrauen, aber Mona deutete zu Anna, die auf dem Sofa lag und völlig verweint war.

»Was ist passiert?« Lucca beugte sich über die Freundin und küsste sie auf die Stirn. »Du siehst ja aus, als wäre kein Tropfen Flüssigkeit mehr in dem zarten Körper.« Auf Luccas scherzhafte Bemerkung reagierte Anna mit einem erneuten Aufschluchzen.

Lucca wandte sich an Mona. »Kannst du mir sagen, was los ist?«

Mona schaute Anna an, die ihr zunickte.

»Tja, kurz zusammengefasst: Bevor die Afghanen gerichtet werden sollten, wurden sie ärztlich untersucht. Von Anna. Unter anderem auch die Hündin von Diana Schwarze. Als Anna damit fertig war, wollte sie den Richtern ihre Untersuchungsergebnisse mitteilen, als sie einen Anruf auf ihrem Handy erhielt und gebeten wurde, sofort zurück in die Boxengasse zu kommen, weil ein Hund einen Krampfanfall erlitten hätte. Anna ging zurück, doch es war nichts von einem krampfenden Hund zu sehen. Sie kehrte dann wie geplant zurück, um Bericht zu erstatten. Die Show für die Afghanen begann und plötzlich gab es einen Riesentumult und Geschrei. Ein Hund von der Schwarze lag tot in seiner Box und nun das Sahnehäubchen.« Mona machte eine kleine Pause, die von Lucca mit einem unwirschen Verziehen der Mundwinkel kommentiert wurde. »Die Schwarze hat behauptet, dass Anna den Hund vergiftet hat als sie noch mal zurückgekommen ist.«

»Das ist doch Blödsinn.« Lucca konnte nicht glauben, was Mona gerade erzählt hatte. »Das ergibt doch keinen Sinn.«

»Was ergibt keinen Sinn, was kannst du nicht glauben?« Anna richtete sich auf. »Du glaubst nicht, dass der Hund tot ist, oder ergibt es für dich keinen Sinn, dass ich von dieser Mistziege beschuldigt werde?«

»Jetzt mal halblang, Anna. Das Ganze ist doch irrsinnig.«

»Ja, da hast du Recht.« Anna stand auf. »Es war auch total wahnwitzig, als dann auch noch die Kripo auftauchte, um mich zu vernehmen. Mich, Lucca! Ich bin Tierärztin und kein Abdecker. Und diese Frau macht da einen Aufstand, der noch zwei Hallen weiter zu hören gewesen sein dürfte.«

Anna goss sich mit zitternden Händen ein Glas Wasser ein.
»Das muss ein Missverständnis sein.« Lucca schüttelte den Kopf.

Anna drehte sich mit blitzenden Augen um. »Verstehe ich dich richtig? Du glaubst mir nicht?«

»Doch, natürlich glaube ich dir, warum denn nicht. Aber es gibt bestimmt eine Erklärung für Dianas Verhalten.«

»Die kann ich dir geben, kein Problem. Die Frau kann es nicht ertragen, dass ich sie offensichtlich nicht so toll finde und bewundere, wie dies alle andern zu tun scheinen. Außerdem habe ich ihre sexuellen Avancen abgelehnt, das war wohl etwas viel.«

»Jetzt sei doch nicht albern, Anna.« Lucca wurde jetzt ebenfalls ärgerlich.

»Ich bin nicht albern, ich wurde in aller Öffentlichkeit eiskalt beschuldigt, einen Hund vergiftet zu haben.« Anna wurde traurig. »Und weißt du, was ich albern finde?« Sie stand direkt vor Lucca. »Wir kennen uns so viele Jahre, du weißt wer und wie ich bin, wir sind Freundinnen! Und da lernst du vor wenigen Tagen diese ach so attraktive Frau kennen und deine Hormone vernebeln dir dein Gehirn. Du kennst sie überhaupt nicht, aber du stellst dich auf ihre Seite.« Anna konnte ihre Enttäuschung nicht verbergen.

»Fickt sie so gut, dass du dafür eine Freundin verrätst?« Lucca verlor sämtliche Farbe aus dem Gesicht und ballte die Fäuste. »Ich verrate niemanden.« Ihre Stimme war kalt und beide Frauen wussten, dass in diesem Augenblick etwas kaputtgegangen war.

Lucca drehte sich um, rief Pepper und verließ ohne ein weiteres Wort die Wohnung.

Lucca ging wie betäubt zu ihrem Wagen. In ihren Ohren rauschte das Blut, sie verstand nicht, was passiert war. Sie und Anna hatten all die Jahre die vielleicht schwierigste Beziehung unter den Freundinnen gehabt. Anna war nie empfänglich für Luccas Charme, sie hatte sich auch nie zu ihr sexuell hingezogen gefühlt. Anna zeichnete sich durch einen moralischen Zeigefinger aus, der Lucca oft auf den Geist ging. Anna war immer schnell mit einer Bewertung zur Hand, wenn sie sich, Annas Meinung nach, mal wieder zu leicht von einer Frau verabschiedet und diese ins emotionale Chaos gestürzt hatte. Lucca wusste, dass Anna mit ihren sexuellen Abenteuern nicht einverstanden war, weil sie es als verantwortungsloses und oberflächliches Verhalten bewertete. Für Anna kam ein one-night-stand nicht in Frage, während Lucca nichts anbrennen ließ. Anna trauerte auch jetzt noch, vier Jahre nach dem überraschenden Tod ihre Lebensgefährtin, um Angelika und ließ bis jetzt immer noch keine neue Beziehung zu.

———————

Anna weinte sich bei Mona aus. Sie schluchzte vor Wut und Enttäuschung. »Sie ist manchmal so ein Arschloch.« Anna ließ sich von Mona in den Arm nehmen. »Manchmal hasse ich sie. Weißt du, Mona, sie hat alles. Sie ist sehr erfolgreich in ihrem Beruf, sie sieht verdammt gut aus, kann essen was sie will, ohne zuzunehmen.« Anna holte Luft. »Sie hat überhaupt keine finanziellen Sorgen und die Frauen fallen ihr vor die Füße wie reifes Obst. Sie muss sich für nichts anstrengen. Sie lebt, als wäre alles eine riesige Party, die nur zu ihrem Vergnügen veranstaltet wird.« Anna empörte sich immer mehr.

Mona ließ sie reden, ohne selbst etwas zu sagen.

»Und jetzt ergreift sie auch noch die Partei dieser doppelzüngigen Schlange, es ist unglaublich! Lucca hat einen Blick für Menschen und jetzt ist sie völlig blind. Du hast doch selbst die Bilder gesehen, die sie von ihr gemacht hat. Sie hat sie in ihren Bildern seziert. Jeder sieht es, nur sie nicht? Das kann ich nicht glauben.«

Mona war zwischen ihren Freundinnen hin- und hergerissen. »Ich kann verstehen, dass du Lucca im Moment am liebsten in der Luft zerreissen würdest. Ich kann ihr bei Diana Schwarze auch nicht folgen. Andererseits kann man Lucca zu jeder Nachtzeit aus dem Bett holen, wenn man sie braucht. Sie hat sich immer für ihre Freundinnen eingesetzt.«

»Ja, Mona, bis jetzt.« Anna schaute traurig auf das Bild von Angelika, das neben der Tür hing. Lucca hatte es wenige Wochen vor Angelikas Tod aufgenommen. »Weißt du, was ich manchmal geglaubt habe? Wenn Angelika mir jemals untreu geworden wäre, dann wäre sie bei und mit Lucca schwach geworden.« Es entstand eine Pause.

Mona war mulmig zumute, denn sie wusste, dass Angelika, wie Anna es ausgedrückt hatte, tatsächlich »schwach« geworden war. Während Annas Teilnahme an einem mehrtägigen Tierärztekongress in Berlin hatte Angelika Lucca gebeten, Fotos von ihr zu machen, die sie Anna zum Geburtstag schenken wollte. Während der Sitzung machte Lucca den Vorschlag, keine 08/15 Bilder zu machen, sondern Aktaufnahmen. Angelika ließ sich von Luccas Ideen überzeugen und während des Nachmittags kamen sich die beiden Frauen näher und verbrachten schließlich die Nacht zusammen. Danach ging Angelika Lucca aus dem Weg und sie trafen sich nur noch bei gemeinsamen Unternehmungen im Freundeskreis. Angelika hatte Anna nie davon erzählt.

Mona erfuhr davon nach Angelikas Tod und sie beschloss gemeinsam mit Lucca, dass es keinen Sinn machte, Anna zu verletzen, indem sie ihr davon erzählten.

Mona wollte daher jetzt nicht auf Annas Bemerkung eingehen.

Anna schaute weiter auf das Foto und seufzte. »Es macht jetzt wohl keinen Sinn mehr, darüber nachzugrübeln.«

Das Telefon klingelte und Anna nahm den Hörer ab. Mona rechnete damit, dass der x-te Notfall angekündigt würde, aber es stellte sich heraus, dass die Kriminalbeamtin aus Dortmund am anderen Ende war und einen Besuch bei Anna für Montag ankündigte.

»Seit wann wird um einen toten Hund denn so ein Tamtam gemacht?« Mona war echt erstaunt. »Welches Dezernat kümmert sich denn so intensiv um plötzlichen Hundstod?«

»Sie hat mir ihre Karte gegeben, ich schau mal nach.« Anna suchte in ihrer Tasche nach der Visitenkarte. »Hier steht: ›Susanne Reiners, Kriminaloberkommissarin‹ und ihre Telefonnummer. Mehr nicht.«

»Und sie kommt extra hierher, wieso?«

»Sie sagte, dass sie noch ein paar abschließende Fragen klären möchte und da sie sowieso in Köln ist, würde es sich anbieten, bei mir vorbeizukommen.«

»Komisch. Wie ist die Kommissarin denn, was ist sie für ein Typ?«

»Also Mona, glaubst du, ich habe in der ganzen Aufregung darauf geachtet, was sie für ein Typ ist? Ich habe doch wohl andere Sorgen!« Anna dachte einen Augenblick nach. »Ich würde sagen, dass sie jünger als ich ist, also höchstens Mitte Dreißig, sportlich schlank, sie hat liebe Augen – ja, das ist mir aufgefallen. Sie hat liebe Augen, mit denen sie mich mitfühlend angesehen hat.«

»Mich interessiert, welches Dezernat sich da engagiert. Wenn du dran denkst, dann frag sie doch mal.« Damit war das Thema für Mona erledigt.

Die beiden Frauen beschlossen, den unangenehmen Tag bei ihrem Lieblingsitaliener zu beenden und sich mit gutem Essen verwöhnen zu lassen.

Als Lucca vor dem Haus vorfuhr, sah sie zu ihrer Überraschung, dass Alanas Wagen wieder dort stand. Noch überraschter war sie darüber, Alana mit einem großen Becher Tee in ihrer Küche vorzufinden.

»He, das ist aber schön, dich hier zu sehen. Ist was mit Santiago?« Lucca begrüßte Alana mit zwei Küsschen auf die Wangen.

»Nein, Gott sei Dank nicht. Mir geht mein Mann im Moment auf den Geist und ich habe eine kurze Auszeit genommen. Ich verschwinde gleich wieder.«

»Du kannst bleiben so lange du möchtest. Ich bin sogar froh, dass du da bist, denn ich hatte eine unerfreuliche Begegnung mit Anna. Vielleicht magst du ja mit uns spazieren gehen?« Lucca hoffte, dass Alana zusagen würde und strahlte die Frau an, als sie nickte.

»Möchtest du über das Unerfreuliche reden?« Alana blickte Lucca fragend an.

»Ich weiß nicht, lass uns einfach losmarschieren.«

»Es ergibt sich schon alles.« Alana lächelte Lucca zu und sie machten sich auf.

»Wenn du auch ein Pferd hättest, könnten wir jetzt einen Ausritt machen. Ich glaube, das würde dir auch Spaß machen.«

»Alana, wofür hältst du mich. Ich setze mich nicht auf ein so großes Tier. Weißt du nicht, dass ich im Grunde meines Herzens ein Feigling bin?«

»Das kann ich mir nicht vorstellen, ehrlich gesagt.« Alana blieb stehen, neigte den Kopf leicht zur Seite und lächelte verschmitzt. »Bei dir scheint es ja viel zu entdecken zu geben. Du machst mich neugierig.«

»Na, vielleicht würde dir gar nicht gefallen, was du entdeckst. Lass es mal lieber.« Lucca schaute Alana ernst an, die ebenso ernst zurückschaute. »Ich glaube schon, dass es sich lohnt, dich näher kennenzulernen, Lucca.«

»Guck mich nicht so an, du irritierst mich.«

Alana musste lachen. »Wie gucke ich denn?«

»Komisch eben.«

»Vielleicht möchtest du mir ja noch mal in die Augen sehen, vielleicht kannst du dann sagen, wie ich gucke.« Alana blieb stehen.

Lucca war schon einige Schritte weitergegangen und sie drehte sich um. Ihr Herz schlug ihr plötzlich bis zum Hals, ihre Knie fühlten sich wie Gummi an. Sie kam auf Alana zu und blieb vor ihr stehen.

»Ich sehe etwas in deinen Augen, vor dem ich Angst habe, Alana. Deine Augen versprechen mir etwas, nach dem ich mich sehne, seit ich denken kann.«

Alana berührte sanft Luccas Hand, die sie schnell zurückzog.

»Weißt du, Alana, wenn ich dich ansehe, bleibt mir die Luft weg. Ich kenne das nicht.«

»Vielleicht verliebst du dich gerade, Lucca? Und es geht dir so wie mir.«

Lucca wusste nicht, was sie sagen sollte. Sie war durcheinander. Bis vor wenigen Minuten war die Beziehung zu Alana klar und einfach für sie gewesen.

Sie sah zu den Wolken am Himmel. »Wir sollten zurückgehen, es sieht nach Regen aus.«

Alana hätte sich am liebsten auf die Zunge gebissen. Verflixt, warum hatte sie das gesagt. Sie war sich schon seit der Abschiedsparty für Charlotte klar darüber, dass sie sich in Lucca verliebt hatte. Die erotische Ausstrahlung, die Lucca hatte, machte sie sprachlos. Sie sehnte sich nach ihrer Berührung, sie wollte ihre Lippen auf ihrem Mund spüren. Aber sie schien es vermasselt zu haben, ihre Verführungskünste waren ja wohl miserabel.

Alana schluckte und sprach als wäre nichts geschehen. »Ja, das wird wohl das Beste sein, außerdem muss ich zurück nach Bonn, es ist schon spät.«

Alana kam nicht mehr mit ins Haus, sondern fuhr sofort los. Lucca vermisste sie augenblicklich. »Du bist eine Idiotin, Lucca.« Das Spiegelbild gab ihr keine Antwort.

Sie rief bei Diana an, hatte aber nur Dörte am Apparat.

»Frau Schwarze hat sich bereits hingelegt, sie hat heute unter schrecklichen Umständen Nefertari verloren und hat eine Beruhigungstablette genommen. Ich habe die Anweisung, sie auf gar keinen Fall zu stören.«

»Dann tun Sie das auch auf keinen Fall.« Lucca wollte sich verärgert verabschieden als Dörte weitersprach. »Ich werde Frau Schwarze morgen ausrichten, dass Sie angerufen haben. Gute Nacht.« Damit war das Telefonat endgültig beendet.

»Blödes Weib.« Lucca sah den Telefonhörer an. »Sind denn jetzt um mich herum alle bescheuert geworden?«

Sie beschloss, einen Zug durch die Kölner Szene zu machen und zog sich um.

Sie war nicht lange auf der Pirsch, als sie eine Frau kennenlernte, mit der sie einige Stunden verbrachte und die sie schon fast vergessen hatte, als sie morgens um sieben Uhr wieder zu Hause war.

———————

Lucca fühlte sich alles andere als wohl, als sie zu ihrer Verabredung mit Diana Schwarze aufbrach. Mona hatte sich noch nicht wieder bei ihr gemeldet, von Anna hatte sie nichts anderes erwartet. Lucca selbst hatte aber auch nicht versucht, mit ihren Freundinnen in Kontakt zu kommen. Alana hatte sie ebenfalls den ganzen Tag nicht gesehen.

Sie fühlte sich von allen verlassen und völlig unverstanden. In ihrem Groll fuhr sie viel zu früh los und stand entsprechend vor der verabredeten Zeit vor dem verschlossenen Tor. Lucca stellte ihren Wagen auf der Straße ab und schaute sich um. Sie sah einen schmalen Pfad, der links an der Grundstücksmauer vorbeiging. Es schien ein Trampelpfad zu sein, der von Hundebesitzern zum Gassigehen benutzt wurde. Weit und breit war allerdings kein Mensch mit Hund zu sehen.

Lucca schaute noch mal zum Haus rüber, entschied sich dann für eine weitere Bewegungseinheit und spazierte los. Der Weg führte in ein kleines Wäldchen. Auch hier hielt eine Mauer ungebetene Gäste weg. Sie war teilweise mit

Efeu dich bewachsen. Dianas Haus war nicht zu sehen, ebenso wenig wie das Seminargebäude. Es war kein Laut zu hören, selbst die Vögel waren stumm. Die Stille machte Lucca aufmerksam, sie blieb stehen und schaute sich um. Diese Ruhe war ihr fast unheimlich. Dann nahm sie doch etwas wahr. Das Geräusch erinnerte sie an ihre Tante, wenn sie den Gemüsegarten umgrub. Da schien jemand im Wald zu graben. Lucca wurde neugierig und versuchte herauszufinden, aus welcher Richtung das Spatengeräusch kam. Sie ordnete es links von sich ein und ging ein paar Schritte in die Richtung. Ihr fiel ein kaum wahrnehmbarer Streifen Gras auf, der niedergetreten war, beziehungsweise er sah aus, als sei dort etwas Schweres entlang gezogen worden, und der zwischen Bäumen und Sträuchern verschwand. Einige Grashalme richteten sich bereits wieder auf. Lucca schaute auf die Uhr. Sie hatte noch etwas Zeit und war hin- und hergerissen, ob sie zurückgehen oder ihrer Neugier nachgeben sollte. Sie entschied sich für letzteres und ging los. Sie wusste auch nicht warum, aber ihr Herz schlug ihr plötzlich bis zum Hals und sie versuchte, selbst keine Geräusche zu machen. So schlich sie einige Meter, bis sie zwischen den Bäumen eine Bewegung wahrnahm. Sie blieb hinter einem Baum stehen und spähte vorsichtig herum. Es dauerte einen Moment, bis sie realisierte, was sie dort sah. Dörte Wagner grub ein Loch in die Erde, den Aushub hatte sie neben einem blauen Müllsack aufgeschichtet. Lucca konnte nicht erkennen, was in dem Sack war. Sie bekam eine Gänsehaut und dachte darüber nach, was Dörte dort vergraben wollte.

Lucca zuckte zurück, als Dörte sich unvermittelt aufrichtete und sich umsah. Sie hoffte, dass sie nicht entdeckt worden war, denn die ganze Situation kam ihr inzwischen absurd vor und sie befürchtete, sich lächerlich zu machen. Als sie das Geräusch des Spatens wieder hörte, schlich sie zu ihrem Wagen zurück.

Sie sah, dass das große Tor jetzt geöffnet war, sie wurde also erwartet. Sie parkte vor dem großen Haus und stieg aus. Lucca schaute sich um, in der Erwartung, dass Dörte Wagner jeden Moment um die Ecke bog.

»Hallo Lucca.« Sie fuhr zusammen, Diana stand auf der Treppe. Jetzt benimm dich nicht wie ein kleines Kind, schalt sie sich, als sie auf Diana zuging und sie zur Begrüßung küsste.

»Dörte hat mir gesagt, dass du gestern Abend noch angerufen hast. Das hat mich sehr gefreut.« Diana hakte sich bei Lucca ein und zog sie ins Haus. »Dörte kümmert sich jetzt um Nefertari, sie hat aber schon alles für uns vorbereitet. Ich war zu schwach, ich konnte mich heute um nichts kümmern. Diese Geschichte hat mich sehr mitgenommen.« Diana seufzte und strich sich eine Haarsträhne aus der Stirn.

»Sie kümmert sich um Nefertari? Wie meinst du das?« Lucca war erstaunt.

»Sie beerdigt sie.« Dianas Stimme zitterte, so, als wollte sie jeden Moment weinen.

Bevor Lucca darüber nachdenken und weitere Fragen stellen konnte, hatte Diana ihre Hand genommen und küsste die einzelnen Finger.

»Weißt du, ich könnte mir vorstellen, dass wir erst später essen.« Diana sah Lucca mit einem Blick an, der alles versprach.

»Dann gibt es wohl heute den Nachtisch zuerst?« Luccas Stimme klang rau vor sexueller Begierde, die sie vorher noch gar nicht gespürt hatte.

Diana lächelte fast triumphierend und zog Lucca zur Treppe. »Dann wollen wir keine Zeit verlieren.«

Die Schlafzimmertür war noch nicht geschlossen, als Diana sich von Lucca ausziehen ließ und immer wieder aufstöhnte, wenn Lucca dabei ihre Brüste streifte. Lucca war irritiert, als sie unten im Haus Geräusche hörte, aber Diana gab der Tür einen Schubs, so dass sie ins Schloss fiel. »Ich möchte überall von dir geküsst werden«, flüsterte sie und zog sie aufs Bett. Als Lucca ihren Bauch küsste, öffnete sie ihre Schenkel und wies ihr den Weg.

Nach zwei Stunden lagen beide Frauen erschöpft und schweißnass auf dem Bett. Lucca lag auf dem Rücken und atmete schwer. Diana drehte sich zu ihr und streichelte ihren Bauch. Sie stützte sich auf einen Ellenbogen und küsste zwischen Luccas Brüste. »Was hältst du von einem kleinen Snack, den Dörte uns bringt?«

»Was?« Lucca schoss hoch. »Sie soll hier rein kommen? Das ist mir unangenehm.« Sie fand diese Idee überhaupt nicht gut.

Diana lachte. »Dörte hat schon mehr gesehen als du denkst.«

»Das ist mir ziemlich egal, was und wen sie alles gesehen hat. Wir können genauso gut runter gehen oder ich kann uns etwas holen, wenn du zu schlapp zum Aufstehen bist.« Der letzte Teil des Satzes hatte einen ironischen Unterton.

»Oh Lucca, sei doch nicht so kleinkariert. Sie ist meine Angestellte, es ist ihr Job.« Ehe Lucca sich versah, hatte Diana über sie hinweg zu einem Schalter an der Wand gegriffen und ihn gedrückt.

Es dauerte nur wenige Augenblicke, bis es an der Tür klopfte. Lucca drehte sich notdürftig in das Laken ein, als sich die Tür öffnete und Dörte mit einem großen Tablett ins Zimmer kam. Sie schaute nicht zum Bett, auf dem Diana fast provozierend in ihrer Nacktheit lag, sondern stellte das Tablett auf einem Servierwagen ab und zog sich augenblicklich zurück, ohne den Blick zu heben.

»Du solltest dich mal sehen, Lucca, du bist süß.« Diana lachte und sprang aus dem Bett, um den Servierwagen herüber zu ziehen. Lucca wand sich innerlich und spürte Ärger auf Diana, die gerade einen Champagnerkorken knallen ließ. Diana hielt die Flasche so, dass sich der Schaum über Lucca ergoss.

»Oh, das tut mir leid.« Diana kam zu ihr und leckte den Champagner von ihrem Körper.

Es verging eine weitere Stunde, bis der Snack tatsächlich gegessen wurde.

Diana räkelte sich lasziv auf dem Bett und beobachtete Lucca. »Ich fahre morgen nach Mainz zu einer Talkshow, die am Abend gesendet wird.«

»Hm.« Lucca konnte sich denken, um welche Sendung es sich handelte.

»Mehr sagst du nicht dazu?«

»Tja, du bist eben bekannt. Vermutlich wirst du in absehbarer Zeit noch mehr dieser Einladungen erhalten und rumgereicht.«

»So wie du das sagst, klingt das nicht besonders gut.« Diana richtete sich auf.

»Na ja, wer's mag. Für mich wäre das nichts.« Lucca beneidete Diana nicht.

Sie schaute Lucca mit einem Blick an, den diese nicht deuten konnte. Er war auf jeden Fall so unangenehm, dass Lucca aufstand und ins Bad ging. »Ich dusche jetzt und dann fahre ich nach Hause.« Sie verschwand unter der Dusche und ließ das Wasser laufen. Es dauerte nicht lange und Diana gesellte sich zu ihr. Sie drückte sich an Lucca.

»Du willst schon fahren?«

»Ja, Pepper hat auch so das eine oder andere Bedürfnis.«

»Er wird schon noch etwas warten können.« Diana seifte Luccas Rücken ein und wollte sich den Brüsten zuwenden.

»Nein, er wartet schon lange genug.« Lucca hielt Dianas Hände fest und schob sich an ihr vorbei. »Tut mir leid, Diana.« Sie küsste sie auf den Mund, bevor sie sich nach einem Handtuch umsah.

»Du willst tatsächlich gehen?« Diana schaute völlig verdutzt, so als könnte sie das nicht glauben.

Lucca nickte nur.

»Hast du noch eine Verabredung?« Dianas Stimme hatte einen lauernden Unterton.

»Quatsch! Wenn ich eine habe, dann mit Pepper.« Lucca ging ins Schlafzimmer, um sich anzuziehen. Sie wollte so schnell wie möglich weg. Sie fühlte sich plötzlich in der Gegenwart von Diana nicht besonders wohl. Sie spürte ein vages Gefühl, das sie nicht benennen konnte und das sich bei ihr einstellte, nachdem sie Sex gehabt hatten.

»Ich habe gehört, dass du nichts anbrennen lässt.« Diana stand im Türrahmen und tropfte den Boden voll.

»Was soll das, Diana?« Lucca schaute sie an.

»Ich frage nur.«

»Ich frage dich auch nicht nach deinen Beziehungen. Jede lebt ihr Leben, so sehe ich das.« Lucca war ärgerlich und fühlte sich zunehmend bedrängt.

»Bleibt unsere Verabredung für Dublin bestehen?« Diana schien unsicher zu werden.

»Klar, nächstes Wochenende. Ich brauche nur noch die genaue Uhrzeit, wann wir uns wo treffen.« Lucca war startklar.

»Gut.« Diana schien beruhigt und lächelte Lucca an. »Dörte hat alles genau aufgeschrieben, der Zettel liegt auf meinem Sekretär nebenan.« Sie ging nackt und feucht von der Dusche in ihr Arbeitszimmer und holte einen Zettel, den sie Lucca gab.

Lucca schaute darauf und las: Freitag, Air Lingus, 11h45 einchecken, 12h45 Abflug.

»Dann sehen wir uns am Freitag.« Lucca nahm Diana in den Arm und küsste sie.

»Sehen wir uns vorher nicht mehr?« Diana schaute traurig.

»Ich weiß nicht, Diana, ich habe noch einiges zu tun, außerdem fahre ich für mindestens zwei Tage zu meinem Vater. Vielleicht bleibe ich auch bis Donnerstag.«

»Ja klar, dein Vater …« Diana ließ den Satz in der Luft hängen.

Lucca küsste sie und ging. Sie hatte damit gerechnet, dass Diana sie nach unten bringen würde, aber sie blieb im Schlafzimmer.

Sie ging die Treppe hinunter zur Haustür. Es war überall still und nur indirektes Licht brannte. Sie öffnete die Haustür und stand Dörte Wagner gegenüber. Lucca schrak zusammen. »Verflixt, Dörte, wollen Sie mich umbringen?«

»Entschuldigen Sie, Lucca. Ich wusste nicht, dass Sie jetzt schon fahren wollen. Ich dachte, Sie bleiben zum Frühstück.« Dörte schaute Lucca unterwürfig an. Das trug nicht dazu bei, ihre Stimmung zu verbessern.

»Ich muss los.« Lucca ging zum Wagen, ohne sich umzudrehen.

»Ich mache Ihnen das Tor auf«, war das Letzte, was sie hörte, bevor sie den Motor startete.

Während Lucca auf dem Weg zu ihrem Vater ins Emsland war, stattete Kriminaloberkommissarin Susanne Reiners Anna den angekündigten Besuch ab.

Sie öffnete die Praxistür und trat ein. Die Stühle waren leer, niemand schien auf eine Behandlung zu warten und es war auch keine tierärztliche Helferin zu sehen. Der Tresen war völlig verwaist und die Polizistin schaute sich um. Schließlich machte sie sich durch ein Hüsteln bemerkbar. Sie spürte eine Bewegung an ihrem rechten Bein und schaute auf den Boden. Siegfried saß dort und blickte sie aus braunen Augen an. »Hi, hallo Hund.« Zu dieser originellen Begrüßung wedelte Siegried erfreut mit der Rute.

Anna schaute über den Tresen. »Hallo, entschuldigen Sie bitte, ich habe Sie gar nicht kommen hören. Ich war hinten und habe einige Instrumente gereinigt, da kriege ich nichts mit. Siegfried hat Sie immerhin begrüßt.«

»Kein Problem, Frau Doktor Lausen. Heute Morgen scheint nicht viel los zu sein?« Die Kommissarin schaute Anna fragend an.

»Nein, wir können uns also ganz in Ruhe unterhalten. Bitte kommen Sie doch hier durch, wir setzen uns in den Behandlungsraum, wenn es Ihnen recht ist.« Anna stockte einen Moment. »Wir können eigentlich auch in meine Wohnung gehen.« Sie wollte in die Geborgenheit ihrer Wohnung, dort fühlte sie sich sicherer als in ihrer Praxis. »Ich sage Mareike Bescheid, dass sie mich anpiepst, wenn ein Patient auftaucht. Einen Augenblick bitte.«

Anna drehte sich weg und ging durch eine Tür in den hinteren Bereich der Praxis. KOK Reiners hörte Anna, die offensichtlich mit der gerade erwähnten Mareike sprach.

»So, alles klar.« Anna lächelte, als sie wieder nach vorne

kam »Wir gehen jetzt nach oben in meine Wohnung, dort schmeckt der Kaffee besser.«

Anna ging voran und Susanne Reiners und Siegfried folgten ihr. Anna spürte den Blick der Frau in ihrem Rücken. Sie öffnete die Wohnungstür und ließ die Polizistin eintreten.

»Ich habe zwar gerade von Kaffee gesprochen, aber ich kann Ihnen auch Tee oder etwas anderes anbieten, wenn Sie mögen.« Anna schaute erwartungsvoll.

»Danke, ich trinke sehr gerne eine Tasse Tee, wenn es Ihnen keine Umstände macht.«

»Überhaupt nicht.« Anna verschwand in der Küche und rief von dort. »Nehmen Sie doch bitte Platz, ich bin gleich bei Ihnen.« Die Kommissarin machte sie irgendwie nervös, Anna überlegte, woran das lag. Sie hatte bezüglich ihrer Arbeit in Dortmund während der Hundeausstellung keinerlei schlechte Gefühle. Anna wusste, dass sie keinen Fehler gemacht hatte. Die Kommissarin war freundlich und hatte einen offenen Blick, also eigentlich kein Grund zur Nervosität. Und trotzdem, Anna wusste nicht so recht mit dieser Situation umzugehen.

»Sie wohnen hier sehr schön.« Anna erschrak, als sie die Stimme der Kommissarin hinter sich hörte. Susanne Reiners stand in der Tür und schaute Anna an. »Kann ich mich irgendwie nützlich machen?«

»Ah, ja, … eigentlich … « Anna fehlten die Worte. »Vielleicht setzen Sie sich einfach hier an den Tisch.« Anna zeigte mit der Hand auf einen kleinen Tisch, der hinter der Tür stand.

»Gerne.«

Oh, Gott, Anna kam sich wie ein kleines Mädchen vor, ihre Souveränität schien portionsweise zu verschwinden.

»Ich erlebe immer wieder, dass Menschen in meiner Gegenwart unsicher werden. Leider.«

»Tja, ich überlege schon die ganze Zeit, welche Sünden ich nun nicht mehr länger geheimhalten kann.« Anna versuchte, sich mit einem Scherz aus der Anspannung zu befreien.

»Da kann ich Sie beruhigen, ich bin nämlich in keiner Weise an Ihren Sünden interessiert.« Die Kommissarin schaute auf Annas Hände, als diese ihr den Tee eingoss.

Siegfried hatte sich in sein Körbchen verzogen und beobachtete von dort, was vor sich ging.

Anna setzte sich auf den Stuhl gegenüber. »Was kann ich also für Sie tun? Welche Fragen müssen noch geklärt werden, Frau Kommissarin?« Sie nippte an ihrem Teeglas.

»Haben Sie Feinde, Frau Doktor Lausen?«

Anna verschluckte sich fast an ihrem Tee. »Das klingt aber sehr nach einem schlechten Film, meinen Sie nicht?«

Susanne Reiners lächelte. »Tja, leider meine ich die Frage ernst. Wir haben die Nummern auf Ihrem Handy überprüft, weil ja dieser angebliche Notruf dort eingegangen ist. In der fraglichen Zeit ist nur ein Anruf von einem öffentlichen Fernsprecher in Halle 7 auf Ihrem Apparat angekommen. Von Zeugen wurde bestätigt, dass Sie sich zu dem Zeitpunkt auf dem Weg zum Richterbüro in Halle 1 befanden.«

»Habe Sie etwa gedacht, ich hätte mich selbst angerufen?« Anna staunte nicht schlecht.

»Wir müssen einfach jede Möglichkeit bedenken, nehmen Sie das bitte nicht persönlich.«

Anna goss Tee nach.

»Ich frage nochmals nach möglichen Feinden, Frau Doktor Lausen?« Die Kommissarin sah Anna ernst an.

»Meine Güte, welche Feinde sollte ich haben? Meinen Sie

einen Tierbesitzer, der der Ansicht ist, ich hätte seinen Schoßhund falsch behandelt?«

Die Kommissarin zuckte mit den Schultern. »Ich weiß es nicht, vieles ist möglich.«

»Meinen Sie denn tatsächlich, dass diese entsetzliche Geschichte ein Racheakt war?« Anna versuchte sich mit diesem Gedanken auseinanderzusetzen. »Wer sollte denn einen Hund von Frau Schwarze schädigen wollen, um mir sozusagen eins auszuwischen, wenn ich das mal so salopp sagen darf?«

»Was ist mit Frau Schwarze?« Die Kommissarin beobachtete aufmerksam, wie sich das Minenspiel von Anna schlagartig veränderte.

»Diana?« Anna sah die wütende Diana vor sich, als sie ihr sagte, dass sie keine private Beziehung zu ihr wünsche. Und sie sah sie auch in Dortmund, als sie mit eiskaltem Blick sehr lautstark den Namen von Anna mit dem Tod ihrer Hündin in Verbindung brachte. »Aber sie würde doch niemals ihren eigenen Hund zu Tode bringen ...«

»Kennen Sie sich näher?« Die Kommissarin hakte nach.

»Nein.« Anna blickte ihr Gegenüber an. »Warum schicken Sie den Hund nicht in die Tierpathologie?«

»Frau Schwarze hat den Kadaver mitgenommen. Für uns lag kein Grund vor, das tote Tier zu beschlagnahmen.«

»Aber es ist so wichtig, dass Sie heute hier sind, dass Sie extra von Dortmund zu mir fahren, um mich zu befragen? Ich verstehe das nicht.« Anna schaute die Kommissarin ungläubig an. »Von welchem Dezernat sind Sie?«

»Bitte haben Sie Verständnis dafür, dass ich Ihnen nicht viele Informationen geben kann. Es geht mir nicht so sehr um den toten Hund, als um andere Zusammenhänge, über die ich nicht sprechen kann.«

»Das ist doch lächerlich.« Anna war ärgerlich. Was wurde hier gespielt, was wollte diese Kommissarin von ihr?

»Ich interessiere mich beruflich für Frau Schwarze.« Kriminaloberkommissarin Reiners wurde verlegen. »Und, ehrlich gesagt, mache ich diesen Besuch hier bei Ihnen, weil ich eine Gelegenheit gesucht habe, Sie wiederzusehen.«

»Ich verstehe nicht.« Anna spürte, dass sie eine dunklere Gesichtsfarbe annahm.

»Es ist an mir, verlegen zu sein, bitte entschuldigen Sie meinen Überfall. Ich werde jetzt besser gehen.« Susanne Reiners stand auf.

Anna machte eine abwehrende Handbewegung. »Setzen Sie sich doch wieder. Sie kommen also den ganzen Weg, um mich wiederzusehen?«

»Im Großen und Ganzen schon, ja. Ich habe heute Nachmittag im Polizeipräsidium in Köln einen Termin und da habe ich gedacht, ich schaue einfach vorher bei Ihnen vorbei.«

Anna sah sie an. Was sie sah, gefiel ihr, das konnte sie nicht abstreiten. Sie lächelte. »Das ist die verrückteste Anmache, die ich erlebt habe.«

»Mir fiel einfach nichts Besseres ein.« Susanne Reiners zuckte entschuldigend mit den Achseln. »Ich habe allerdings auch darüber nachgedacht, wer Ihnen schaden möchte und warum. Und natürlich auch darüber, was eigentlich mit dem Hund los war.«

»Wir brauchen den Kadaver.« Anna hatte eine Idee.

»Ich habe heute Morgen bei Frau Schwarze angerufen und gefragt, ob wir auf den Kadaver zurückgreifen können. Ich erhielt die Antwort, dass die Hündin eingeäschert wurde.«

»Und das glauben Sie, Frau Kommissarin?« Anna konnte sich das nicht vorstellen.

»Susanne reicht mir als Anrede.« Sie warf Anna einen ermunternden Blick zu.

»Susanne, okay.« Anna hatte nur kurz gezögert.

»Dienstlich habe ich keine Möglichkeiten mehr, denn Frau Schwarze deutete an, die Anzeige gegen Sie zurückziehen zu wollen.« Susanne wartete auf Annas Reaktion.

»Das Biest schleudert erst mit Dreck, um dann vielleicht einen Rückzieher zu machen? Warum, was soll das?«

»Ich habe keine Ahnung, Anna. Hat sie mit dir eine Rechnung offen? Oh, Entschuldigung, ist mir rausgerutscht.« Susanne sah Anna besorgt an. Diese sah ihr in die Augen und schmolz dahin. Würde sie sich jetzt ausgerechnet in diese Polizistin aus Dortmund verlieben? Das fehlte ihr gerade noch. Susanne hielt sie mit ihrem Blick fest.

»Also, das ist mir jetzt alles ein bisschen viel.« Anna schluckte. »Ich muss erst mal für mich sortieren, Susanne. Ich glaube es ist besser, wenn du jetzt gehst.«

Susanne schien enttäuscht zu sein, stand aber unverzüglich auf. »Rufst du mich an?«

»Dafür brauche ich deine Nummer, oder soll ich dich im Büro anrufen?« Annas Knie zitterten.

Susanne holte ein Kärtchen aus ihrer Jacke, die sie über die Stuhllehne gehängt hatte, und reichte sie Anna. »Ich würde mich sehr freuen, bald von dir zu hören.« Sie zog ihre Jacke an und wurde von Anna zur Tür begleitet.

»Ich melde mich auf jeden Fall. Ich bin nur völlig überrascht.«

»Pass auf dich auf.« Susanne drehte sich um und war verschwunden.

Anna schloss die Tür, lehnte sich von innen dagegen und atmete tief ein und aus. Dann ging sie ins Wohnzimmer und blieb vor Angelikas Fotografie stehen. »Was soll ich jetzt machen?« Sie starrte das Bild lange an. Anna schaute auf die Uhr, es war Mittagszeit und das bedeutete, dass sie Mona erreichen konnte. Sie nahm das Telefon und wartete auf die Verbindung.

»Hallo Mona, du glaubst nicht, was mir gerade passiert ist. Wollen wir zusammen Mittag essen, ich muss mit dir reden?« Mona war einverstanden und nach 20 Minuten trafen sie sich beim Italiener.

Alana nutzte ihre Mittagspause, um Charlotte vom Flughafen Köln-Bonn abzuholen, die völlig überraschend für zwei Tage in Deutschland war. Charlotte hatte lediglich Alana angerufen und würde die beiden Tage bei ihr und ihrem Mann in Bonn wohnen.

Mit einer Verspätung von 30 Minuten landete die Maschine, die Charlotte in Brüssel genommen hatte, da sie keinen Platz bei einer Airlines buchen konnte, die einen Direktflug von New York nach Köln-Bonn anbot. Die beiden Freundinnen fielen sich in die Arme und begrüßten sich überschwänglich, so als hätten sie sich Ewigkeiten nicht mehr gesehen.

Alana schaute die Freundin an. »Abgesehen von der Anstrengung durch den Flug siehst du fantastisch aus.«

»Mir geht's auch wider Erwarten sehr gut.« Charlottes Augen leuchteten.

»Ich kenne diesen Ausdruck, du bist verliebt!« Alana legte den Kopf zur Seite.

Charlotte lachte. »Dir konnte ich noch nie lange etwas vormachen.«

»Sollen wir hier einen Kaffee trinken oder erzählst du es mir im Auto? Bis zu Hause will ich nicht warten.«

Charlotte hob die Hände. »Ich würde den Kaffee lieber bei dir trinken.«

»Na dann, nichts wie los.« Alana nahm Charlottes Tasche und sie machten sich auf den Weg zum Auto. Kurze Zeit später waren sie auf der Autobahn und Alana schaute erwartungsvoll zu ihrer Freundin rüber.

»Er oder sie?« Alana konnte ihre Neugier nicht verhehlen.

»Er.« Charlotte schmunzelte.

»Doch wohl nicht dieser Schotte aus deiner Pension?«

»Doch, genau der.«

»Weiß er schon von seinem Glück oder schmachtest du noch im Verborgenen?« Alana kannte ihre Freundin gut.

»Du musst aber auch gleich den Finger drauf legen!« Charlotte wirkte leicht ernüchtert.

»Das erzählst du mir gleich in aller Ruhe, ja? Wir sind bald da.« Alana wollte von dem scheinbar heiklen Thema ablenken. »Was ist denn mit Lucca?«

»Mit Lucca?« Charlotte wirkte erstaunt. »Oh, wir haben uns voneinander verabschiedet. Ich hoffe, dass wir Freundinnen bleiben können.« Es entstand eine Pause. »Ich hatte mir sehr gewünscht, dass wir ein Paar werden könnten, aber dafür ist Lucca nicht gemacht. Ich kann mir nicht vorstellen, dass sie mal nicht mehr mehrere sexuelle Beziehungen gleichzeitig führt.« Charlotte schaute zu Alana. »Warum fragst du?«

»Nur so, ich wusste nicht, dass eure Liebesbeziehung tatsächlich zu Ende ist, das klang für mich nicht so, als wir letzte Woche telefoniert haben.« Alana sah nach vorne und versuchte sich auf den Verkehr zu konzentrieren.

»Es hat keinen Sinn auf Lucca zu warten, sie wird sich

womöglich nie entscheiden. Ich möchte auf Dauer einen Menschen nicht mit anderen teilen, ich möchte mich nicht permanent fragen, wo sie gerade mit wem war, wenn sie nach Hause kommt.« Charlotte wirkte wehmütig. »Ich habe lieber den Spatz in der Hand als die Taube auf dem Dach.« In diesem Moment fuhr Alana vor ihr Haus und parkte den Wagen.

»Ich glaube, wir verschieben den Kaffee auf später. Ich würde mich im Moment lieber eine Stunde ins Bett legen, dann fühle ich mich sicherlich frischer und bin für alles heute Abend zu haben. Das geht doch, oder?«

Alana nickte. »Selbstverständlich. Du kennst dich ja aus. Ich muss zurück in die Praxis.«

———————

Lucca war inzwischen bei ihrem Vater angekommen und sie machten einen gemeinsamen Spaziergang. Sie schwiegen die meiste Zeit, denn Lucca war sehr nachdenklich und ihr Vater wollte sie nicht bedrängen. Er freute sich, dass sein einziges Kind den Weg nach langer Zeit mal wieder zu ihm gefunden hatte. Da er ohnehin kein Mann vieler Worte war, fiel es im nicht schwer, das Schweigen auszuhalten. Hans Bork überlegte, wann er seiner Tochter das sagen würde, was er zu sagen hatte.

Er schaute sie an und musste an ihre Mutter denken. Luzie hatte auch diesen Gesichtsausdruck, wenn sie etwas beschäftigte, was sie belastete und worüber sie nicht sprechen wollte. Es hatte vieles gegeben, über das sie mit ihm nicht sprechen wollte oder konnte.

Hans Bork wusste, dass seine Frau bei Luisa etwas gefunden hatte, was sie bei ihm vermisste. Sie hatten nie darüber gesprochen, aber es herrschte ein stilles Einverständnis zwischen ihnen. Er hatte es akzeptiert und lebte in der ständigen Sorge, dass seine Frau ihn verlassen könnte. Er liebte sie und brach völlig zusammen, als sie starb und er tatsächlich allein zurückblieb und sich verlassen fühlte.

»Woran denkst du, Papa?« Lucca schaute ihrerseits den Vater an.

»Ich denke an deine Mutter und wie sehr ich sie immer noch jeden Tag vermisse.« Hans Bork lächelte seine Tochter an. »Und du, woran denkst du?«

»Mir flitzen so viele Gedanken im Kopf herum, es ist im Moment etwas chaotisch.« Lucca wollte nicht darüber reden, drehte sich zu Pepper um und streichelte über seinen Kopf.

Ihr Vater verstand und stellte keine weiteren Fragen.

Nach zwei Stunden kehrten sie in das kleine Haus zurück und überlegten, was sie sich zum Abendessen machen und ob sie noch einkaufen fahren sollten. Hans Bork, der gerne kochte, hatte schon einiges vorbereitet, um seine Tochter zu verwöhnen, und so ließ sich Lucca auf seinen Vorschlag ein, sich überraschen zu lassen und ihm einfach nur beim Kochen zuzusehen.

Während ihr Vater grobe Bratwurst mit einer herrlich dunklen Soße, Salzkartoffeln und Rotkohl auf den Tisch zauberte, erzählte Lucca von ihrer geplanten Ausstellung in der Galerie Ziesel, deren Vorbereitungen fast abgeschlossen waren. »Ich fänd's toll, wenn du zur Eröffnung kommen könntest, Papa.«

»Wann soll es denn genau sein?« Hans Bork saß seiner Tochter gegenüber und sah sie an.

»Am 28. September ist die Eröffnung – wir warten eigentlich nur darauf, dass der Druck des Ausstellungskataloges abgeschlossen ist. Die Druckerei scheint nicht so zuverlässig zu sein, denn sie haben den Termin bereits überschritten. Thorsten Ziesel hat ihnen jetzt Zeit bis zum Wochenende gegeben, ich bin mal gespannt. Aber ob der Katalog fertig ist oder nicht, es bleibt auf jeden Fall beim 28.«

»Schön, dann werde ich mit Renate kommen.« Hans Bork wartete auf die Reaktion seiner Tochter.

»Renate?« Lucca nahm die Gabel, die sie an den Mund führen wollte, wieder herunter. Ein komisches Gefühl beschlich sie. »Wer ist Renate?«

»Das wollte ich dir schon die ganze Zeit sagen, ich werde heiraten.«

»Was willst du? Hast du nicht vor ein paar Stunden noch gesagt, du denkst täglich an Mama und vermisst sie?« Lucca traute ihren Ohren nicht.

»Ja, Lucca, ich fühle mich sehr allein …«

»Du hättest näher zu mir ziehen können, aber du wolltest nicht. In dieser gottverlassenen Gegend würde ich auch Männekes bekommen.« Lucca regte sich auf und wurde laut.

»Ich mache dir keinerlei Vorwürfe, Lucca, oder hast du gehört, dass ich mich darüber beklage, dass du nicht so viel Zeit bei und mit mir verbringst, wie ich es gerne möchte?« Hans Bork legte ebenfalls sein Besteck zur Seite.

»Nein, natürlich nicht, du hast das nicht gesagt, aber vermutlich hast du es genau so gemeint.« Luca starrte vor sich hin. »Wer ist überhaupt diese Frau? Ich kann mich nicht erinnern, dass du schon irgendwann mal von ihr erzählt hast.« Ehrlicherweise hätte Lucca sagen müssen, dass ihr Vater noch nie von einer Frau erzählt hatte.

»Renate Schäfer, sie ist seit zwei Jahren verwitwet und lebt seit einem halben Jahr in dem Haus von Eike Lengerich, das er damals für seinen ältesten Sohn gebaut hat. Du erinnerst dich doch sicherlich noch an den Motorradunfall, den Eike Junior hatte?«

Hans Bork begann, den Tisch abzuräumen. »Seine Witwe Monika hat die kleine Einliegerwohnung an Renate vermietet.«

»Papa, entschuldige bitte.«

»Du brauchst dich nicht zu entschuldigen, Kätzchen.«

Lucca hatte Tränen in den Augen. Es war schon lange her, dass ihr Vater sie bei ihrem Kosenamen aus Kinderzeiten genannt hatte.

»Ich hätte dir schon früher von Renate erzählen sollen. Sie kann deine Mutter nicht ersetzen, soll sie auch gar nicht. Ich wünsche mir nur, dass ich in den letzten Jahren meines Lebens jemanden an meiner Seite habe.«

Lucca ging zu ihrem Vater und nahm ihn in den Arm. »Ach, Papa ... « Sie standen eine Weile stumm und hielten sich aneinander fest. Dies war eine Erfahrung, die Lucca nicht oft gemacht hatte. Sie und ihr Vater waren sich erst spät näher gekommen, sie wussten nicht so recht miteinander umzugehen und blieben so manchmal aus Unsicherheit auf Distanz.

»Wann werde ich sie kennenlernen? Wird es tatsächlich erst zur Ausstellungseröffnung sein?« Lucca ging zum Tisch zurück und setzte sich.

»Das hängt davon ab, wie lange du bleibst.«

In diesem Moment klingelte Luccas Handy. Sie zögerte, ob sie das Gespräch annehmen sollte und schaute ihren Vater fragend an. »Geh ruhig ran.« Ihr Vater nickte.

Es war Diana. »Hallo Lucca, ich bin ganz aufgeregt. Wo bist du?«

»Ich bin bei meinem Vater, ich habe dir doch davon erzählt.«

»Dann könnt ihr ja beide zusehen. Ich werde abgeholt. Drück mir die Daumen, Lucca.« Diana legte auf.

Lucca hatte völlig vergessen, dass ja heute Dianas großer Auftritt in der Talkshow war.

»War es etwas Wichtiges?« Hans Bork schaute seine Tochter an.

»Nein, total überflüssig.« Lucca gähnte und streckte sich. »Ich glaube, ich gehe ins Bett. Die Landluft macht mich extrem müde. Morgen sehen wir weiter, ja?« Lucca gab ihrem Vater einen Kuss auf die Wange und zog sich zurück. Sie putzte sich nur die Zähne und schlüpfte unter die Decke.

Sie war hundemüde und gleichzeitig total aufgedreht. Warum konnte sie sich nicht darüber freuen, dass ihr Vater offensichtlich eine Frau gefunden hatte, mit der er zusammenleben wollte? Sie könnte doch auch selbst erleichtert sein, denn dadurch behielt sie größere Freiheit für den Fall, dass ihr Vater krank würde und Pflege benötigte. Er war schließlich nicht mehr der Jüngste. Lucca dachte darüber nach, kam aber zu keiner Antwort. Sie fühlte sich wie ein kleines Kind, das verlassen wurde.

Sie hatte gerade die Augen geschlossen, als das Handy wieder klingelte. »Verflixt, ich habe vergessen, es auszustellen.« Lucca schaute auf die eingeblendete Nummer. Es war Anna.

»Hallo Anna.«

»Hallo Lucca.« Es entstand eine Pause. Anna wusste nicht, wie sie ihr Anliegen vorbringen sollte. Es stand noch zu viel zwischen ihnen. »Wir sollten uns noch mal in Ruhe unterhalten, meinst du nicht?« Anna war vorsichtig.

»Sicher, aber nicht unbedingt jetzt, oder? Ich meine, du willst dich doch nicht am Telefon unterhalten?«

»Nein. Wann bist du denn wieder zurück?«

»Du scheinst es aber eilig zu haben.« Lucca war müde und wollte schlafen.

»Ehrlich gesagt wollte ich etwas anderes von dir.«

»Mensch, Anna, mach es nicht so spannend. Ich bin müde und liege schon im Bett.«

»Das kann ich ja nicht wissen.« Der Kontakt drohte wieder schwierig zu werden.

»So habe ich es nicht gemeint. Lass es uns nicht so kompliziert machen, okay?«

»Gut, dann jetzt in aller Kürze: weißt du, ob und wenn ja, wo die Schwarze ihren Hund vergraben hat?«

Lucca brauchte einen Augenblick, um zu verstehen, was Anna gefragt hatte. »Welchen Hund, meinst du Nefertari?«

»Ja, das Corpus Delicti von Dortmund.«

»Woher soll ich das denn wissen?« Lucca wollte sich empören, als ihr einfiel, dass sie Dörte im Wald beobachtet hatte.

»Warte mal, Anna. Warum willst du das wissen?«

»Es sieht so aus, als hätte sich jemand in Dortmund einen ganz üblen Scherz mit mir beziehungsweise mit Nefertari erlaubt. Ich möchte Gewebeproben von dem Hund in die Pathologie schicken, denn ich habe den Verdacht, dass da etwas ganz gewaltig stinkt.«

»Willst du mich auf den Arm nehmen? Du willst einen toten Hund ausgraben und an ihm rumschneiden?«

»Ich meine es ernst, Lucca. Zur Polizei in Dortmund hat die Schwarze gesagt, dass sie den Hund einäschern lassen will. Wenn du etwas über den Verbleib des Hundes weißt, dann sag es mir bitte.«

»Womöglich weiß ich wirklich wo er ist.« Lucca überlegte

und rief sich nochmals ins Gedächtnis, was sie beobachtet hatte.

»Und ...? Hilfst du mir?« Anna wartete gespannt auf die Antwort. Sie befürchtete, dass Lucca sich zurückzog, wenn sie ihr sagte, dass sie Diana Schwarze im Verdacht hatte, sich an ihr rächen zu wollen.

»Das dürfte ziemlich gruselig werden, Anna, denn ich glaube kaum, dass wir am helllichten Tag durch die Gegend spazieren können, um Hundeleichen auszubuddeln. Ich glaube nicht, dass sie Nefertari tatsächlich eingeäschert hat.« Lucca vergegenwärtigte sich, dass Dörte keinen Karton oder so was vergraben hatte, sondern dass sich unter der Folie ein Hundekörper abgezeichnet hatte. »Was sollen wir sagen, wenn wir erwischt werden?«

»Wir graben ja nur einen Hund aus.«

»Hoffentlich sieht uns keiner, mamma mia, das ist eine verrückte Geschichte.« Lucca war inzwischen wieder hellwach. »Ich komme morgen nach Hause, dann spielen wir in der Nacht Friedhof der Kuscheltiere.« Lucca bekam eine Gänsehaut.

Anna ging es nicht anders. »Danke, Lucca.« Sie war erleichtert und gleichzeitig stieg ihr Adrenalinspiegel jetzt schon deutlich an. Sie wusste nicht, wie sie es noch 24 Stunden aushalten sollte.

»Ich melde mich bei dir, sobald ich zu Hause bin.«

»Schlaf gut, bis morgen.«

Während Lucca und Anna miteinander telefonierten, saßen Alana und Charlotte auf der großen Terrasse des Hauses und genossen einen lauen Spätsommerabend bei einem Glas Rotwein. Charlotte hatte aufgekratzt von Sean erzählt, von ihren Plänen, gemeinsam ein Appartement in Brooklyn zu mieten und dort als lockere Wohngemeinschaft zu leben.

Charlotte neigte dazu, sich in Menschen zu verlieben, die für sie nicht unbedingt dasselbe empfanden. Alana hatte schon mehrfach miterlebt, wie ihre enttäuschte Freundin versuchte, sich ausweglose Beziehungen schön zu reden. Sie befürchtete, dass Charlotte auch jetzt wieder ein Missgriff gelungen war.

»Und du, Alana, was gibt es bei dir neues an der Männerfront?« Charlotte war aufgefallen, dass Alana nachdenklich war und vermutete eine heiße Liebesaffäre mit einem der tollen Männer, die sie immer wieder kennenlernte.

»Nichts, Charlotte, kein außereheliches Geheimnis, kein gar nichts.« Alana flüsterte verschwörerisch und nahm einen Schluck Wein.

»Alana, ich kenn dich jetzt auch schon eine ganze Weile, was ist los, was macht dich so nachdenklich? Läuft die Praxis nicht gut?«

»Keine wirtschaftlichen Probleme. Ich muss zugeben, ich bin tatsächlich verliebt, chancenlos wahrscheinlich.«

»Also doch.« Charlotte triumphierte. »Wer ist der Glückliche, der zwar deinen Körper, aber niemals dich besitzen wird?« Ihre Neugier war geweckt.

Alana sah ihre Freundin lächelnd an. »Lucca.«

»Lucca? Unsere Lucca?« Charlottes Gesicht spiegelte reine Verblüffung. »Das ist nicht dein Ernst?«

»Komm ich dir doch in die Quere, bist du doch noch nicht

mit der Beziehung fertig, wie du gesagt hast?« Alana sah Charlotte skeptisch an.

Charlotte spürte einen kleinen Stich und fragte sich, ob es Eifersucht war. Aber wenn ja, Eifersucht auf wen? »Du hast freie Bahn, ich erhebe keinerlei Ansprüche. Trotzdem fühlt es sich komisch an.« Charlotte wusste nicht, was sie sagen sollte. »Was meinst du damit, dass du chancenlos verliebt bist?«

»Ich war wohl etwas voreilig, ich habe Lucca vermutlich verschreckt.«

»Es wird auch mal Zeit, dass jemand Lucca verschreckt, wie du sagst, und ihr auf gleicher Höhe begegnet.« Charlotte ging davon aus, dass Alana diese Verliebtheit genauso wenig ernst meinte wie die unzähligen zuvor.

»Ich möchte sie aber nicht verschrecken, Charlotte. Ich sehne mich nach ihrer Nähe, ihrem Duft, ihren Händen.«

»Oh je, Alana. Lucca kann Nähe überhaupt nicht aushalten.« Charlotte befürchtete nun ihrerseits für die Freundin einen bevorstehenden Schiffbruch.

»Wenn ich nur an sie denke, schlägt mein Herz schneller. Nun ja, es wird sich schon irgendwie entwickeln. Wir werden sehen.« Damit war das Thema für Alana erstmal beendet.

Lucca hatte ihren Vater beim Frühstück informiert, dass sie spätestens am Nachmittag wieder fahren würde. Hans Bork war daran gewöhnt, dass seine Tochter so plötzlich wieder verschwand wie sie auftauchte und dass sie es nicht lange bei ihm aushielt.

»Was hältst du denn davon, mit mir und Renate noch zu Mittag zu essen?« Er schaute seine Tochter fragend an.

»Ja gut, das können wir machen. Hat sie denn überhaupt Zeit?« Lucca hätte nichts dagegen gehabt, wenn diese Verabredung nicht zustande käme.

»Ich ruf sie mal an, dann wissen wir mehr.« Hans Bork stand auf und ging zum Telefon. Nach kurzer Zeit kam er lächelnd zurück. »Wir treffen uns um zwölf Uhr im Moorkrug.«

»Schön.« Lucca frühstückte schweigsam weiter. Als sie den Tisch abdeckte fragte sie plötzlich: »Hast du ihn eigentlich gesehen?«

»Wen?« Hans Bork wusste nicht, von wem seine Tochter sprach.

»Den kleinen Bruder. Hast du ihm eigentlich einen Namen gegeben?« Luccas Stimme klang gepresst. Sie hatten nie über dieses schmerzliche Thema gesprochen, es war ein Tabu zwischen ihnen.

Ihr Vater setzte sich an den Tisch und sah auf seine Hände. »Lorenzo. Deine Mutter liebte Italien und sie hatte den Namen schon ausgesucht. Ein Mädchen sollte Lucia heißen.« Seine Stimme war voller Tränen. »Ja, ich habe ihn gesehen.« Er konnte nicht weiter sprechen. Lucca trat neben ihn und legte ihren Arm um den Vater. »Er war sehr klein, zu klein. Er hatte nicht genug Kraft.« Hans Bork lehnte sich an seine Tochter. »Es ist schon so lange her und doch sehe ich beide vor mir, als wäre es vor fünf Minuten gewesen.« Er wischte sich über die Augen und Lucca sah, dass seine Hände zitterten.

Lucca hatte oft versucht, sich ein Bild von dem toten Bruder zu machen, es war ihr nicht gelungen. Sie gab dem kleinen Wesen bis heute die Schuld am Verlust der Mutter.

»Er hatte einfach keinen guten Start, von Anfang an nicht.«

Hans Bork stand auf. »Er wollte vermutlich die Verantwortung nicht tragen und hat sich irgendwann entschieden, nicht zu wachsen.«

»Wie meinst du das, Papa?« Lucca fühlte, wie sich Kälte in ihr ausbreitete.

»Ach Lucca, wir treffen uns gleich mit Renate und du fährst dann zurück. Ich brauche etwas Zeit, um dir alles zu erzählen. Wir sprechen beim nächsten Mal über alles, ja?« Ihr Vater sah sie fast flehend an. Lucca spürte, wie sehr sich ihr Vater quälte, und nickte ihm lächelnd zu. »Ja, beim nächsten Besuch, Papa.«

»Danke, Kätzchen. Ich ziehe mich für das Mittagessen um.« Hans Bork verließ die Küche und Lucca schaute ihm traurig nach.

Pünktlich um zwölf Uhr bogen sie auf den Parkplatz des Moorkruges ein. Vor dem Eingang stand eine Frau, offensichtlich die wartende Renate. Lucca stieg langsam aus und ließ sich sehr viel Zeit damit, den Wagen abzuschließen. Sie spürte eine seltsame Beklommenheit, die sie sich nicht erklären konnte. Sie hoffte, dass ihr Vater die richtige Entscheidung getroffen hatte. Schließlich ging sie höflich lächelnd auf die Frau zu und ihr Vater machte sie miteinander bekannt. Renate hatte sich mächtig in Schale geschmissen, ebenso wie ihr Vater, der förmlich aufzublühen schien. Alle standen unter leichter Anspannung und versuchten, einen guten Eindruck zu machen.

Lucca beteiligte sich anfangs an dem Small Talk so weit wie

nötig, als dann Renate aber entweder über ihren Sohn oder Themen sprach, die ihr zu oberflächlich und belanglos erschienen, widmete sie sich intensiv ihrem Essen und schaute immer wieder verstohlen auf die Uhr. Die Zeit zog sich für ihre Begriffe endlos hin, dabei saßen sie gerade mal erst eine Stunde in dem Restaurant, als ihre Teller abgeräumt wurden und sie einen Kaffee bestellten.

Lucca war aufgefallen, dass Renate ihr keine einzige persönliche Frage gestellt hatte, während sie selbst über das Leben der Frau bestens informiert war. Als ihr Vater gezahlt hatte, drängte Lucca zur Abfahrt und war froh, dass Renate mit ihrem eigenen Wagen gekommen war.

Irgendetwas an dieser Person zog sie runter, ganz im Gegensatz zu ihrem Vater, der geradezu verjüngt wirkte.

Als sie zurück waren, holte Lucca ihre Tasche, die sie schon gepackt hatte und verstaute sie samt Pepper im Wagen.

»Ciao, Papa. Wir sehen uns dann spätestens bei der Eröffnung in Köln, ja? Wenn ihr bei mir übernachten wollt, sagt mir nur kurz Bescheid, damit ich alles vorbereiten kann.«

Lucca küsste ihren Vater, sprang in den Wangen und gab Gas, als wären tausend Teufel hinter ihr her. Im Rückspiegel sah sie ihren Vater winken.

Nach fünf Minuten musste sie anhalten, weil ihr die Tränen die Sicht nahmen.

Am frühen Abend war Lucca zu Hause. Sie fühlte sich zerschlagen und verfluchte, dass sie sich zu der Aktion mit Anna verabredet hatte.

Um 20 Uhr rief sie Anna an, die sich sofort auf den Weg zu ihr machen wollte. Es wurde dunkel, als Anna vor das Haus fuhr. Siegfried stürmte wie von der Tarantel gestochen ins Haus und überschlug sich bei der Begrüßung.

»Hast du ihn gedopt? Oder vielmehr, womit hast du ihn gedopt?« Lucca sah Siegfried betont streng an, der diese Aufmerksamkeit mit einer erneuten Pirouette quittierte.

»Dieser Hund ist vollkommen aus dem Häuschen, keine Ahnung, was mit ihm los ist.« Anna lachte und begrüßte Lucca.

»Wir lassen die beiden besser hier, was meinst du, Anna?«

»Auf jeden Fall, mir reicht die Aufregung auch so.«

»Was müssen wir denn mitnehmen?« Lucca hatte sich nach dem Telefonat sofort umgezogen.

»Ich habe alles im Auto: Schaufeln, Spitzhacke, Taschenlampen, Pinzette und Skalpell, inklusive Aufbewahrungsröhrchen.« Anna schaute gespannt.

»Meinst du wirklich, dass das richtig ist?« Lucca waren Zweifel gekommen.

»Natürlich, ich will wissen, was mit dem Hund war. Womöglich habe ich bei der Untersuchung etwas übersehen.« Anna war sich hundertprozentig sicher, die richtige Entscheidung getroffen zu haben.

»Ja dann. Ich hole uns noch schnell Proviant. Dann können wir los, dunkel genug ist es ja, oder sollten wir noch warten?« Lucca war unsicher.

»Ich hab keine Ahnung, wohin wir müssen, Lucca. Wenn sich dort viele Leute aufhalten, sollten wir vielleicht noch ein paar Stündchen warten. Wenn es ein einsamer Ort ist, an dem sich außer uns keiner rum treibt, dann können wir jetzt loslegen.« Anna wäre am liebsten schon zurück.

»Es könnte sein, dass da noch Leute mit ihren Hunden

unterwegs sind.« Lucca schaute auf die Uhr. »Lass uns noch eine Stunde warten.«

Anna atmete tief durch. »Du machst es aber spannend, Lucca.«

»Quatsch, ich will nur nicht gesehen werden.«

Die Minuten zogen sich dahin wie Kaugummi. Die Freundinnen saßen mehr oder weniger einsilbig in der Küche vor einer Tasse Tee. Lucca füllte schließlich Calvados in einen Flachmann und steckte ihn ein.

»Bereit, wenn sie es sind, Seargent Lausen.«

»Sei nicht geschmacklos.« Anna bewies wieder mal ihren mangelnden Sinn für Luccas Humor.

Lucca verdrehte die Augen, löschte das Licht und schloss die Haustür ab.

Sie fuhren mit Annas Wagen durch die beginnende Nacht. Es zogen Wolken auf und verdunkelten den Mond.

»Das ist wie in einem schlechten Horrorfilm. Zwei beschränkte Frauen fahren in die Dunkelheit, der Mond verschwindet und mit ihm der Mut der beiden Grazien. Es fehlt jetzt nur noch, dass es regnet.« Lucca murmelte vor sich hin und sah zum Seitenfenster hinaus.

»Wo fahren wir eigentlich hin, liebe Horrorfreundin?«

»Zu Diana.«

»Wie sollen wir denn da reinkommen? Das Haus beziehungsweise das Grundstück ist gesichert wie der Kanzlerbungalow.« Anna sah ihre Chancen schwinden.

»Wir müssen nicht auf das Grundstück, nur in die ungefähre Richtung.« Lucca überlegte, wo sie den Wagen parken könnten, um nicht aufzufallen. Direkt vor dem Tor oder der Anwohnerstraße erschien ihr nicht besonders schlau zu sein, denn es war davon auszugehen, dass Diana oder Dörte den Wagen der Tierärztin erkennen würden.

»Wir werden wohl einen kleinen Fußmarsch machen müssen. Ich glaube, wir sind nicht besonders gut vorbereitet. Das kann ja was werden.« Lucca ärgerte sich, dass sie sich keine Karte besorgt hatte, auf dem das Gelände rund um Dianas Anwesen zu erkennen gewesen wäre.

»Was brauchst du denn?« Anna war nun ebenfalls besorgt.

»Ideal wäre eine Wander- oder Fahrradkarte der Umgebung.«

»Ich habe im Handschuhfach eine Karte der Gegend für den Fall, dass ich mal wieder einen einsam gelegenen Bauernhof anfahren muss, vielleicht hilft uns die weiter.« Anna deutete in Richtung Armaturenbrett.

Lucca durchsuchte das Handschuhfach und fand eine reichlich zerfledderte Karte. Anna stoppte am Straßenrand und die beiden Frauen beugten sich über die Karte.

»Guck mal, das müsste es sein.« Luccas Zeigefinger markierte eine fast unkenntliche Stelle.

»Dann wäre es eigentlich schlau, wir stellen das Auto hier auf dem Wanderparkplatz ab, gehen den Hauptweg bis zur Gabelung, halten uns rechts und schlagen uns an der Stelle, wo dieser Weg nach links abbiegt, hier durch die Büsche, bis wir auf diesem kleinen Weg sind.« Anna schaute die Freundin verschwörerisch an. »Du siehst nicht gerade begeistert aus.«

»Ich finde die ganze Sache immer irrsinniger.«

»Quatsch. Wir ziehen das jetzt durch.« Anna startete und fuhr los. »Es ist sehr wichtig für mich, Lucca, und ich bin froh, dass du mir hilfst.«

Die restliche Fahrt legten sie schweigend zurück. Der Wanderparkplatz *Alter Forst* lag in völliger Dunkelheit. Es stand kein anderes Fahrzeug dort.

»Selbst die Liebespaare bleiben heute zu Hause.«

»Jetzt musst du ja nicht unbedingt diese Grabesstimme auflegen, ich finde es auch so unheimlich genug.« Anna schaltete die Beleuchtung aus und ging zum Kofferraum, aus dem sie Spitzhacke, Schaufeln und Taschenlampen nahm. Eine kleine Tasche hatte sie bereits umgehängt. Sie schloss den Wagen ab und drehte sich zu Lucca um.

»Fertig …, Lucca, wo bist du?« Anna fand diese Art von Scherzen gar nicht witzig.

Lucca trat hinter einem Baum hervor. »Ich wollte nur mal testen, ob du mich siehst.« Lucca trug eine schwarze Jeans, schwarze Turnschuhe und eine schwarze Sweatshirt-Jacke mit Kapuze und tatsächlich war sie wie vom Wald verschluckt gewesen.

Anna atmete hörbar aus. »Gut, dass wir das geklärt haben. Komm, da hinten ist der Hauptweg.« Anna, die ähnlich wie Lucca gekleidet war, marschierte voraus. Lucca schulterte die Hacke und ihre Schaufel und folgte der Freundin in den stockdunklen Wald.

Es war 22 Uhr, als sie die Gabelung erreichten. Ab und zu riss die Wolkendecke auf und der Mond gab ein fahles Licht. Es herrschte absolute Stille, so als würde sie der Wald mit angehaltenem Atem beobachten.

»Ich war ja schon ewig nicht mehr nachts im Wald, aber müssten hier nicht eigentlich irgendwelche Tiere Geräusche machen?« Lucca flüsterte.

»Meinst du die Tiere veranstalten hier im Dunkeln eine Geräuschorgie? Das verwechselst du mit dem nächtlichen Regenwald. Hier gibt es keine Brüllaffen oder ähnlich kommunikatives Getier. Die heimische Fauna bewegt sich eher dezent. Außerdem werden wir jetzt garantiert erstaunt beobachtet. Nur weil wir nichts sehen, bedeutet das ja nicht, dass die Waldbewohner uns nicht sehen.« Anna lächelte in die Dunkelheit. »Komm, hier rechts gehen wir weiter.« Anna knipste ihre Taschenlampe wieder an und sie gingen wiederum schweigend, bis sie zu dem kleinen Weg kamen, der nach links abbog.

»So, wenn wir jetzt hier durch gehen, müssten wir nach etwa 50 Metern auf einen schmalen Weg kommen, der uns direkt von hinten an das Grundstück bringt. Ab da musst du übernehmen.« Anna sah Lucca an, die den Blick in der Dunkelheit nur ahnen konnte.

»Gibt es hier Zecken?« Lucca zog sich vorsorglich die Kapuze über den Kopf.

»Wir werden uns absuchen, wenn wir wieder zurück sind. Das ist kein Problem.« Anna kannte sich mit der Zeckenzange bestens aus.

»Du verstehst es doch immer wieder, mich zu beruhigen.« Lucca grinste vor sich hin. »Dann werde ich dich ganz besonders gründlich absuchen, Anna. Vor allen Dingen an den diffizilen Stellen.«

»Du kannst es einfach nicht lassen, Lucca Bork. Lass uns lieber weitergehen.« Anna verließ den Weg und schlängelte sich durch Gestrüpp und zwischen den Bäumen durch. Lucca hielt sich direkt dahinter. Sie kamen nur langsam vorwärts, weil das Unterholz hier sehr dicht war.

»Hattest du nicht was von 50 Metern gesagt? Es kommt mir vor, als wären wir schon mindestens 500 Meter durch die Botanik gekrochen.« In dem Moment zischte Lucca ein Zweig ins Gesicht. »Scheiße, Anna. Pass doch auf, willst du mir eine Tonsur verpassen?«

»Entschuldige, ist mir aus der Hand gerutscht.«

Lucca hatte die Hoffnung auf Erreichen des Weges bereits aufgegeben und die Behauptung aufgestellt, dass sie am Parkplatz wieder rauskommen würden, als sich die Bäume und das Gestrüpp lichteten und sie plötzlich auf einem schmalen Weg standen.

»Jetzt hoffen wir mal, dass dies der richtige ist. Wir gehen auf jeden Fall nach rechts.«

Lucca markierte einen Zweig mit einem Tempotaschentuch. »Damit wir auf unserer Flucht zurück auch den Einstieg in den Wald finden.«

»Wenn ich dich nicht hätte, Sherlock.«

Lucca knurrte als Antwort und übernahm die Führung. Es kam ihr unendlich lange vor, bis sie wirklich auf den rückwärtigen Teil von Diana Schwarzes Grundstück stießen. Lucca führte sie nach rechts und fand die kleine Pforte im Zaun.

»So, jetzt wird es richtig kribbelig.« Lucca suchte den Boden ab, um die Spur des niedergetretenen Grases aufzunehmen. »Ich glaube, hier geht es weiter.« Lucca leuchtete in den Wald.

Anna konnte überhaupt nichts erkennen und vertraute auf die Freundin, die langsam und vorsichtig voranging. Lucca versuchte sich an den Baum zu erinnern, hinter dem sie sich versteckt und Dörte Wagner beobachtet hatte. Dann blieb sie stehen. »Leuchte mal den Boden ab, ob du hier im Umkreis von drei bis vier Metern eine aufgelockerte Grasnarbe findest.« Lucca legte Schaufel und Hacke an einen Baum.

Die Freundinnen gingen auf die Knie und fühlten und leuchteten über den Boden. »Ich glaube, hier ist etwas anders, Lucca.«

»Ja, hier könnte es sein. Lass uns anfangen.« Lucca holte die

Hacke, aber der Boden war so locker, dass sie mühelos das Gras abheben konnten.

»Licht aus.« Lucca zischte Anna an. Beide verharrten in völliger Dunkelheit. »Ich glaube, da war was.«

Anna streckte den Arm nach Lucca aus. Da bewegte sich tatsächlich etwas auf sie zu. Leise knackte ein Ast.

»Auf mein Kommando leuchten wir gleichzeitig dahin.« Lucca hielt den Atem an. Als sich das Geräusch näherte, sagte sie »Jetzt« und beide Lampen leuchteten einen verschreckten Fuchs an, der sich sofort wieder zurückzog.

»Puh, hab ich einen Schreck bekommen.« Anna zitterte vor Aufregung.

»Ja, Glück gehabt.« Lucca war erleichtert. »Weiter.«

Sie gruben das lockere Erdreich mit den Händen aus. Lucca hatte sich vorgestellt, wie die Hacke oder die Schaufel auf den toten Hundekörper stoßen würden, und ihr Magen hatte sich zusammengekrampft. Dann doch lieber vorsichtig mit den Händen graben. Lucca und Anna wechselten sich ab. »Ich glaube, hier ist Plastik.« Lucca war auf etwas Glattes gestoßen und Anna leuchtete in die Grube.

Beide Frauen erblickten eine blaue Folie. »Ich glaube, wir haben den Hund gefunden.« Lucca schnaufte und grub weiter. Anna hockte sich an den Rand und leuchtete der Freundin. Gleichzeitig versuchte sie auf verdächtige Geräusche zu achten.

»Sag mal, Lucca …« Anna flüsterte.

»Was?«

»Hast du eigentlich mit Angelika geschlafen?«

Lucca wäre vor Schreck fast in die kleine Grube gefallen. Sie richtete sich auf und starrte in der Dunkelheit Anna an, die die Lampe ausgestellt hatte.

»Wie kommst du denn jetzt darauf, oder vielmehr, wie kommst du überhaupt auf die Idee?« Lucca war sofort innerlich in Hab-Acht-Stellung. »Ich glaube nicht, dass das hier die passende Gelegenheit für so ein Gespräch ist.«
»Ist es jemals die passende Gelegenheit? Ich möchte von dir eine Antwort, wenn nicht jetzt, dann spätestens wenn wir zurück sind.« Anna glaubte, die Antwort zu kennen. »Jetzt führen wir dies hier zu Ende.«

Die Grube war nun soweit ausgehoben, dass sie zusammen an den Ecken der Folie anfassen und den Hundekörper herausheben konnten. Anna schlug die Folie zurück und leuchtete Nefertari an. Lucca drehte sich um, das Weitere wollte sie nicht sehen. Sie lehnte sich an einen Baum und nahm einen Schluck aus dem Flachmann, den sie in der Gesäßtasche hatte.

»Lucca, kannst du mir bitte leuchten, damit ich die Proben entnehmen und ordentlich verpacken kann?«
»Muss das sein, das ist ja ekelhaft. Ich kann das nicht sehen, mir wird schlecht.«
»Du sollst ja auch nicht unbedingt zusehen, du sollst mir nur leuchten. Bitte.«

Lucca nahm noch einen Schluck und ging zu Anna hinüber. Sie biss die Zähne aufeinander und tat, worum sie gebeten worden war. Schließlich war Anna fertig und sie legten den Körper wieder vorsichtig in die Grube, schaufelten das Erdreich zurück und legten die Grasnarbe darauf.

»Wenn es heute oder morgen regnet, sind unsere Spuren vollständig beseitigt.« Anna war zufrieden.

Wortlos machten sie sich auf den Rückweg. Sie fanden dank des Tuches den Weg querfeldein und saßen um ein Uhr wieder im Auto.

»Nichts wie weg hier!« Das musste Lucca nicht zwei Mal

sagen. Völlig aufgedreht kamen sie 20 Minuten später bei Anna an.

»Komm noch mit rein, nicht nur wegen der Zecken.« Anna spürte Luccas Zögern. »Bitte, Lucca.« In der Wohnung wurden sie stürmisch von Siegfried begrüßt, Pepper hielt sich wie üblich mit exaltierten Gefühlsäußerungen zurück und wedelte dezent mit der Rute. Beide Hunde schnüffelten allerdings intensiv an den Schuhen und den Handschuhen.

»Du zuerst, Lucca. Geh schon mal ins Bad, ich hole uns etwas zu trinken.«

Lucca tat wie ihr geheißen und zog sich in der Badewanne stehend aus und schüttelte ihre Klamotten aus. Anna kam mit einer Flasche Scotch und zwei Gläsern dazu und setzte sich auf den Klodeckel, nachdem sie Lucca ein Glas gegeben und sie sich zugeprostet hatten.

»Kannst du mal meine Rückseite inspizieren?« Lucca drehte sich um und Anna suchte nach Zecken.

»Clean.« Sie wandte sich wieder ab und nahm ihr Glas, während Lucca sich wieder anzog.

»Und, wann willst du mir eine Antwort geben?« Anna schaute Lucca an.

»Anna, was soll das denn?« Lucca fühlte sich ausgesprochen unwohl und wäre am liebsten verschwunden. Anna stand unter der Dusche und wiederholte dort das Prozedere, das Lucca bereits hinter sich hatte.

»Ich möchte wissen, ob mich mein Gefühl all die Jahre getäuscht hat, oder eben nicht.« Anna sprach sehr ruhig. »Und so wie du dich anstellst, liegt die Antwort eigentlich klar auf der Hand.«

Lucca leerte ihr Glas und füllte es erneut. »Es ist so lange her, Anna. Es hatte damals und hat heute keinerlei Bedeutung.«

»Doch, es hat eine Bedeutung, Lucca. Es war und ist nicht

egal.« Anna schaute Lucca traurig an. »Ich möchte wissen, ob ich hätte etwas anders machen können oder müssen, ob Angelika bei mir etwas vermisst hat und was das war.« Als Lucca schwieg, sprach Anna weiter. »Ich habe mich in eine Frau verliebt und möchte wissen, ob es Fehler gibt, die ich nicht wiederholen muss.«

Anna war wieder angezogen und sie gingen beide ins Wohnzimmer, wo es sich beide Hunde auf dem kleinen Sofa bequem gemacht hatten. Als die Frauen hereinkamen, sprangen sie sofort runter.

Anna setzte sich neben Lucca auf das Sofa.

»Wenn jemand einen Fehler gemacht hat, dann war das ja wohl eher ich, Anna. Ich hätte Angelika nicht zu diesen Fotos überreden dürfen.«

»Welche Fotos?« Anna war erstaunt.

»Du hast die Aufnahmen nie gesehen. Angelika wollte sie nicht haben, sie hätten sofort alles verraten.«

»Was waren das für Fotos?«

»Aktaufnahmen.« Lucca nippte an ihrem Scotch.

»Du hast sie fotografiert und dann habt ihr miteinander geschlafen?« Anna hatte Tränen in den Augen und fühlte, wie sie auf die beiden Frauen wütend wurde.

»Ja.« Lucca sah sie an. »Ich habe nie Abzüge davon gemacht, die Negative habe ich wie alle anderen Bilder von mir auch archiviert.«

»Du hast sie aufbewahrt?«

»Ja, aber niemand hat sie bis heute gesehen.« Lucca zögerte. »Es wird sie auch niemand zu Gesicht bekommen.«

Sie stand auf und nahm das Bild von Angelika hoch. »Wir haben uns danach nie wieder allein getroffen, Anna. Wir wussten beide, dass es ein Fehler gewesen war. Es hat danach nie mehr gekribbelt.« Sie stellte den Rahmen wieder hin und drehte sich um.»Es hatte überhaupt nichts mit dir zu tun.«

Lucca sah, wie Anna sich Tränen wegwischte.»Es tut mir leid, Anna.« Lucca stand im Zimmer wie bestellt und nicht abgeholt.

»Gieß uns doch bitte noch etwas ein.« Anna hielt der Freundin das leere Glas hin.»Es war naiv zu glauben, dass du dich bei Angelika anders verhalten würdest als bei all den anderen Frauen, denen du begegnest. Und genauso naiv zu denken, dass Angelika dir widerstehen konnte.« Anna sah die Freundin ernst an.»Wie machst du das nur? Und wieso wirkt es bei mir nicht?«

Lucca musste lächeln.»Tröste dich, du bist nicht die einzige, die mir gegenüber völlig immun ist.«

»Ich bin froh, dass ich es nun weiß und nicht mehr meinen Phantasien und Vermutungen ausgeliefert bin.« Anna lächelte traurig.

Lucca schaute sie fragend an.»Du hast gesagt, du bist verliebt?«

»Ja, in Susanne.« Anna sah die fragend erhobenen Augenbrauen von Lucca.»Die Polizeibeamtin aus Dortmund.«

»Nee, das ist nicht dein Ernst.« Lucca schüttelte den Kopf.

»Doch, ich glaube, es könnte richtig ernst werden. Sie kommt am Wochenende und bleibt bis Sonntag hier. Du wirst sie am Freitagabend kennenlernen, wenn du möchtest.«

»Schade, ich bin doch in Dublin, ich bin am Wochenende gar nicht da. Das Freitagabend-Treffen wird ohne mich stattfinden. Aber wenn es tatsächlich was Ernstes wird, treffe ich sie bestimmt irgendwann.« Lucca musste gähnen.

»Macht es dir etwas aus, wenn ich auf dem Sofa schlafe? Ich habe zuviel Scotch getrunken, um jetzt Auto zu fahren.«

Anna widerstand dem Impuls, Lucca wegzuschicken und

so ihren Ärger auf sie abzureagieren. Statt dessen stand sie auf und holte Decke und Kissen.

Lucca öffnete das Fenster um zu lüften und sah, wie ein großer dunkler Wagen, der an der Straße geparkt war, losfuhr, ohne die Scheinwerfer anzustellen.

Als Lucca aufwachte, war noch alles still. Sie schaute auf die Uhr, sie hatte höchstens drei Stunden geschlafen. Sie stand auf und duschte sich, dann ging sie leise zu Anna ins Schlafzimmer, küsste sie auf die Haare und flüsterte eine Verabschiedung. Dann verließ sie mit Pepper leise die Wohnung und ging zu ihrem Auto. Sie sah nicht, dass ein dunkler Wagen, der 100 Meter weiter geparkt war, sich langsam in Bewegung setzte.

Lucca fuhr direkt nach Hause, machte sich einen Kaffee und ging mit Pepper zu Santiago auf die Wiese.

Santiago stand bereits am Zaun und wartete auf die morgendliche Begrüßung durch Pepper, der es sich angewöhnt hatte, sich durch den Zaun zu quetschen und mit Santiago einen Spaziergang über die Obstwiese zu machen. Lucca lehnte mit ihrem Kaffee am Zaun und beobachtete die beiden Tiere. Sie hatte Alana jetzt mehrere Tage nicht gesehen und fragte sich, wo sie war. Sie vermutete, dass Alana ihre Besuche bei Santiago so einrichtete, dass sich die beiden Frauen nicht trafen. Lucca überlegte, ob sie sie anrufen sollte, als sie vor dem Haus ein Auto hörte. Sie schaute auf ihre Armbanduhr, es war kurz vor neun, und fragte sich, wer um diese Uhrzeit kam.

Als Lucca um das Haus ging, hörte sie, dass der Wagen wieder wegfuhr. Sie hatte gehofft, dass Alana kam und war jetzt enttäuscht. Vor der Haustür stand Diana, die gerade auf die Klingel drückte.

»Hallo, was machst du denn so früh hier draußen?« Lucca hatte noch mit ihrer Enttäuschung zu kämpfen. Diana drehte sich um. Sie trug einen langen dunklen Mantel und schwarze Stiefel, mit der einen Hand hielt sie den Mantelkragen zu. In der anderen Hand hielt sie einen kleinen Picknickkorb.

»Gestern Abend warst du nicht zu Hause, da wollte ich dich nämlich schon überraschen. Jetzt scheinst du nicht besonders erfreut zu sein, mich zu sehen. Störe ich dich?« Dianas Stimme hatte einen betont gleichgültigen Klang, der im Gegensatz zu ihren Augen stand, in denen etwas flackerte, das Lucca nicht einordnen konnte.

»Ich bin seit höchstens zwanzig Minuten zu Hause. Du kommst auf jeden Fall nicht zu früh.« Lucca ging auf Diana zu, die den Korb abstellte. Die Begrüßung fiel leidenschaftlich aus.

»Lass uns drinnen weitermachen.« Lucca machte die Tür auf und zog Diana ins Haus. Als Lucca sich umdrehte, hatte Diana sich bereits den Mantel ausgezogen und was sie sah, verschlug ihr kurz den Atem. Diana trug zu den Stiefeln nur einen schwarzen Spitzen-BH, einen superknappen Slip und Strapse.

Diana, die sah, welche Reaktion ihr Outfit auslöste, lachte auf und tänzelte vor Lucca in die Küche. Mit zwei Schritten war Lucca hinter ihr und hielt sie fest, bedeckte ihren Hals mit leidenschaftlichen Küssen und streichelte über ihre Hüften. Sie drehte Diana zu sich herrum und setzte sie auf den Tisch. Lucca küsste und streichelte Dianas Brüste, bis sie vor ungezügelter Lust aufschrie.

Lucca streifte den Slip ab und Diana legte sich auf den Tisch, während Lucca sie zu sich heranzog. Sie streichelte Dianas zitternde Schenkel erst mit ihren Händen, dann übernahm ihr Mund. Sie streichelte sie mit ihrer Zunge und saugte an ihr, bis sich Diana aufbäumte und ihren Orgasmus hinausschrie.

Lucca tauchte triumphierend lächelnd wieder auf. »Frühstück?«

Diana richtete sich ebenfalls auf. »Du bist mein Frühstück. Erst machst du mich geil und dann willst du mich so einfach abspeisen?« Diana begann Lucca auszuziehen. »Ich bin noch lange nicht fertig.«

»Na dann, gehen wir doch einfach ins Bett.« Lucca nahm Diana hoch und sie verzogen sich küssend und lachend ins Schlafzimmer.

Diana ließ sich nach einer Stunde genauso plötzlich wieder abholen wie sie gekommen war. Lucca kamen die Treffen mit Diana immer mehr wie ein Spuk vor. Allerdings ein Spuk, an dem sie viel Spaß hatte.

Es wurde bereits dunkel, als Lucca unter der Dusche hervorkam. Von Alana hatte sie wieder nichts gesehen oder gehört. Nachdem sie eine Weile das Telefon angestarrt hatte, griff sie endlich zum Hörer und rief bei Alana an.

»Hallo.« Lucca hatte offensichtlich Stephan am Apparat. Sie erkundigte sich nach Alana.

»Meine Frau ist nicht da. Kann ich etwas ausrichten?« Die Stimme war kühl und distanziert.

»Nein, danke. Ich versuche es später noch mal.« Lucca legte auf. Verdammt. Sie wunderte sich, dass sie so viel an Alana dachte. Wo war sie nur. Sie vermisste diese Frau, der sie so gerne dabei zusah, wenn sie Santiago sattelte, striegelte oder dem Pferd sanft über den Hals strich. Sie würde jetzt die Handynummer wählen, sie musste doch zu erreichen sein.

Aber hier sprach nur die elektronische Stimme der Mailbox.

»Hallo Alana, ich frage mich wo du bist. Ich habe dich jetzt schon einige Zeit nicht mehr gesehen. Ich glaube es ist an der Zeit, dass wir miteinander reden.« Lucca biss sich auf die Zunge. Verflixt, was machte sie hier eigentlich? »Ähm, ich bin jetzt einige Tage unterwegs. Sonntagabend bin ich wieder zurück. Ich würde mich freuen, dann von dir zu hören oder dich zu sehen. Ciao.«

Lucca seufzte und wählte die Nummer von Mona. Die Freundin ging sofort an den Apparat und Lucca lud sie ein, vorbeizukommen und mit ihr zu essen.

Eine Stunde später war Mona da, die sich bis ins kleinste Detail die Geschichte des nächtlichen Ausgrabens erzählen ließ.

Lucca hörte immer wieder, ob draußen ein Auto vorfuhr.

»Wartest du auf jemanden?« Mona schaute ihre Freundin fragend an.

»Nein, nein. Ich dachte nur, ich hätte ein Auto gehört.« Lucca tat betont beiläufig.

»Machst du immer noch mit der Schwarze rum?«

Lucca verzog den Mund. »Wie hört sich das denn an?«

»Na ja, was ist es denn mehr als ein Rummachen? Du willst

doch von der Frau nicht mehr, oder?« Mona war auf die Antwort gespannt. Denn sie fragte sich, welche Perspektive die Affäre hatte.

»Der Sex ist wirklich gut.«

»Ja, und … du hast doch wahrscheinlich schon die nächste Beute angepirscht. Du kannst doch gar nicht so lange bei einer Frau bleiben.«

»Das hört sich ja an, als wäre ich ein Psycho-Fall.« Lucca war leicht empört, obwohl sie ganz genau wusste, dass Mona Recht hatte. Sie war bis jetzt nie lange in einer Beziehung geblieben, es wurde ihr in der Regel mehr oder weniger schnell zu eng.

»Was macht den Reiz bei dieser Frau für dich aus, Lucca? Ich habe sie an einem der letzten Abende in dieser Talkshow gesehen. Sie hat was, das muss ich zugeben, aber was hat sie für dich?« Mona sah Lucca an und hielt ihren Blick fest. Sie machte sich Sorgen um ihre Freundin, denn sie glaubte nicht, dass Diana Schwarze Lucca wirklich guttun würde. Als Ärztin meinte sie, an der Frau etwas wahrgenommen zu haben, vor dem sie Lucca eindringlich warnen wollte. Mona wusste aber genauso, dass es für Lucca nur umso interessanter würde, wenn sie versuchte, ihr die Frau auszureden. Das hatte noch nie funktioniert.

»Häng es doch nicht so hoch, Mona. Ich schlafe mit ihr, nicht mehr und nicht weniger.« Lucca wollte nicht über Diana sprechen.

»Ich möchte nur, dass du vorsichtig mit ihr bist. Sie ist vielleicht nicht das, wofür sie sich ausgibt.«

»Herrje, sei doch nicht so dramatisch.« Lucca stocherte in ihrem Essen herum. »Erzähl mir lieber von Annas neuer Flamme.«

»Du weißt davon?« Mona war erstaunt.

»Warum nicht, schließlich teilen Anna und ich ein nächtliches Waldabenteuer.«Lucca überlegte, ob sie Mona von Annas Fragen nach Angelika erzählen sollte. Sie blickte hoch und schaute in Monas nachdenklich blickende Augen.

»Sie hat mich übrigens auch nach Angelika gefragte.«

»Hast du ihr geantwortet?«

»Ja, sie wollte die Wahrheit wissen. Du weißt doch, dass ich nicht gut lügen kann, wenn ich direkt gefragt werde.« Lucca lächelte schief.»Sie hat sehr ruhig reagiert, ich hatte immer Sorge, dass sie ausflippt, wenn sie es erfährt.«

»Ich glaube, die Beziehung zu Angelika ist für Anna abgeschlossen, sonst wäre sie sicherlich nicht offen für Susanne.« Mona legte ihre Hand kurz auf die von Lucca. Lucca schaute sie an und beide lächelten.

»Am Freitag werde ich Susanne kennenlernen, ich werde dir genauestens berichten, wenn du aus Dublin zurück bist. Du fährst doch noch, oder hat sich etwas geändert?«

»Es hat sich nichts geändert, ich fliege am Freitag.«

———

Alana hatte ihre Mailbox abgehört und Luccas Stimme hatte in ihr einen Sturm der Gefühle ausgelöst.
Sie würden reden müssen, das war offensichtlich.

———

Am Donnerstag kümmerte sich Lucca um den Katalog für die Ausstellung und brachte Pepper zu Anna, die sich in ihrer Abwesenheit um den Hund kümmern würde. Dafür würde Lucca am Sonntagabend Siegfried mitnehmen, denn Anna wollte Susanne auf eine Tagung nach Maastricht begleiten. Im Moment war in der Praxis totale Flaute und so hatte sich Anna für den Kurztrip mit Susanne entschieden.

————————

Lucca erreichte am Freitag den Check-in letzter Minute. Sie stürmte ins Flugzeug und setzte sich atemlos neben Diana. »Puh, das war knapp. Hallo Diana.« Lucca atmete heftig und wollte Diana einen Kuss auf die Wange geben. Doch diese nahm ihren Kopf an die Seite.

»Nicht hier.« Diana zischte Lucca an, die völlig perplex war.

»Ich dachte, du kommst nicht mehr.« Es war offensichtlich, dass Diana verärgert war und sich bemühte, ihre Fassung zu wahren.

»Ich bin doch jetzt da, wo ist das Problem?« Lucca fand die Begrüßung unangemessen und war jetzt ebenfalls ärgerlich. Sie schaute sich um und überlegte, wo Dörte Wagner ihren Platz hatte. Sie konnte sie nirgends entdecken.

»Wo ist denn deine Sklavin?« Lucca ahnte in dem Moment, als sie es aussprach, dass diese Bemerkung nicht gut ankommen würde.

»Ich weiß nicht was du meinst.« Dianas Stimme kam direkt aus dem Kühlschrank.

»Frau Wagner.«

»Du hast einen seltsamen Sinn für Humor, Lucca.« Diana strahlte Eiseskälte pur aus. »Ich wusste gar nicht, dass dir so viel an ihrer Gesellschaft liegt.« Diana lächelte süffisant. »Vielleicht möchtest du dich mal mit ihr treffen?«

»Nein, hatte ich eigentlich nicht vor. Aber jetzt, wo du es vorschlägst, sollte ich mal drüber nachdenken.« Lucca widmete sich mit Hingabe ihrem Bordjournal und bestellte sich bei der Stewardess einen Whiskey. Sie brachte das Getränk und schaute Lucca tief in die Augen, die dies zum Anlass nahm, heftig mit ihr zu flirten.

»Lass das alberne Getue, Lucca. Du scheinst zu vergessen, wen du begleitest.« Dianas Laune schien immer weiter abzusinken.

»Was ist denn heute mit dir los?« Lucca hatte überhaupt keine Lust auf schlechte Laune.

»Ich bin ein wenig angespannt, liebste Lucca, und ich wäre dir sehr verbunden, wenn du dich etwas um mich kümmern würdest, statt dem Flittchen in der Uniform auf die Beine zu starren.«

Die Reise fing gut an, das konnte ja noch heiter werden.

»Womit hast du Stress? Flugangst?« Lucca wandte sich Diana zu und legte die Hand auf ihren Unterarm.

»Nein, keine Flugangst. Ich habe morgen einen aufregenden geschäftlichen Termin. Das beschäftigt mich sehr.« Dianas Stimme klang etwas weicher und sie blickte auch nicht mehr so hart und abweisend.

»Kann ich etwas für dich tun, brauchst du meine Begleitung?« Lucca hatte überhaupt keine Ahnung, was sie in Dublin machen würden und welche Termine Diana wahrnehmen wollte.

»Es ist alles bestens organisiert. Ich bin froh zu wissen, dass du bei mir bist.« Diana sah Lucca mit dem inzwischen vertrauten Blick an, der so viel versprach. Lucca lächelte.»Werden wir denn überhaupt Zeit für schlüpfrige Spiele haben?« Sie schickte ihr einen aufreizenden Blick. Diana befeuchtete mit ihrer Zunge ihre Lippen.»Das will ich doch hoffen.« Diana flüsterte nur noch.

Bevor Lucca etwas erwidern konnte, wurden sie aufgefordert, sich anzuschnallen und sich auf die Landung vorzubereiten.

In Dublin schien die Sonne; Lucca war begeistert von dem Licht und sah vor ihrem inneren Auge bereits die Bilder, die sie schießen würde.

Als sie durch die Kontrolle waren, stand wie durch Zauberei Dörte vor ihnen.

»Wo ist Patrick, Dörte? Warum ist er noch nicht da?« Diana benahm sich wie ein verwöhntes Kind.

Die so knapp Angesprochene schaute sich suchend um.

»Ah, da ist er ja.« Dörte winkte einem untersetzten Mann um die 50 zu, der augenblicklich auf sie zukam.

»Hallo Patrick, hier sind unsere Taschen. Hoffentlich steht der Wagen nicht so weit weg?« Dörte klang besorgt.

»Nein, keine Sorge. Mrs. Schwarze muss nicht weit laufen.« Der Mann lächelte Lucca an, die darauf wartete, dass er ihr vorgestellt wurde. Als Diana keine Anstalten dazu machte, sondern den gewiesenen Weg einschlug, stellte sie sich selbst vor.

»Ich bin Lucca Bork, hallo, Mr.?« Lucca sah ihren Begleiter fragend an.

»Patrick O'Hara.«

»Lucca, kommst du bitte.« Diana hatte sich umgedreht und war stehen geblieben. »Patrick wird sich um alles kümmern, er arbeitet für mich.« Als Lucca bei ihr war, flüsterte sie: »Du brauchst nicht so vertraut mit ihm zu sein, er ist nur mein Angestellter.«

Lucca fand diese Art nicht sehr sympathisch.

Patrick führte sie zu einem großen Geländewagen. Diana setzte sich auf die Rückbank und bedeutete Lucca mit einer Geste, sich neben sie zu setzen, während Dörte und Patrick das Gepäck verstauten.

Die Fahrt führte über die Küstenstraße nach Süden. Der Verkehr ließ merklich nach und bald begegnete ihnen kaum noch ein anderes Auto. Der Himmel zeigte fast minütlich ein anderes Bild. Blauer Himmel und Sonnenschein wechselte mit tiefen grauen Wolken und heller Bewölkung. Ab und an regnete es, aber das dauerte nie lange. Die Straße führte vorbei an ausgedehnten Wiesen und hinter kleinen Steinmauern und Sträuchern versteckten Schafweiden.

Patrick bog von der Straße auf einen schmalen Weg ab, auf dem nur ein Wagen Platz hatte. Die Begegnung mit einem entgegenkommenden Fahrzeug versprach spannend zu werden. Das Gelände war hügelig, vereinzelte Häuser standen weit von der kleinen Straße entfernt.

Der Wagen bremste sanft ab und sie bogen in eine Einfahrt ein, die in eine kleine Senke führte. Vor ihnen lag ein weißes Cottage, das von der Straße kaum zu sehen war. Lucca war lediglich Rauch aufgefallen, der aus einem Schornstein aufstieg.

Patrick parkte den Wagen und Lucca war froh, sich endlich bewegen zu können. Sie stieg aus, streckte und reckte sich und atmete tief durch. Sie blickte sich um, um erste Eindrücke der Landschaft und des Hauses aufzunehmen. Patrick, der das Gepäck aus dem Wagen nahm, schaute sie lächelnd an.

»Was ist das, Mr. O'Hara?« Lucca deutete auf zwei gebogene, wie sie meinte, Äste, die an der Hauswand lehnten.

»Das sind Walrippen. Als ich ein kleiner Junge war, bin ich mit meinem Vater oft an den Strand gegangen, um Strandgut zu sammeln. Ein Mal waren Teile des Skeletts eines riesigen Wales angespült worden. Ich habe die Rippen dort mitgenommen.« Er zeigte auf die vermeintlichen Äste.

Lucca blickte den Mann interessiert an. Doch es kam zu keinem vertiefenden Gespräch, denn Diana rief ungeduldig nach ihr.

Lucca zuckte bedauernd mit den Achseln. »Vielleicht ergibt sich noch eine Gelegenheit zu einem kleinen Plausch, Mr. O'Hara.«

»Paddy. Freunde nennen mich Paddy.« Er schaute Lucca ernst an.

»Paddy, freut mich.« Lucca lächelte ihn an.

»Wenn Sie möchten, kann Ihnen meine Tochter morgen die Gegend zeigen.«

»Das ist eine tolle Idee.« Lucca war begeistert. »Ich weiß nur nicht, was Frau Schwarze vorhat.«

»Sie werden schon Zeit haben, unser Land und die Menschen etwas kennenzulernen.«

»Ich verlass mich darauf, Paddy.« Mit diesen Worten drehte sich Lucca um und ging ins Haus. Ein nachdenklicher Paddy schaute ihr nach.

Diana stand in der Haustür und erwartete sie. »Ich dachte schon, du kommst überhaupt nicht mehr.«

Lucca trat ein und sah sich um, ob Paddy auch kommen würde.

»Wenn du auf Patrick wartest, er wohnt drüben im Anbau. Hier ist mein kleines Reich.« Diana trat zur Seite und machte eine einladende Geste mit der Hand. Lucca trat ein und Diana schloss die Tür. Sie standen in einem kleinen Wohnzimmer, in dem im Kamin ein Feuer brannte. In einem Erker, dessen Fenster den Blick auf die Blumenpracht der Einfahrt freigab, stand ein Esstisch mit zwei Stühlen.

»Hier ist das Schlafzimmer.« Diana öffnete eine Tür und sie traten ein. »Weißt du, ich bin total verspannt und würde mich über eine kleine Massage sehr freuen.« Diana schaute Lucca verführerisch an.

»Wo sind denn die anderen?« Lucca wollte erst die Bedingungen klären.

»Schätzchen, du machst dir viel zu viele Gedanken. Allmählich muss ich wohl auf Dörte eifersüchtig werden.« Diana lächelte Lucca kokett an. Sie strich ihr eine Haarsträhne aus der Stirn. »Du brauchst dir keine Sorgen zu machen, uns wird niemand stören. Dörte ist drüben bei Patrick und seiner Frau untergebracht, von dort aus wird sie sich um unser Wohl kümmern.« Diana begann sich auszuziehen. »Und jetzt nehme ich eine heiße Dusche und dann wirst du mich massieren, ja?«

Lucca nickte lächelnd und Diana ging in ein kleines Bad neben dem Schlafzimmer. Lucca folgte ihr, setzte sich auf einen kleinen Hocker und schaute Diana eine Weile beim Duschen zu. Dann zog sie sich auch aus und folgte Diana.

»Wir können mit der Massage hier schon anfangen.« Lucca seifte Dianas Rücken ein und strich mit ihren Händen sanft über Schultern, Rücken und Po. Diana stöhnte leise auf.

»Nein, nein, so war das nicht gemeint«, flüsterte Lucca an ihrem Ohr, »nur eine kleine Lockerungsübung, mehr nicht.«

Diana drehte sich zu Lucca um und küsste sie hart auf den Mund.

»Heh, doch keine Massage?« Lucca streichelte über Dianas Brustwarzen.

Diana wand sich aus Luccas Umarmung. »Massage«, sagte sie und stieg aus der Dusche, um sich abzutrocknen. »Ich warte auf dich.« Diana verschwand im Schlafzimmer. Als Lucca kam, lag Diana auf dem Bauch und lächelte sie an. »Da ist Massageöl.« Sie zeigte auf ein kleines Fläschchen, das auf dem kleinen Tisch neben dem Bett stand. »Na dann mal los.« Lucca setzte sich rittlings auf Dianas Po und griff zu dem Fläschchen. Sie schüttete etwas von der Flüssigkeit auf Dianas Rücken und verteilte sie gleichmäßig. Dann massierte sie sie nach allen Regeln der Kunst. Als sie mit dem Rücken fertig war, glitt sie von Diana herunter und ihre Hand streichelte über den Po. Diana öffnete ihre Schenkel.

Draußen war es dunkel geworden, als Diana und Lucca das Bett verließen. Im Wohnzimmer brannte noch immer der Kamin und inzwischen war der Tisch gedeckt.

»Sehr schön, wir können essen, wenn du möchtest, Lucca.«

»Ich habe einen Bärenhunger, das muss ich zugeben.«

Diana nahm das Telefon, drückte eine Taste und wartete einen Moment. »Sie können uns das Essen bringen, Dörte.«

Nur wenige Augenblicke später öffnete sich die Haustür und Dörte erschien mit einem Tablett und in Begleitung einer grauhaarigen Frau, die eine Schüssel trug. Die beiden

Frauen stellten alles auf den Tisch. Bevor sie sich zurückzogen, hüstelte Dörte verlegen.

»Ja, was gibt es noch?« Diana wirkte ungeduldig.

»Phoebe hat eine kleine Aufmerksamkeit von Paddy für Sie«, sagte Dörte an Lucca gewandt. Diese schaute erstaunt auf und blickte zu der Frau.

»Mein Mann hat ein kleines Willkommensgeschenk für Sie und glaubt, dass Sie den Inhalt zu schätzen wissen.« Die Frau reichte Lucca eine Flasche Paddy-Whisky. Lucca lachte und nahm die Flasche entgegen. »Da hat Ihr Mann vollkommen Recht. Vielen Dank.«

»Du scheinst ja großen Eindruck gemacht zu haben.« Diana schaute missbilligend. »Komm und setzt dich, damit wir endlich essen können.« Sie nahm den Deckel von der großen Schüssel und der Geruch von Irish Stew zog Lucca in die Nase.

»Hm, köstlich, mir läuft das Wasser im Mund zusammen.« Lucca setzte sich zu Diana an den Tisch und schaute ihrem Teller erwartungsvoll entgegen, den Diana ihr gefüllt hatte.

»Das ist die Spezialität von Phoebe, es ist wirklich sehr gut.« Diana hatte sich selbst auch aufgetan und in den nächsten Minuten konzentrierten sich die beiden Frauen auf die Mahlzeit.

Lucca war von Phoebes Kochkünsten begeistert und äußerte sich enthusiastisch. Dies führte dazu, dass Diana ihr ein Stew in Aussicht stellte, das sie ihr zubereiten würde, wenn sie wieder zurück in Deutschland wären.

Nach dem Essen setzten sie sich auf die Couch vor dem Kamin und tranken von dem Whisky, den Paddy Lucca geschenkt hatte.

Im Hintergrund räumte Dörte fast unbemerkt den Tisch ab

und wartete dann. Diana drehte sich zu ihr um. »Wir frühstücken morgen um neun Uhr. Danke, wir brauchen Sie nicht mehr.«

Dörte verschwand so leise wie sie gekommen war.

»Was steht denn morgen auf dem Programm?« Lucca strich über Dianas Haar.

»Ich habe morgen den ganzen Tag zu tun, Lucca. Du hast also Zeit, um mit deinem Fotoapparat durch die Gegend zu streifen. Wir sehen uns erst spät, vielleicht erst in der Nacht. Möglicherweise bin ich bis nach Mitternacht unterwegs.«

Lucca sah Diana erstaunt an. Sie hatte keine Vorstellung von Dianas Geschäften in Irland und spürte, dass weitere Nachfragen sinnlos sein würden.

»Okay, dann mach ich mir einen schönen Tag.« Lucca sah sich mit ihrem Fotoapparat durch die Gegend streifen.

Als das Feuer niedergebrannt war, gingen die beiden Frauen schlafen. Lucca freute sich auf den kommenden Tag und versuchte sich vorzustellen, welche Motive sie wohl vor die Kamera bekommen würde. Über diesen Gedanken schlief sie ein.

Als Lucca erwachte, war der Platz neben ihr leer. Aus dem Wohnzimmer drang leise Dianas Stimme. Sie schien zu telefonieren. Lucca drehte sich herum und sah auf die Uhr. Es war erst acht Uhr und sie überlegte, ob sie einfach weiterschlafen sollte. Diana hatte was auch immer für einen tollen Tag, sie machte ein großes Geheimnis daraus. Lucca war inzwischen von der Geheimniskrämerei genervt und fand

Dianas Verhalten ärgerlich. Sie fragte sich, wozu Diana sie unbedingt dabei haben wollte.

Lucca entschied sich dann doch, aufzustehen und mit Diana zu frühstücken. Diana saß am Esstisch und hatte offensichtlich bereits gegessen. Als sie Lucca sah, beendete sie das Telefonat und stand auf.

»Gutem Morgen«, sie küsste Lucca, »habe ich dich etwa geweckt?«

»Nein, überhaupt nicht. Du legst heute anscheinend keinen großen Wert auf meine Gesellschaft?« Lucca schaute über den Tisch.

»Oh, das verstehst du völlig falsch. Ich habe nur eine Tasse Kaffee getrunken, mehr geht heute Morgen nicht.«

Lucca schaute Diana fasziniert an, die aufgeregt war wie ein kleines Mädchen und völlig unter Strom stand.

»Was hast du heute vor, du bist ja völlig aus dem Häuschen?« Lucca setzte sich an den Tisch und schaute Diana fragend an.

»Ich erzähle es dir später. Mach dir einen schönen Tag und genieße diese wunderschöne Insel.« Diana stand auf und stellte sich an ein Erkerfenster.

Es klopfte an der Tür und Dörte kam herein. »In einer Viertelstunde sind wir abfahrbereit, Frau Schwarze.«

»Gut, dann gehe ich jetzt nur noch kurz ins Bad.« Diana verschwand im Schlafzimmer und schloss die Tür.

»Kann ich Ihnen noch etwas bringen?« Dörte schaute Lucca an, die die ganze Situation zunehmend unwirklich empfand.

»Es ist doch alles da, Danke. Wenn etwas fehlen sollte, kann ich wohl selbst in die Küche gehen und es mir holen.« Lucca war gereizt.

»Das ist nicht üblich, dafür bin ich doch da.« Die Unterwürfigkeit von Dörte Wagner machte Lucca aggressiv. Dörte bemerkte den aufsteigenden Ärger und wollte die Wogen glätten. »Ich werde dafür bezahlt, dass Frau Schwarze sich ganz auf ihre Aufgaben konzentrieren kann. Und dazu gehört es in diesem Haus nicht, für die Mahlzeiten zu sorgen.« Sie sah Lucca an, die dem Blick standhielt. »Wann soll Patricks Tochter Sie abholen?«

Lucca musste einen Augenblick überlegen, welche Vereinbarung es gestern gegeben hatte. »In einer Stunde bin ich sicher gesellschaftsfähig. Wo finde ich denn Paddys Tochter?«

»Sie wird in einer Stunde hier sein, sie holt Sie ab.« Dörte drehte sich zur Tür. »Und Sie sind sicher, dass Sie nichts mehr brauchen?«

»Danke Dörte, ich komme sehr gut allein klar.« Lucca goss sich Kaffee ein und Dörte verließ das Haus.

Wenige Minuten später erschien Diana und verabschiedete sich mit einem langen Kuss von Lucca.

»Wenn ich heute Abend zurück bin, werden wir feiern.« Mit diesem Versprechen verschwand Diana.

»In welchem Film bin ich hier eigentlich?« Lucca erwartete keine Antwort auf ihre Frage.

Nach dem Frühstück machte sie sich fertig und wartete auf Paddys Tochter. Wenn sie nur halb so sympathisch war wie ihr Vater, konnte nichts schief gehen. Lucca nahm ihre Kamera, zog sich ihre Jacke an und ging nach draußen.

Sie schaute sich um und direkt in ein Paar grüner Augen, das sie musterte. Vor ihr stand eine Frau wie dem Klischee entsprungen. Rotes lockiges Haar und grüne Augen, versehen mit einer Stimme, die Eis zum Schmelzen brachte.

»Hallo, ich bin Deirdre.«

Lucca lächelte sie fasziniert an.

»Sie brauchen nichts zu sagen, ich weiß wie ich aussehe. Und ruhig weiteratmen.« Deirdre lächelte nun ebenfalls. »Mein Vater möchte, dass ich heute Ihre Reiseführerin bin. Ich weiß nur nicht, ob Sie das auch wünschen.«

Lucca hatte ihre Sprache wiedergefunden. »Ich freue mich, den Tag mit Ihnen zu verbringen.«

»Was möchten Sie sehen, was interessiert Sie?« Deirdre schien zunehmend Spaß an ihrer Aufgabe zu finden.

»Mich interessieren Menschen, ihre Gefühle, die sie in ihren Gesichtern ausdrücken.« Lucca hielt ihre Kamera hoch. »Heute mal ganz spontan, nicht gestellt.«

»Dann fahren wir doch nach Dublin, dort sind wir am Puls des Landes.« Deirdre drehte sich um. »Mein Wagen steht hinter dem Haus.«

Lucca folgte ihr zu einem kleinen verbeulten Auto. »Ich hoffe, Sie sind nicht für das Erscheinungsbild dieses Vehikels verantwortlich.«

Deirdre lachte. »Nein, nein, meine Fahrkünste sind völlig unspektakulär. Ich habe den Wagen geliehen. Haben Sie keine Angst, Frau Bork.«

»Na dann. Ich bin übrigens Lucca.«

Deirdre lächelte sie an und startete den Motor. »Wenn ich auf dem Weg nach Dublin irgendwo anhalten soll, sag es mir.«

———————

Deirdre fuhr mit Lucca direkt nach Dublin. Sie parkte den Wagen und schaute Lucca erwartungsvoll an. »Na, wie touristisch soll es denn sein?«

»Was sind deine Lieblingsplätze in der Stadt? Was sollte ich sehen?« Lucca wollte sich überraschen lassen.

»Wenn du es mir überlässt, dann machen wir uns jetzt auf zum Trinity College und ich zeige dir das Book of Kells in der alten Bibliothek. Wir werden etwas von der Luft schnuppern, die schon Oscar Wilde und Samuell Beckett genossen haben.« Deirdre nahm Luccas Arm und zog sie mit sich. Nach einer Stunde hatte Lucca genug Büsten von berühmten Schriftstellern und Philosophen bewundert und klagte über rasenden Hunger. Hierfür wusste Deirdre Abhilfe.

Am späten Nachmittag saßen sie schließlich erschöpft in einem Pub in der Grafton Street. Auf der Straße machte ein Straßenmusiker lautstark auf sich aufmerksam, denn schließlich galt es die Konkurrenz in einigen Metern Entfernung auf Abstand zu halten.

In einer Ecke des Gastraumes hing ein Fernsehapparat an der Wand, der ununterbrochen Bilder von rennenden Hunden zeigte.

»Bist du mit ihr zusammen?« Deirdre stellte die Frage, bevor sie den Schaum von ihrem Guinness schlürfte.

»Mit Diana?« Lucca drehte dem Fernsehgeschehen den Rücken zu.

»Hm.«

»Wir sind kein Paar, wenn du das meinst. Wir schlafen miteinander, mehr nicht. Sie wollte unbedingt, dass ich sie an diesem Wochenende begleite. Weiß der Himmel wozu.«

»Du weißt nicht, was sie hier macht?« Deirdre sah Lucca skeptisch an.

»Ich habe keine Ahnung.« Lucca trank von ihrem Bier.

»Liebst du sie?«

»Nein. Ich sagte doch schon, wir haben Sex, das ist alles.

Dafür muss ich sie nicht lieben.« Lucca war nachdenklich geworden. »Eigentlich kenne ich Diana gar nicht.« In Gedanken fügte sie hinzu ›und ich will sie auch gar nicht näher kennenlernen‹.

»Was machen wir mit dem angefangenen Abend?« Lucca wollte nicht mehr an Diana denken und schon gar nicht weiter über sie reden.

»Ich würde dir gerne etwas von der irischen Seele zeigen.« Deirdre blickte Lucca abwartend an. »Ich weiß nicht, ob du es mögen wirst, aber es ist für die Iren das Ereignis schlechthin.«

Lucca wartete gespannt darauf, dass sie erfahren würde, was denn nun ihr Highlight des Abends werden sollte.

»Wir fahren zum Shelbourne Park Stadium.«

»Fußball?«, fragte Lucca erstaunt.

»Nein«, lachte Deirdre, »viel aufregender! Das Shelbourne Park ist keine Fußballarena, auch wenn es von der Größe her stimmen würde. Heute findet das größte Greyhound-Rennen statt.« Sie deutete auf das Fernsehgerät.

»Hunderennen?« Lucca hatte Anna zu einer Untersuchung auf der Hunderennbahn in Köln begleitet. Sie hatte dort dem Training zugesehen, während Anna einen Whippet auf Herz und Nieren checkte, der eine Rennlizenz erhalten sollte.

»Es ist nicht irgendein Hunderennen, Lucca. Im Hauptrennen heute Abend starten die schnellsten Greys, die es in Irland gibt, und du kannst eine Menge Geld gewinnen, wenn du auf den Champion wettest … oder aber verlieren.«

»Hier wird auf die Hunde gewettet?« Lucca kannte dies aus Deutschland nicht. »Bei uns geht es lediglich um die Ehre.«

»Hier wird bei den Rennen eine Menge Geld umgesetzt. Innerhalb von einer Minute wechseln kurz vor Ende des

Hauptrennens Millionen Euro den Besitzer.« Deirdre schaute Lucca fragend an und wartete auf ihre Antwort.

Lucca war hin- und hergerissen. Sie hatte sich für den Abend etwas anderes vorgestellt als einen Besuch auf der Hunderennbahn. Andererseits dachte sie an die Aufnahmen, die sie dort schießen könnte. Menschen, bei denen Freude und Leid, Gewinn und Verlust so eng zusammen lagen, boten wahrscheinlich eine Fülle von Motiven. Am Ende siegte ihre professionelle Neugier und sie stimmte dem Vorschlag zu.

»Dann auf zum Shelbourne-Park-Stadium.« Deirdre winkte der Kellnerin.

———————

Der Wagen fand nur mühsam seinen Weg durch den immer dichter werdenden Verkehr, je näher sie dem Ziel kamen. Tausende von Menschen schienen in dieselbe Richtung unterwegs zu sein.

»Wohin wollen diese Menschen alle?«

»Dorthin, wo wir auch hin wollen, Lucca. Heute gehen alle zum Rennen.« Deirdre zog die Stirn in Falten. »Hier gibt es keinen Parkplatz mehr, ich habe eine bessere Idee.« Sie bog vor dem Stadion rechts ab und erreichte so eine kleine Seiteneinfahrt, die durch eine Schranke gesichert war. Ein Mann in Uniform erschien, dessen Gesicht sich aufhellte als er Deirdre erkannte.

»Hallo, John. Lässt du mich hier parken? Wir wollen Paddy überraschen, darum sind wir nicht mit ihm gekommen.« Deirdre hatte ein strahlendes Lächeln aufgesetzt.

»Na klar, für dich tue ich doch alles.« John öffnete die Schranke und ließ sie passieren.

»Du willst deinen Vater überraschen? Ist er hier?« Lucca wusste nicht, was sie davon halten sollte.

Deirdre schien sich hier gut auszukennen, denn sie fuhr einen Parkplatz an der Rückseite des Stadions an. Auch dieser Platz war fast vollständig besetzt.

»Ja, mein Vater lässt sich diesen Renntag natürlich nicht entgehen.« Deirdre blickte Lucca an, als wollte sie für ihren Vater um Entschuldigung bitten. »Er ist wettverrückt.«

Lucca verstand überhaupt nichts mehr.

»Hier ist ja wirklich der Bär los.« Lucca sah auf einen Trainingsplatz und riesige lang gestreckte, flache Gebäude. Sie wollte sich dorthin wenden, als Deirdre sie am Arm zog.

»Hier geht es lang, Lucca. Hier geht es ins Stadion.«

Lucca folgte ihr und sie reihten sich bald ein in einen Strom von Menschen.

»Wenn wir uns aus den Augen verlieren sollten, treffen wir uns am besten am Haupteingang wieder.« Deirdre war besorgt.

»Kein Problem, ich gehe schon nicht verloren. Ich kann sprechen und mein Handy habe ich auch noch, um einen Notruf abzuschicken.« Lucca lächelte Deirdre beruhigend an.

Lucca war von der Größe des Stadions beeindruckt. »Welche Sportveranstaltungen finden denn sonst noch hier statt?« fragte sie, als sie auf die schmale Rasenbahn schaute.

»Hunderennen, sonst nichts«, erwiderte Deirdre.

»Wow, so ein riesiges Stadion nur für Hunderennen.« Die Rennbahn in Rodenkirchen war ein Mückenpups gegen diese hier.

»Ich hole uns etwas zu trinken.«

Luca nickte. »Ich warte hier.« Sie schaute sich um. Diese Arena hatte die Größe eines Fußballstadions, hier hatten mindestens 50.000 Besucher Platz.

Deirdre kam mit zwei großen Plastikbechern zurück, als das erste Rennen gestartet wurde. Aus einer Box kamen vier Greyhounds regelrecht herausgeschossen und jagten hinter einem falschen Hasen her. Die Menge jubelte und feuerte die Hunde an. Lucca war fasziniert von der Schnelligkeit und Eleganz der Tiere.

Ein Mann, der neben ihnen stand, sah, wie Lucca sich begeisterte und reichte ihr eine Zeitschrift. »Versuchen Sie ihr Glück.«

Lucca schaute Deirdre fragend an. »Es ist die Wettzeitschrift. Dort findest du alle Hunde, die heute starten, mit ihren bisherigen Rennergebnissen und Prognosen für den heutigen Abend.«

Lucca blätterte und las einige Namen vor, als sie plötzlich abbrach. »Deswegen sind wir hier, jetzt verstehe ich.«

Deirdre sah Lucca an, ohne etwas zu sagen. Lucca las vor. »Kildares Memory, Besitzerin Diana Schwarze. Irish Rose, Besitzerin Diana Schwarze. Hier sind noch mehr.« Sie starrte Deirdre an. »Wo ist sie? Sie ist doch hier, schon den ganzen Tag, vermute ich.« Gedanken schossen Lucca wie Blitze durch den Kopf. Die hochangesehene Tierpsychologin bewegte sich hier auf den Niederungen des Wettgeschäftes. Kein Wunder, das sie aus dem Grund ihres Aufenthalts so ein Geheimnis gemacht hatte. Da sie nicht wusste, wie Lucca zu diesen Aktivitäten stand, musste sie sie verheimlichen.

»Wo ist sie? Du weißt es doch!« Als Deirdre nicht antwortete, drehte sich Lucca um. »Ich werde sie auch ohne dich finden.«

»Warte, Lucca. Ich gehe mit dir. Ihre Hunde starten erst in den späten Rennen, vermutlich sind sie noch in den Ställen.«

Sie gingen den Weg zurück, den sie gekommen waren. Nur wandten sie sich jetzt nicht zum Parkplatz, sondern gingen auf die flachen Gebäude zu. Hier waren unzählige Zwinger untergebracht, in den Boxen befanden sich Greyhounds, die alle einen Maulkorb trugen und ihnen fast ausnahmslos völlig ruhig entgegenblickten.

Lucca starrte die Hunde fassungslos an. »Wie viele Hunde sind hier?«

»Es sind etwa 250 Hunde untergebracht, die hier trainiert werden.«

»Ist die Haltung artgerecht?« Lucca machte die ersten Aufnahmen.

»Wir sind hier nicht in Deutschland, Lucca. Die Greyhounds wurden für das Wettgeschäft gezüchtet, sie sind racingmachines. Sie sollen Rennen gewinnen, das ist ihr ganzer Lebenszweck.«

Lucca ging weiter an den Boxen entlang. »Das ist doch nicht in Ordnung.«

»Ich gebe dir Recht. Aber im Vergleich zu Spanien leben die Hunde hier bei uns in Irland in guten Verhältnissen.« Deirdre sprach leise.

Sie bogen um eine Ecke und blickten in eine Gasse, an deren Ende Diana Schwarze sich mit einem Mann unterhielt. Sie sah die beiden nicht, denn in dem Augenblick drehte sie sich um und ging mit dem Mann weg.

»Da ist sie ja.« Lucca lief hinterher. Auf der anderen Seite der Stallgasse befanden sich etliche Türen, die meisten von ihnen waren geschlossen.

»Hast du gesehen, welche Tür die beiden genommen

haben?« Lucca schaute sich um. Deirdre schüttelte den Kopf.

»Dann versuchen wir mal diese hier.« Lucca öffnete eine Tür und ihnen kam ein ekelhafter Gestank entgegen. Der Raum war sehr dunkel und es dauerte eine Zeit, bis Luccas Augen sich an die Lichtverhältnisse gewöhnt hatten. Und es dauerte noch einen Moment länger, bis sie begriff was sie sah. Zwischen Futtersäcken lag auf einer Schubkarre der verwesende Kadaver eines Greyhounds. Lucca schluckte und fotografierte die Szene.

Deirdre zog sie zurück. »Komm, wir gehen jetzt lieber, bevor uns jemand sieht. Ich kann mir vorstellen, wie begeistert man hier über deine Bilder sein wird.« Lucca blickte auf den verwesenden Hundekörper.

»Lucca, komm, wir bekommen Ärger.« Deirdre machte sich ernsthaft Sorgen, zog Lucca unsanft am Arm und schloss die Tür.

»He, was machen sie da?« Der Mann, der auf sie zukam, klang alles andere als freundlich. »Wer sind sie, wie kommen sie hier rein?«

Lucca sprach mit dem schrecklichsten Akzent, den sie hervorbringen konnte. »Wir sind aus Deutschland und haben unsere Reisegruppe verloren. Wir haben uns verlaufen.«

Der Mann sah sie an als hätte sie den Verstand verloren. »Verschwinden sie hier.«

Lucca lächelte ihn freundlich an und sprach Deirdre auf Deutsch an. »Wir gehen jetzt langsam den Gang runter, tu einfach genauso blöd wie ich.« Sie war sich nicht sicher, ob Deirdre überhaupt ein Wort verstand.

Lucca lächelte dem Mann im Vorbeigehen noch mal zu, der seinerseits über die verdammten Touristen schimpfte.

Am Parkplatz blieben sie stehen. Sie hörten das Geschrei

der Menschen im Stadium, es war ein ohrenbetäubender Lärm.

»Da drin feiern sie den Sieger, und da hinten werden sie entsorgt.« Lucca war entsetzt.

»Steig ein, wir fahren.« Deirdre öffnete die Wagentür und stieg ein. »Es tut mir leid, dass du das gesehen hast.«

»Mir ist zum Kotzen.« Deirdre griff nach hinten und nahm eine Flasche von der Rückbank. »Hier, nimm einen Schluck.«

»Du hast ja an alles gedacht.« Lucca öffnete die Flasche. »Werden alle Hunde so weggeworfen?« Sie kam von dem Bild nicht los.

»Manche werden in andere Länder verkauft, wenn sie nicht mehr die erwartete Leistung bringen. Die Looser werden in den »Dog-Pounds« abgegeben oder von Tierschützern gekauft.«

»Was ist ein Dog-Pound, Deirdre?«

»Eine Tötungsstation.« Sie sah Lucca nicht an.

»Looser werden also getötet.« Lucca sah Deirdre an. »Du findest so ein Verhalten akzeptabel?«

»Nein, ich liebe es, den Hunden beim Rennen zuzusehen, mir läuft ein Schauer über den Rücken, wenn sie pfeilschnell über die Bahn rasen. Und ich verurteile das gnadenlose Töten.«

»Entsorgt Diana ihre Hunde auch in den Tötungsstationen?« Lucca entfernte sich innerlich meilenweit von dieser Frau.

»Ich weiß nicht.« Deirdre wirkte plötzlich sehr angespannt. Lucca schaute sie prüfend an.

»Du weißt es, Deirdre. Sag es mir.«

»Sie lässt sie zu den Gleisen bringen.« Deirdre war kaum zu verstehen.

»Was bedeutet das?« Lucca wollte die Wahrheit wissen.

»Sie lässt sie an den Gleisen festbinden.«

»Und dann?« Lucca ließ nicht locker.

»… und dann kommt irgendwann ein Zug.«

»Eine preisgünstige Entsorgung«, vermutete sie bitter.

»Bring mich dahin.«

»Lucca, ich glaube nicht, dass das eine gute Idee ist.«

»Fahr mich dahin.« Lucca kramte in den Tiefen ihrer Jackentaschen und fand, was sie suchte. »Ich hoffe, der Film ist noch zu gebrauchen.« Sie legte ihn in die Kamera ein. »Ich werde es wissen, wenn ich ihn entwickelt habe.«

»Du willst Fotos machen?« Deirdre sah Lucca erschreckt an. »Wenn wir erwischt werden, wird man nicht sehr freundlich mit uns umgehen.« Von dieser dunklen Seite der Greyhoundzucht wollte in der Öffentlichkeit niemand etwas wissen.

Deirdre kapitulierte schließlich vor Luccas Entschlossenheit und fuhr los. Sie legten den Weg schweigend zurück.

»Wann ist die Veranstaltung zu Ende?«

Deirdre sah auf die Uhr, es war 22 Uhr 30. »Das letzte Rennen müsste jetzt laufen.«

———————

Deirdre führte Lucca das letzte Stück zu Fuß. Der Wagen stand einen Kilometer weit weg. Sie hatten sich zwischen abgestellten Güterwagen, Müll und Kies einen Weg gesucht und versucht, sich im Schatten zu halten. Aus einigen der alten Wagen drangen Geräusche.

»Obdachlose, die einen Platz zum Schlafen suchen«, flüsterte Deirdre.

Sie kamen an eine Stelle, an der mehrere Schienenstränge zusammentrafen. An der einen Seite konnte Lucca eine Straße erkennen, die mit einem löchrigen Zaun von den Gleisen getrennt war. Auf der anderen Seite gab es einen kleinen Hügel, der mit Gestrüpp zugewachsen war. »Wir gehen da hoch.« Sie deutete mit dem Kopf zu dem Hügel.

»Da liegt nur Müll und wer weiß was sonst noch.« Deirdre schüttelte sich bei dem bloßen Gedanken daran, dort hochgehen zu müssen.

»Klamotten kann man waschen. Von dort haben wir auf jeden Fall einen besseren Überblick.« Lucca verfolgte ihr Ziel ohne Zaudern.

»Das musst du allein machen, ich gehe da nicht hoch.« Deirdre schüttelte nachdrücklich ihren Kopf und schaute sich um. In der Ferne hörten sie einen Zug kommen, der mit unvermindertem Tempo auf dem äußeren Gleis an ihnen vorbeifuhr.

»Ich gehe dort rüber, Lucca, und warte auf dich.« Deirdre zeigte auf einen ausgeschlachteten PKW, dessen Gerippe in einiger Entfernung vom Mond in sanftes Licht getaucht wurde.

»Willst du das wirklich machen? Wir können doch auch zurückfahren. Reicht es nicht, dass ich dir den Ort gezeigt habe?«

Lucca schüttelte den Kopf. »Ich will die Fotos.«

»Wozu Lucca, wozu willst du Fotos machen?«

»Man kann die Ohren verschließen, Deirdre, wenn man etwas nicht hören will. Bilder brennen sich in die Seele.« Lucca drehte sich um und ging zu dem Hügel.

Sie ignorierte den Unrat und das Rascheln von kleinen Tieren. Oben angekommen sah sie sich nach einer Möglichkeit um, wie sie sich verbergen konnte. Sie schob mit dem Fuß leere Dosen, Fast-Food-Verpackungen, Pornohefte und Undefinierbares zur Seite. Dann legte sie sich hinter einem niedrigen Busch so auf den Boden, dass das Objektiv der Kamera nicht von Zweigen verdeckt war und wartete.

Sie konnte von hier die Straße sehen, an der eine schwache Lampe fahles Licht abgab. Sie sah die Stelle, an der der Zaun schon mehrfach auseinandergebogen worden war und sie sah auf die Gleise, von denen sie höchstens 50 Meter entfernt war. Sie lag dort seit 20 Minuten und ihr wurde allmählich kalt. Gerade als sie sich aufrichten wollte, sah sie auf der Straße Scheinwerfer näher kommen.

Ein kleiner Lieferwagen hielt unter der Laterne. Ein Mann stieg aus und öffnete die hintere Tür. Lucca erkannte zwei Greyhounds, die aus dem Wagen sprangen. Der Mann hielt sie an einer kurzen Leine und führte sie grob durch das Loch im Zaun. Lucca brachte ihre Kamera in Position und hoffte, dass der Mond genug zusätzliches Licht gab.

Der Mann erreichte mit den Hunden das äußere Gleis und band sie nebeneinander fest. Dann drehte er sich um und ging zu seinem Wagen zurück.

Die beiden Hunde sahen ihm nach und wedelten mit ihren Ruten bis er mit dem Wagen davon fuhr.

Lucca starrte wie hypnotisiert auf die Gleise. Das Schicksal der Hunde traf sie mit aller Grausamkeit und ihr war, als bekäme sie keine Luft mehr. Lucca sprang auf, als sie den Zug kommen hörte. Sie rannte den Hügel herunter, stolperte und fiel der Länge nach hin. Sie rappelte sich wieder auf und stürmte auf die Hunde zu, die sich zu ihr umdrehten.

Aus dem Augenwinkel sah Lucca einen Schatten auf sie zulaufen, doch sie kümmerte sich nicht darum. Mit ihr zusammen erreichte Deirdre die Hunde. Sie war losgelaufen, als sie Lucca den Hügel herunterstürmen sah, denn ihr war sofort klar, was diese vorhatte. Der Scheinwerfer des Zuges kam schnell auf sie zu. Lucca bekam den Knoten des Seils nicht auf, mit dem der Hund festgebunden war. Deirdre hatte den anderen Hund losgebunden und lief mit ihm von den Gleisen weg. Sie drehte sich um und sah, dass Lucca immer noch mit dem Seit beschäftigt war, während der Hund wie wild herumsprang und an dem Seil zerrte.

»Lucca!« Deirdre schrie in die Nacht, während der Zug herandonnerte.

Sie sah wie Lucca mit dem Hund vom Gleis weg sprang, dann rauschte der Zug vorbei. Es schien Deirdre eine Ewigkeit zu dauern, bis die Waggons endlich alle vorbeigefahren waren. Dann herrschte Stille und von Lucca war nichts zu sehen.

»Oh, mein Gott, Lucca.« Deirdre lief zum Gleis. Auf der anderen Seite lagen Lucca und der Hund in einer kleinen Senke. Eine Hand hatte Lucca am Seil, das der Hund um den Hals hatte, die andere hatte sie um ein niedriges Gestrüpp gekrallt. Der Hund hob den Kopf, als er Deirdre und den zweiten Greyhound hörte.

»Scheiße, der Sog hätte uns fast wieder zurück auf das Gleis gezogen.« Lucca drehte den Kopf. »Ich habe einen Krampf in den Fingern.«

Deirdre lachte vor Erleichterung auf und setzte sich neben Lucca auf den Boden. »Ich dachte, du bist tot.« Deirdre wechselte zwischen Lachen und Weinen, als sie Lucca half, vorsichtig die Finger von dem Gestrüpp zu lösen.

»Wir müssen hier weg, Lucca, der nächste Zug lässt nicht lange auf sich warten.«

Die beiden Frauen nahmen die Hunde und gingen von den Gleisen weg.

»Ich habe meine Kamera auf dem Hügel vergessen, ich muss sie noch holen.« Lucca drückte Deirdre das Seil in die Hand und humpelte los, um ihre Kamera zu holen, die sie nicht lange suchen musste. Deirdre sah wiederholt das Blitzlicht an den Gleisen aufleuchten. Als Lucca wieder bei ihr war, nahmen die Frauen denselben Weg zurück, auf dem sie auch gekommen waren.

»Was machen wir mit den Hunden?« Lucca blickte fragend zu Deirdre.

»Als du deine Kamera gesucht hast, habe ich meinen Vater über Handy angerufen. Er trifft uns an meinem Wagen und übernimmt sie.«

»Und was macht er mit ihnen?« Die Sorge in Luccas Stimme war nicht zu überhören.

Deirdre lächelte. »Er bringt sie zu einer Organisation, die sie an Menschen vermittelt, die ihnen ein würdiges Leben ermöglichen.« Als sie den Seufzer der Erleichterung hörte fügte sie hinzu: »So wie er es immer macht, wenn er von ihr den Auftrag erhält, sie zu töten.«

Sie mussten nicht lange auf Paddy warten. Er musterte die Frauen besorgt, dann umarmte er sie wortlos. Die beiden Greyhounds gingen mit ihm zum Wagen und sprangen hinein. Paddy winkte ihnen zu und fuhr los.

Deirdre atmete tief durch. »Das wäre geschafft.« Sie schaute Lucca an. »Ich schlage vor, dass wir zu mir fahren. So wie du aussiehst, brauchst du ein heißes Bad. Oder soll ich dich zurück ins Cottage bringen?«

»Auf gar keinen Fall. Die Idee mit dem heißen Bad bei dir finde ich unwiderstehlich.« Lucca spürte inzwischen jeden einzelnen Knochen in ihrem Körper und sie ließ sich erschöpft auf den Sitz fallen.

»Da war doch vorhin irgendwo eine Flasche Whisky.«

Lucca sah sich suchend um. Sie griff mit zitternder Hand nach der Flasche, die ihr Deirdre hinhielt. Als sie wieder in Dublin ankamen, war die Flasche fast leer.

———————

Lucca lag in einem wunderbar heißen Schaumbad und betrachtete ihre Hände. An der rechten Hand waren mehrere Fingernägel ein- oder abgerissen. Blut war ihr bis ans Handgelenk gelaufen, die Handrücken waren zerkratzt und ihr rechtes Knie war angeschwollen.

»Du solltest mal dein Gesicht sehen.« Deirdre saß auf dem Badewannenrand. »Du siehst aus, als wärest du in eine Prügelei geraten.«

Ein Riss zierte Luccas linke Wange, die Nase und Stirn waren von Gestrüpp und Steinen zerkratzt. Ihre vollkommen verdreckten Klamotten, von denen ein undefinierbarer Gestank ausging, hatte Deirdre in die Waschmaschine bugsiert.

Als das Telefon klingelte, stand Deirdre auf und streichelt Lucca sanft über den Kopf. Sie konnte immer noch nicht begreifen, dass Lucca dieses Abenteuer ohne größere Schäden überstanden hatte.

»Mal sehen, wer da mitten in der Nacht etwas von mir will.«

Deirdre ging ins Wohnzimmer und Lucca hörte sie sprechen. Nach wenigen Minuten kam sie zurück. »Es war mein Vater. Die große Schwarze ist wohl außer sich, weil du noch nicht zurück bist. Paddy wird ihr sagen, dass wir in Dublin versackt sind und dass ich dich morgen rechtzeitig zum Flughafen bringen werde.«

»Na, das wird Diana gar nicht gefallen.« Lucca konnte sich ein Grinsen nicht verkneifen. »Meine Sachen sind aber noch im Cottage, ich muss zurück.«

»Nein, das ist nicht nötig, Dörte wird sich darum kümmern. Paps spricht mit ihr.«

Lucca schloss erleichtert die Augen. Sie war froh, dass sie Diana erst wieder am Flughafen sehen würde. Sie musste sich überlegen, wie sie mit der Situation umgehen und wie sie Diana begegnen wollte.

Während Lucca noch in der Wanne lag, versorgte Deirdre ihr Gesicht, indem sie die Wunden säuberte. »Ist alles nur oberflächlich, Lucca, es muss nichts genäht werden.«

»Na wenigstens etwas. Meine makellose Schönheit bleibt also erhalten.«

»Hm, offensichtlich. Statt in der Wanne zu schlafen, solltest du jetzt aussteigen und ins Bett gehen.«

»Das ist noch so eine prima Idee von dir.« Lucca konnte kaum noch die Augen offen halten, woran das Bad und der Whisky nicht unerheblichen Anteil hatten.

»Es gibt da vielleicht ein kleines Problem, ich habe keine Couch und du müsstest mit in meinem Bett schlafen.« Deirdre sah Lucca aus unergründlich grünen Augen an.

»Das ist nun so gar keine Schwierigkeit für mich«, murmelte Lucca, die durch halbgeöffneten Lidern Deirdre ansah.

»Ich habe den Eindruck, als hättest du unser Abenteuer entschieden besser weggesteckt als ich – und ich meine das nicht nur physisch«, sagte sie als sie sich neben Deirdre ins Bett kuschelte.

»Man sagt den O'Hara-Frauen eine große innere Stärke nach. Ich glaube, da ist eine Menge dran, denn uns haut so schnell nichts wirklich um.« Deirdre dachte daran, welche Schicksalsschläge ihre Großmutter und Mutter zu verkraften hatten, ohne den Lebensmut und vor allem nicht die Lebensfreude zu verlieren.

Lucca träumte in dieser Nacht von Greyhoundwelpen, die keine Augen hatten. Deirdre, die Luccas unruhigen Schlaf spürte, legte den Arm um sie.

———————

Als Deirdre Lucca nach einem ausgiebigen Frühstück in einem reichlich derangierten Zustand am Flughafen absetzte, hatten noch einige Blutergüsse Luccas Erscheinungsbild abgerundet.

»Danke, Deirdre.« Lucca küsste sie zum Abschied auf die Wange und winkte ihr nach, bis sie den Wagen nicht mehr sehen konnte.

Als sie die Flughafenhalle betrat, drehten sich einige Menschen nach Lucca um und tuschelten miteinander.

»Tja, Leute, so sieht eine Frau aus, die in nächtlicher Hundemission unterwegs war.« Lucca lächelte die Menschen freundlich an, die sie so unverwandt anstarrten. Sie sah Dörte am Check-in-Schalter anstehen und ging zu ihr.

»Guten Morgen, Dörte.«

Dörte Wagner riss die Augen weit auf, als sie Lucca erkannte. »Ach herrje, wie sehen Sie denn aus?« entfuhr es ihr.

»Ich gehe mal davon aus, dass jede Frau, die mich ansieht, vor Begeisterung in Ohnmacht fällt. Sie stehen ja auch kurz davor.« Lucca grinste.

»Setzen Sie sich lieber hin, bevor Sie in Ohnmacht fallen. Ich habe Ihre Tasche und Ihren Pass, ich checke ein. Gehen

Sie besser zu Frau Schwarze, sie wartet im Cafe auf Sie.« Dörte zeigte auf eine kleine Bar.

»Dann werde ich das mal machen. Danke, Dörte.« Lucca nickte ihr zu und drehte sich um.

»Hallo, Diana.« Die Angesprochene ließ fast ihre Tasse fallen, als sie Lucca erblickte.

»Na, das war ja wohl eine wilde Nacht. War die Schlampe so außer Rand und Band?« Diana verzog das Gesicht zu einem gequälten Lächeln, während sich Lucca setzte.

»Du redest Bullshit.«

»Was soll ich denn, bitte schön, davon halten, dass du mit Paddys Tochter die Nacht durchgemacht hast?« Diana war eindeutig ärgerlich. »Hat dich ihr Freund verprügelt?« Ein hämisches Grinsen tauchte kurz in ihren Mundwinkeln auf.

»Mich hat niemand verprügelt oder ähnliches. Ich bin gestürzt.« Lucca versuchte, ruhig zu bleiben.

Diana sah sie zweifelnd an. »Das soll ich dir glauben? Du bist reichlich undankbar, Lucca. Ich lade dich hierher ein, möchte mit dir ein tolles Wochenende verbringen und was machst du? Du stürzt.« Das klang eindeutig ironisch.

»Was soll denn die Undankbarkeitsnummer, Diana? Deine Reaktion halte ich für reichlich überzogen.« Luccas Stimme war hart.

Dörte stand hüstelnd neben ihnen. »Ich habe alles erledigt, Frau Schwarze. Der Container ist ebenfalls verstaut. Der Flug ist aufgerufen worden, wir können jetzt gehen.«

»Gut, Dörte. Zahlen Sie bitte, während wir uns fertig machen.« Diana stand auf und griff nach ihrem Mantel.

»Hättest du keine andere Hose anziehen können?« Sie deutete auf die zerrissene Jeans, in der Lucca allerdings eine ausgesprochen gute Figur machte.

Lucca erwiderte nichts darauf, sondern folgte Dörte.

Der Flug verlief schweigend. Lucca versuchte die Zeit zu nutzen und etwas von dem Schlaf nachzuholen, den sie in der vergangenen Nacht verpasst hatte.

Dörte saß in der Economy-Class ganz hinten und war doch die Erste, die in Köln das Flugzeug verließ.

»Die Frau ist ein Juwel. Sie kümmert sich einfach um alles, ohne dass man es ihr sagen muss.« Lucca überlegte, wie man diese Leistung gebührend honorieren konnte.

Lucca sah nicht Dianas Blick, in dem sich Kälte und Arroganz zeigten.

»Lass uns gehen, ich will nicht den ganzen Tag hier verbringen.« Diana drängte sich an ihr vorbei.

Lucca hatte ihre Tasche schnell vom Band gepflückt und wollte sich verabschieden, als Dörte zu Diana sagte: »Der Container wird uns an den Schalter der Fluggesellschaft gebracht.«

»Hast du dir ein Fass Whisky mitgebracht?« Lucca wollte einen Scherz machen, auf den allerdings nur Dörte mit einem leisen Lächeln reagierte.

»Da ist er schon.« Dörte ging auf einen Angestellten zu, der auf einem kleinen Wagen einen großen grauen Behälter zum Schalter fuhr.

Lucca folgte den beiden Frauen zum Schalter und ging um den Behälter herum. An der schmalen Seite war ein Gitter angebracht. Lucca ging in die Hocke und blickte in zwei verängstigte Hundeaugen. Sie legte vorsichtig ihre Hand an das Gitter. »Hallo, du bist ja völlig durcheinander«, sagte sie leise zu dem Hund, der sich verängstigt in eine Ecke des Containers zurückgezogen hatte.

»Das ist Amazing Sunshine.« Diana stand neben Lucca.

»Du hast einen Greyhound mitgebracht?« Lucca blickte

ungläubig zu Diana hoch und sah in deren Augen einen kleinen Funken aufleuchten.

»Ja, wie du siehst.« Diana hatte sich schon wieder abgewandt. »Lassen Sie die Kiste zum Auto bringen, Dörte. Ich will jetzt endlich fahren.«

»Willst du den Hund nicht da rausholen?« Lucca wollte nicht glauben, dass das arme Tier weiterhin eingesperrt bleiben sollte.

»Sei nicht albern, Lucca. Sie muss sich erst eingewöhnen.« Diana machte Dörte ein Zeichen. »Wir sehen uns«, sie hauchte einen Kuss auf Luccas Wange, »ich melde mich.«

Lucca ging zu ihrem Wagen, sie wollte nur noch nach Hause. Vorher musste sie allerdings noch Pepper und Siggi abholen.

Anna öffnete ihr die Tür. »Na, da sieht ja mal jemand aus wie das blühende Leben.« Anna umarmte Lucca, dann sah sie sie prüfend an. »Was ist passiert?«

»Darf ich vielleicht reinkommen?« Lucca schob sich an Anna vorbei und wurde stürmisch wie immer von Siggi begrüßt. Pepper wedelte im Hintergrund und kam langsam auf Lucca zu.

»Setzt dich zu uns, möchtest du etwas trinken?« Anna ging ins Wohnzimmer. »Ich möchte dir Susanne vorstellen.«

Lucca hatte völlig vergessen, dass Anna Besuch hatte. Die Frau, die auf der Couch saß, kam auf sie zu, hielt ihr reserviert die Hand hin und sagte kurz angebunden. »Hallo, Frau Bork.«

»Bitte nicht so förmlich. Ich muss das nicht haben.« Lucca

spürte, dass die Kriminalbeamtin ihr gegenüber Vorbehalte hatte, die durch die förmliche Höflichkeit nur schwach verdeckt wurden. Sie ärgerte sich über die ablehnende Distanz und ihre Stacheln stellten sich innerlich auf. Ihre Freundinnen sprachen bei solchen Gelegenheiten davon, dass Lucca auf Punk gebürstet war.

Sie sah zu Anna. »Ich hole nur die beiden Flohkisten ab«, Lucca deutete auf die Hunde, »ich möchte nicht stören.«

»Du störst doch nicht, wie kommst du denn darauf?« Anna fragte sich, was los war. Sie bekam die kühle Atmosphäre mit, die zwischen Lucca und Susanne herrschte. »Erzähl uns lieber, was dir passiert ist. Du siehst aus, als wärst du unter die Räder gekommen.«

»Ja, fast wäre ich im wahrsten Sinne des Wortes unter die Räder gekommen.« Lucca lächelte schief. »Ich erzähle es ein anderes Mal, ich bin hundemüde und möchte nur nach Hause.« Das stimmte natürlich nur teilweise, die ganze Wahrheit war die, dass sie Susanne nichts erzählen wollte.

Anna wollte sich nicht so abschütteln lassen. »Setzt dich wenigstens ein paar Minuten und trink einen meiner berühmt-berüchtigten Cappuccinos.« Anna verschwand in der Küche, ohne eine Antwort abzuwarten.

»Tja, da habe ich wohl keine Chance, Jungs.« Vier Hundeaugen waren auf Lucca gerichtet. Als sie sich auf den Sessel setzte, nutzte Siggi die Gelegenheit und sprang ihr auf den Schoß, um ihr Gesicht zu beschnüffeln. Pepper inspizierte ihre Jacke, die Lucca achtlos auf den Boden gelegt hatte.

»Ist ja gut, Spezi, jetzt hast du genug geschnüffelt. Ab mit dir.« Lucca scheuchte Siggi freundlich von ihrem Schoß und nahm die Tasse entgegen, die Anna ihr hinhielt.

»Er ist hoffentlich genau so wie du ihn am liebsten magst.« Anna lächelte Lucca an.

»Ich sollte mich öfter aufs Gesicht legen, wenn es dazu führt, dass ich verwöhnt werde.« Lucca blinzelte Anna zu, die daraufhin lachte. »Ja, es macht dich geradezu unwiderstehlich.«

»Du bist schon länger hier?« Lucca wollte von sich ablenken und Susanne einbeziehen.

»Ja, seit Freitagabend.«

»Und Morgen fahrt ihr nach Maastricht?«

»Ja, eine Tagung auf EU-Ebene.«

»Dann bist du wohl kein Streifenhörnchen, oder?« Lucca schaute Susanne an.

»Ein was?«

Lucca versuchte ruhig zu bleiben und dachte, meine Güte, die Frau ist ja zäh wie ein altes Kaugummi! Laut sagte sie: »Streifenpolizistin.«

»Nein«, Susanne lächelte verkniffen, »nein, ich bin kein Streifenhörnchen.«

Lucca unternahm einen weiteren Versuch, nett zu sein. »Was machst du denn bei der Polizei?«

»Ich bin einer Sonderkommission zugeteilt.« Susanne antwortete nur das Nötigste.

»Sicherlich spannend«, Lucca bekam keine Antwort mehr und stand auf. »Ich werde dann mal, kommt Jungs. Ciao, Susanne.«

»Auf Wiedersehen.« Susanne blieb sitzen und Lucca ging mit Anna zur Wohnungstür.

»Ich glaube, deine Freundin kann mich nicht leiden, dabei kennt sie mich noch nicht mal«, flüsterte sie Anna zu und gab ihr einen Kuss auf die Wange. »Viel Spaß in Maastricht, ich hoffe, du kriegst den Eisschrank da abgetaut.«

Lucca ging mit Pepper und Siggi zum Auto. »Die drei Muskeltiere melden sich ab, Lady de Winter.«

Anna winkte ihnen lächelnd nach und ging zu Susanne zurück.

»Du warst ja sehr frostig zu Lucca. So warst du zu Mona nicht.« Ein leichter Vorwurf klang in ihrer Stimme mit.

»Lucca gehört zu Diana Schwarze und ist möglicherweise in deren Machenschaften verwickelt, Mona nicht.«

»Sie gehört doch nicht zu der Schwarze, nur weil sie mit ihr schläft. Und wer weiß, was in Irland geschehen ist, Lucca sah ja erbarmungswürdig aus.«

Anna machte sich Sorgen um die Freundin, die nicht preisgegeben hatte, wie sie zu ihrem Aussehen gekommen war. »Da stimmt doch was nicht, das stinkt doch zum Himmel.«

Anna war sich sicher, dass Susanne der Grund für Luccas Zurückhaltung war.

———

Lucca fuhr auf dem schnellsten Weg nach Hause, in der Hoffnung, dass Alana dort war, um Santiago zu versorgen. Aber ihre Hoffnungen wurden enttäuscht, keine Spur von Alana. »Okay, dann eben nicht«, Lucca streichelte den Hals des Pferdes, »sehe ich dein Frauchen eben wieder nicht.«

Siggi und Santiago hatten ihre obligatorische Wiesenrunde, von Pepper aufmerksam, von Lucca begeistert beobachtet, hinter sich gebracht. Als Lucca das Windspiel über die Wiese rasen sah, musste sie wieder an Shelbourne Park denken, und Traurigkeit legte sich wie eine schwere Decke über sie.

»Komm, Sportskanone, wir gehen ins Haus.« Siggi, der auf jede freundliche Ansprache reagiert, folgte ihr und Pepper umgehend.

In der Küche war auch kein Lebenszeichen von Alana zu entdecken. »Sie kommt wahrscheinlich gar nicht mehr ins Haus, sondern fährt sofort wieder.« Lucca sah Pepper an, der sie freundlich anwedelte. Sie streichelte seinen Kopf und drückte ihr Gesicht an seinen Hals. »Oh, Pepper, es war schrecklich«, flüsterte sie in das Fell des Hundes.

Lucca richtete sich wieder auf und ging zum Anrufbeantworter. Er zeigte eine Nachricht an. »Ein ganzer Anruf, heh, ich wurde sehr vermisst.« Sie drückte die Taste. »Hallo Lucca, ich habe deine Nachricht erhalten. Ich übernehme am Sonntag für einen kranken Kollegen einen Teil seines Notdienstes. Ich weiß noch nicht, ob ich vormittags oder nachmittags dran bin. Das entscheidet sich erst Sonntagfrüh. Vielleicht muss ich auch beide übernehmen. Ich wünsche dir auf jeden Fall eine schöne Zeit in Dublin. Ich melde mich spätestens Sonntagabend bei dir, wenn ich nicht vorbeikommen kann. Ciao.«

Alana hatte sie also doch nicht vergessen und Luccas Gemüt erhellte sich augenblicklich.

Den restlichen Nachmittag und den frühen Abend verbrachte sie damit, den Galeristen anzurufen und mit ihm zu besprechen, wann sie die Bilder aufhängen würden und mit einem ausgedehnten Spaziergang, von dem sie hoffte, dass er ihre trüben Gedanken beseitigte.

Als sie zurückkam, stand Alanas Wagen im Hof und Luccas Herz machte einen Sprung. Sie sah Alana draußen bei Santiago am Unterstand am Ende der Obstwiese und lehnte sich ans Gatter und beobachtete die beiden. Siggi hatte Alana ebenfalls erspäht und schoss wie der geölte Blitz zu ihr. Diese drehte sich um, winkte Lucca und kam in Begleitung der beiden Tiere auf sie zu.

Das Lächeln auf Alanas Gesicht verschwand, je näher sie Lucca kam, und machte einer entsetzten Miene Platz.

»Um Himmels Willen, was ist mit dir?« Alana berührte Lucca sanft an den Oberarmen. »Lass mal sehen.« Alanas Stimme und Mitgefühl war wie Balsam für Luccas Seele und trieb ihr fast die Tränen in die Augen. Sie schluckte sie herunter und lächelte. Alana, die gesehen hatte, dass Luccas Augen feucht wurden, fragte erschrocken »Tut es noch sehr weh? Habe ich dich zu fest angefasst?«

»Nein, nein, es tut nicht besonders weh.« Um nichts in der Welt wollte sie etwas von ihren Gefühlen Preis geben. »Lass uns ins Haus gehen.«

»Ja, du legst dich etwas hin und ruhst dich aus und ich mache eine kleine Stärkung für dich fertig. Du siehst aus, als würdest du jeden Moment umkippen.« Alana hakte Lucca vorsichtig unter.

»Ich bin weder alt noch krank.« Lucca wusste nicht, wie sie mit Alana umgehen sollte.

»Das sehe ich. Von alt habe ich gar nicht gesprochen und Krankheit ist eine Frage der Definition. Und jetzt keine Widerrede mehr. Ich kümmere mich um dich.« Alana bugsierte Lucca ins Haus. »Wo möchtest du hin?«

»Ach, kann ich auch etwas entscheiden?« Lucca grummelte und Alana lächelte sie an. »Aber natürlich. Du hast die Wahl zwischen allein auf dem Sofa liegen oder mir in der Küche beim Kochen zusehen. Also?«

»Dann gehe ich doch lieber mit dir in die Küche«, war Luccas spontane Antwort.

»Schön. Was brauchst du, damit du es bequem hast? Soll ich noch Kissen oder eine Decke holen?« Alana schaute

Lucca fragend an, während diese sich an den großen Tisch setzte.

»Nichts, danke, es ist gut so.« Nach einer kleinen Pause, in der Alana sie abwartend ansah, fügte sie hinzu: »Ein Glas Wein wäre nicht schlecht.«

»Gern. Sag mir, wo ich alles finde.« Einige Flaschen Wein lagerten in einem kleinen Holzregal in der Vorratskammer. »Worauf hast du denn Lust, Lucca? Ich meine, welchen Wein möchtest du trinken?« Lucca entschied sich für ihren momentanen Favoriten, einen Pfälzer St. Laurent, und Alana stöpselte den Dekantieraufsatz auf die Flasche und schenkte ein. »Auf dich, Lucca, und dass es dir bald wieder besser geht.« Sie prostete Lucca zu, die den Blick senken musste, wenn sie nicht schon wieder Gefahr laufen wollte, ihre Fassung zu verlieren.

Lucca sah Alana zu, wie sie eine deftige Kartoffelpfanne mit Käse zubereitete. Ein herrlicher Duft breitete sich in der Küche aus und Lucca lief das Wasser im Mund zusammen. Alana spürte ihre Blicke, doch wenn sie sich umdrehte, schaute Lucca immer weg. Sie hatten bis jetzt Small Talk betrieben und alle verfänglichen Themen umschifft. Nach dem Essen wechselten sie ins Wohnzimmer, Lucca setzte sich auf das Sofa und Alana ihr gegenüber in einen Sessel.

»Magst du erzählen, was in Dublin los war?« Alana rechnete damit, dass Lucca ihre innere Mauer wieder hochziehen würde. ›Eigentlich war diese Mauer noch gar nicht gefallen, auch nicht ansatzweise‹, dachte Alana und seufzte leise, während sie Luccas Blick suchte.

Lucca sah sie an und versuchte zu lächeln. »Es war furchtbar, Alana, du machst dir keine Vorstellung.«

Und dann erzählte sie von Anfang an, von dem Flug, von

Paddy, von Deirdre, von dem Hunderennen und dem toten Greyhound, von Dianas Umgang mit ihren Angestellten und von den Gleisen. Während Lucca erzählte, kam Alana zu ihr und setzte sich neben sie. Als Lucca beschrieb, wie sie auf dem Hügel lag und durch die Kamera die beiden Hunde auf den Gleisen sah und sich vorstellte, was mit ihnen passieren würde, liefen ihr die Tränen über das Gesicht. Alana legte vorsichtig den Arm um sie und Lucca lehnte sich an und weinte. Alana hielt sie und strich ihr zärtlich über das Haar.

»Ich konnte das nicht fotografiere, ich konnte nicht zusehen, wie diese sanften Hunde zerfetzt werden«, flüsterte Lucca an ihrer Schulter. »Sie haben niemandem etwas getan, sie sind nur nicht so schnell, wie die Besitzer es wollen. Das ist alles.«

Alana hatte fassungslos zugehört und war entsetzt über die Grausamkeit der Menschen. Luccas Traurigkeit zerriss ihr fast das Herz und sie hätte ihr am liebsten die Tränen vom Gesicht geküsst.

»Ich habe dann doch noch Fotos gemacht.« Lucca setzte sich wieder hin und sah Alana an. »Neben den Gleisen lagen Knochen, Fleisch- und Fellfetzen. Die habe ich fotografiert … und die Ratten.« Lucca nahm Alanas Hand und hielt sie fest. »Und wenn du mich weiter so lieb ansiehst, heule ich gleich wieder los, also lass das gefälligst sein!«

Sie stand auf und schenkte Wein nach. »Lass uns auf die Terrasse gehen, es ist ein wunderschöner Abend.« Sie wusste nicht mit der Nähe, die sich zwischen ihnen aufgebaut hatte, umzugehen und wollte wieder Distanz schaffen, um ihre Sicherheit zurückzuerlangen.

Alana, die dieses Manöver durchschaute, reagierte sofort und stand auf. »Ja, es ist wirklich sehr schön«, und nach einem Blick auf die Uhr fügte sie hinzu, »leider muss ich fahren.«

Lucca hatte auf den Lippen zu sagen ›bleib bei mir, bleib heute Nacht bei mir‹, doch sie sah Alana nur an und nickte. »Klar, du fährst ja noch eine Weile.«

Alana verabschiedete sich und zurück blieb eine verwirrte Lucca, die sich in dem Moment einsam fühlte, als Alana in den Wagen stieg.

»Verflixt, Pepper, was ist los mit mir? Warum benehme ich mich so dämlich. Ich erkenne mich selbst nicht wieder.« Der Hund antwortete, indem er ihr kurz über die Hand leckte.

Als Lucca sich zu ihm beugte, meinte sie, einen Schatten auf der Obstwiese zu sehen, der zu dem Unterstand von Santiago lief. Sie richtete sich verwundert wieder auf und starrte über die Wiese. Im gleichen Augenblick schoss Siegfried bellend an ihr vorbei und verschwand in der Dunkelheit, nur unwesentlich später gefolgt von Pepper.

»Was ist denn mit denen los?« Sie hatte den Satz noch nicht ganz zu Ende gesprochen, als Siggi aufheulte und Santiago aufgeregt wieherte. Ohne zu überlegen rannte Lucca los und schrie: »Wer ist da? Halt!« Sie blieb an dem Birnbaum stehen, an dem sie vorhin den Schatten zu sehen glaubte und blickte sich suchend um.

»Siggi! Pepper! Hierher!« Keines der Tiere war irgendwo zu sehen oder zu hören.

Lucca hörte ein Rascheln und drehte sich um. Sie bekam einen Schlag auf den Kopf und verlor das Bewusstsein.

»Jetzt hat mich der verdammte Zug doch noch erwischt«, murmelte Lucca. In ihren Ohren dröhnte es, als führe eine Armada von Güterzügen über sie hinweg. Sie versuchte die Augen zu öffnen, doch es gelang ihr nicht. »Die Hunde, hol sie von den Gleisen.«

Jemand antwortete ihr, doch sie konnte nichts verstehen. Lucca konzentrierte sich auf die Stimme und wenn sie sich anstrengte, konnte sie ihren Namen verstehen. »Vorsicht, der Zug«, murmelte sie wieder.

Die Stimme sprach davon, dass auf der Obstwiese keine Züge verkehren würden. Lucca hatte keine Ahnung, was damit gemeint war. Sie versuchte wieder, die Augen zu öffnen und stöhnte leise auf, denn das verursachte einen unangenehmen Schmerz in ihrem Kopf. Sie sah einen Schatten über sich gebeugt, spürte eine Hand, die ihr sanft die Haare aus dem Gesicht strichen, und erkannte endlich die Stimme. »Alana, bist du mein Engel?«

»Ob ich dein Engel bin, wird sich hoffentlich bald herausstellen, aber dann ein ausgesprochen irdischer.« Alana war froh, dass Lucca wieder ansprechbar war. »Du bist auch nicht auf den Gleisen, sondern du liegst hier auf der feuchten Wiese und fühlst dich kalt und klamm an. Kannst du aufstehen?«

Lucca versuchte sich aufzurichten, ließ sich aber unter Schmerzen wieder zurücksinken. Sie fasste sich an den Kopf und fühlte etwas Warmes, Klebriges an der Hand. Im Mondlicht erkannte sie, dass es Blut war. »Verdammt, ich blute.«

»Bist du gegen den Baum gelaufen?«, Alana schaute sich die Wunde an, »ich glaube, das muss genäht werden.«

»Nein, mir hat jemand eins über den Schädel gegeben.« Lucca fiel schlagartig alles wieder ein. »Siggi, wo ist Siggi?«

»Keine Ahnung, warum? Pepper saß neben dir, als ich dich

gefunden habe und steht jetzt neben Santiago da vorne, Siggi sehe ich nicht.«

»Ich meinte jemanden gesehen zu haben und Siggi ist bellend auf die Wiese gestürmt. Dann habe ich ihn aufheulen hören, danach war Stille und um mich herum wurde alles tiefschwarz.«

»Bleib noch eine Moment an den Baum gelehnt sitzen, Lucca, ich gehe mal zu den Tieren rüber.« Alana stand auf.

»Pass auf dich auf, nicht dass du auch noch eins übergezogen bekommst.«

»Mach dir keine Sorgen«, Alana nahm eine schwere Taschenlampe hoch, »Ich bin bewaffnet.« Sie stand auf und leuchtete sich den Weg.

Lucca hörte ein »Ach du Schreck!«, und dann »ich hab ihn, ich brauch die Telefonnummer von Anna.«

Lucca war aufgestanden und stand zittrig am Baum, als Anna mit Siggi auf dem Arm und von Pepper und Santiago begleitet, zurückkam.

»Was ist mit ihm? Lebt er noch?« Lucca ahnte Fürchterliches.

»Ja, er scheint das Bein gebrochen zu haben. Ich bin Zahnärztin, meine Diagnose kann nur eine Hypothese sein. Ich rufe Anna an und dich bringe ich ins Krankenhaus.«

»Ich will nicht ins Krankenhaus.«

»Ich bring dich ins Krankenhaus, dir ist auf den Kopf geschlagen worden, du hast dort eine hässliche Wunde, die genäht werden muss und dein Kopf sollte geröntgt werden. Womöglich hast du eine Gehirnerschütterung. Reicht das als Begründung?«

Alana hatte nicht vor nachzugeben.

»Ist ja schon gut. Wir werden es so machen, wir setzen den Winzling bei Anna ab, die ich vom Handy aus anrufe und dann fährst du mich ins Krankenhaus.«

»Du bist eigensinnig wie ein störrischer Esel.« Alana war allerdings mit dem Ergebnis zufrieden, sagte es Lucca aber nicht.

»Danke für das Kompliment.« Lucca ging langsam auf Alana gestützt zum Auto. Sie sah, wie Siggi immer wieder die Augen halb öffnete, um sie sogleich wieder zu schließen. »Dem armen Kerl geht es wie mir.«

Im Auto übernahm Alana das Telefonieren. Sie schaute auf die Uhr, während sie darauf wartete, dass der Hörer abgenommen wurde. Es war halb eins. Endlich war Anna dran und Alana kündigte ihr Kommen an, nebst dem unerfreulichen Grund dafür.

»Sie war ziemlich aus der Puste, muss sie weit zum Telefon laufen?«

»Sie hat vermutlich versucht, den Eisschrank abzutauen.«

»Wieso grinst du so dreckig? Und wieso sollte Anna so was mitten in der Nacht machen?« Alana glaubte, dass diese Bemerkung eine Folge des Schlages war, den Lucca einstecken musste.

»Seit es einen Eisschrank gibt, der Susanne heißt.«

Sie fuhren vor Annas Praxis vor und wurden dort schon von ihr erwartet.

»Ist das da der Eisschrank?«, fragte Alana, bevor sie aus dem Auto stieg.

»Ja, komplett schockgefroren«, flüsterte Lucca zurück.

Anna kam ans Auto, sie schaute besorgt nach Lucca, übernahm den zitternden Siggi und verschwand in der Praxis, während Alana wieder am Steuer Platz nahm.

»Sie will doch morgen nach Maastricht, hat sie was davon gesagt?« Lucca drehte langsam den Kopf zu Alana. Auch das tat schon weh und sie biss die Zähne aufeinander.

»Ihre Freundin fährt allein, sie bleibt bei Siggi«, Alana sah Luccas Blick, »hat sie gesagt.«

Nach zwanzig Minuten lag Lucca endlich auf einer Untersuchungsliege und bekam die Wunde mit fünf Stichen genäht. Vorher war ein CT gemacht worden, das gerade ausgewertet wurde.

»Ich will nicht hierbleiben, egal was der Arzt sagt. Ich will nach Hause.« Sie blickte Alana flehend an, die sofort Mitleid mit Lucca empfand.

Als der Arzt zurück kam, gab er Entwarnung. Lucca hatte großes Glück gehabt, keine Gehirnerschütterung, nichts.

Alana fiel ein riesiger Stein vom Herzen und so verfrachtete sie Lucca wieder ins Auto und fuhr mit ihr zurück. Inzwischen war es kurz vor drei Uhr nachts.

»Komm, ich bring dich ins Bett, du musst schlafen.« Alana legte den Arm um Lucca und führte sie die Treppe hoch. »Soll ich dir beim Ausziehen helfen?«

»Ich lege mich so aufs Bett, mir ist im Moment alles zu viel, Danke.«

Alana strich Lucca über die Wange. »Dann schlaf gut.« Sie wandte sich zur Tür.

»Kannst du nicht heute Nacht bei mir bleiben?« Lucca hielt die Augen fest verschlossen.

»Das kann ich machen«, Alana traute sich kaum zu atmen, »ich lege mich unten aufs Sofa, wenn du etwas brauchst, rufst du mich.«

»Bitte bleib hier bei mir.« Lucca öffnete immer noch nicht die Augen.

»Ja, ich bleibe bei dir. Ich geh nur noch schnell ins Bad. Hast du eine Zahnbürste für mich?«

»Im Regal müsste noch eine neue Zahnbürste liegen.«

»Prima, schlaf schon mal, ich bin gleich wieder da.«

Lucca schlief nicht ein, sondern wartete und verfluchte ihren Kopf. Sie stand unter Schmerzmitteln, fühlte sich wie ein Wackelpudding und gleich würde die tollste Frau in ihrem Bett liegen, der sie jemals begegnet war.

Das Leben konnte echt fies sein.

Dann kam Alana zurück und legte sich vorsichtig neben Lucca ins Bett. »Willst du dich wirklich nicht ausziehen? Ich helfe dir auch.«

Das fehlte Lucca gerade noch, die kurz geblinzelt hatte und Alana in Unterwäsche vor sich sah.

»Die Jeans wenigstens, und die Socken.« Alana öffnete den Gürtel und die Knöpfe der Hose und versuchte sich vorzustellen, dass Lucca nicht Lucca war. Sie gab sich betont ruhig und gelassen. »So, kurz den Po anheben, fertig. War doch gar nicht schlimm, oder?«

»Nein«, presste Lucca zwischen ihren Zähnen hervor, während sie mit ihrem Schicksal haderte.

»Du siehst mit dem weißen Röllchen da oben auf dem Kopf übrigens extrem sexy aus«, flüsterte Alana und gab Lucca einen Kuss auf die Wange.

»Du bist ein teuflisches Weib«, gab Lucca zurück und schlief trotzdem fast augenblicklich vor Erschöpfung ein.

Als Alana aufwachte, weil ihre Armbanduhr piepste, hielt sie Lucca im Arm, die wie ein satter Säugling zufrieden schlief. Vorsichtig nahm sie ihren Arm weg und schob Luccas Bein, das über ihr lag, zur Seite. Sie betrachtete das zerschundene Gesicht und fühlte eine Welle von Zärtlichkeit. Sie küsste Lucca leicht auf den Mund und stand auf. »Bis heute Abend, ich sehe nach dir sobald der letzte Patient die Praxis verlassen hat«, flüsterte sie. Sicherheitshalber legte sie auch noch einen Zettel mit der entsprechenden Nachricht auf das Kopfkissen und verließ das Haus.

Lucca wurde am Vormittag vom Läuten des Telefons geweckt. Sie brauchte einen Augenblick, um sich zurecht zu finden, und schaute sich suchend nach Alana um. Sie fand den Zettel, las ihn und griff dann erst zum Telefon.

»Hallo Lucca, ich bin's, Anna.«

»Hi.«

»Wie geht es dir, du bist doch nicht im Krankenhaus?!«

»Nur eine Platzwunde, ich bin so schnell nicht klein zu kriegen. Was ist mit Siggi?«

»Es sieht so aus, als wäre er mit voller Wucht getreten worden. Sein rechter Hinterlauf ist gebrochen, ich hoffe, ich kann sein Bein erhalten. Ich komme heute Mittag zu dir rüber, ich will endlich wissen, was los ist, Lucca.«

»Kannst du uns was vom Italiener mitbringen?« Lucca hatte jetzt schon Hunger bis unter die Arme.

Nachdem Anna ihre Bestellung aufgenommen hatte, beendete sie das Gespräch und Lucca legte sich wieder hin.

Sie streichelte über das Kissen, auf dem Alana gelegen hatte und drückte es gegen ihr Gesicht. Pepper, der gehört hatte, dass sein Frauchen wach war, kam ins Schlafzimmer und schaute sie erwartungsvoll an.

Lucca erhob sich mühsam und zog sich die Jeans an, die Alana ordentlich weggelegt hatte.

»Das wird ein langer Tag, Pepper, üben wir uns in Geduld.«

Lucca ging vorsichtig die Treppe runter, bei jedem Schritt schien es einen Widerhall in ihrem Kopf zu geben. Sie öffnete dem Hund die Tür, damit er raus konnte, und schlich in die Küche, wo sie sich einen Kaffee kochte und eine trockene Scheibe Brot mit einem Stück Käse aß. Dann nahm sie eine Schmerztablette und hoffte, dass es ihr schnell wieder besser ginge.

Am Mittag kam, wie angekündigt, Anna und brachte Tagliatelle und Pizza mit.

»Lass uns erst in Ruhe essen, bevor du mit dem Kreuzverhör anfängst«, bat Lucca die Freundin, die sich widerstrebend darauf einließ, weil sie ihre Neugier kaum noch bezähmen konnte.

Nach dem Essen erzählte Lucca erst von Dublin und dann vom gestrigen Abend.

»Du hättest sterben können, als du den Hund vom Gleis geholt hast. Hast du daran gedacht?« Anna starrte Lucca entgeistert an. »Ich darf mir das ganze Szenario gar nicht vorstellen, dann drehe ich durch.«

Von dem so genannten Friedhof der Greyhounds hatte ihr der Besitzer eines ihrer Patienten erzählt. Er hatte einen ausgedienten Rennhund aus einem irischen Tierheim erworben und mit nach Deutschland gebracht. Der Hund war an einem Zaun aufgehängt worden und ein Tierschützer hatte ihn abgeschnitten und so vor dem Tod bewahrt.

»Und gestern Abend, du hast niemanden erkannt?«, fragte Anna ungläubig.

»Ich habe nur einen Schatten gesehen«, bestätigte Lucca.

»Ist dir schon mal früher aufgefallen, dass sich hier jemand rumtreibt und dich beobachtet?«

»Nein, mir ist niemand aufgefallen, aber ich achte auch nicht darauf. Das wird sich jetzt vermutlich ändern, aber jetzt ist es vielleicht schon zu spät.«

»Ich möchte wissen, wer dich auf dem Kieker hat, Lucca. Hast du dich bei jemandem unbeliebt gemacht, eine verheiratete Frau verführt, deren Mann auf Rache und Genugtuung aus ist?«

»Hast du einen Schnellkurs in Befragung bei deiner Polizistin gebucht?« Lucca schaute Anna befremdet an. »Was ist überhaupt mit der Perle des Beamtentums? Willst du nicht zu ihr fahren?«

»Na, du stehst mir im Fragenstellen um nichts nach, liebe Lucca.«

Beide starrten eine Weile schweigend in ihre Cappuccinotassen.

»Susanne kommt heute Abend wieder, Maastricht ist ja nicht so weit entfernt.«

»Entfernung ist doch sowieso kein Thema, wenn die Leidenschaft brennt, oder?« Lucca hatte noch eine ganz andere Bemerkung auf den Lippen, verschluckte sie aber wohlweißlich. »Hat Miss Marple noch keine Idee entwickelt, sie ist doch sicher ein kriminalistisches Superhirn?«

Anna antwortete nicht.

»Was sagt denn die Gewebeprobe?« Lucca wollte das gefährliche Fahrwasser, auf dem sie schipperte, verlassen.

»Das Ergebnis bekomme ich frühestens übermorgen«, Anna schaute von ihrer Tasse auf, »ich kann es kaum erwarten.«

»Geht das denn nicht schneller?«

»Susanne sagt, dass das Labor der Untersuchung höchste Priorität einräumt.«

»Höchste Priorität? Das hört sich ja an wie im Kino.« Lucca sah Anna misstrauisch an. »Woran arbeitet Susanne, sie hat ja nur von einer Sonderkommission gesprochen. Was untersucht diese Soko?«

»Das darf ich dir nicht sagen, Lucca.« Anna sah die Freundin bedauernd an.

»Was?« Lucca schüttelte den Kopf. »Das glaube ich doch nicht. Hallo Anna, ich bin's. Lucca, eine alte Freundin von dir, hm, schon vergessen?« Sie wartete auf eine Reaktion. »Also, was bearbeitet diese Soko?«

Anna zauderte einen kurzen Moment. »Steuerhinterziehung, illegale Wetten, Geldwäsche. Das ist das was ich weiß.«

»Und wie passen wir da rein? Wir zahlen unsere Steuern und mit dem anderen Zeug haben wir auch nichts zu tun.« Lucca sah Anna verständnislos an.

»Es geht nicht direkt um dich oder mich, wir sind nur zufällig da rein geraten.«

»Das alles wegen eines toten Hundes in Dortmund? Verarschen kann ich mich selber.« Lucca wusste nicht, was sie davon halten sollte.

»Wir haben mit der falschen Frau geschlafen. Na ja, du auf jeden Fall, ich nur beinahe.«

»Anna, ich hab eins über den Schädel bekommen, würdest du mir deinen kryptischen Text bitte übersetzen. Meine kleinen grauen Zellen brauchen etwas mehr Unterstützung.«

»Du stehst wirklich total auf der Leitung, oder hat sie dich restlos eingewickelt, dass du nicht sehen kannst, was auf der Hand liegt?« Anna konnte es nicht glauben, dass Lucca so verblendet war. Sie stand auf und ging zur Kaffeemaschine. »Mein Gott, es geht um Diana Schwarze.«

Lucca lachte auf: »Klar, Diana Schwarze, die Patin aus der Kölner Bucht. So einen Blödsinn habe ich noch nicht gehört.«

»Wenn du meinst, dass es Blödsinn ist, dann brauchen wir nicht mehr darüber zu reden.« Anna schaute auf die Uhr. »Ich muss sowieso los.«

Sie wollte an Lucca vorbei zur Tür, als diese sie am Arm festhielt.

»Anna, es tut mir leid, aber es kommt mir so grotesk vor. Wie passen wir denn in diese Geschichte? Ich verstehe das nicht.«

»Das kann ich dir auch nicht erklären, aber Susanne meint, du solltest vorsichtiger sein. So wie ich es verstanden habe, beobachtet die Soko sie schon einige Monate. Der Polizeipsychologe hält Diana Schwarze für eine soziopathische Persönlichkeit mit hohem Aggressionspotential«, Anna stockte, »und er vermutet, dass sie ihr Handlungsmuster jetzt verändert, weil sie möglicherweise die Kontrolle verliert.«

»Die Kontrolle? Über was?« Luccas Augen waren zwei Fragezeichen.

»Vielleicht über dich? Wir wissen doch alle, wie lange du bei einer Frau bleiben kannst. Vielleicht hat sie etwas dagegen, dass ihre Zeit abläuft, weil sie mehr möchte als nur Sex mit dir zu haben?« Anna sah zu Lucca. »Susanne sagt, dass Diana keine Niederlagen akzeptieren kann. Erst habe ich sie zurückgewiesen und jetzt möglicherweise du.« Anna konnte sich beim besten Willen nicht vorstellen, dass Luccas Erlebnisse in Irland keinen Einfluss auf ihre Beziehung zu Diana Schwarze haben sollten. Lucca war manchmal ein Leichtfuß, aber nicht derart oberflächlich.

»Anna, nur weil ich eine Affäre beende, habe ich noch nie eins übergezogen bekommen.«

»Es gibt immer ein erstes Mal.« Damit verschwand Anna und ließ eine nachdenkliche Lucca zurück, die nach kurzer Zeit zum Telefon griff.

»Guten Tag, Lucca Bork, ich möchte Frau Dr. Siebert sprechen, es ist wichtig.« Lucca musste nicht lange warten, bis sie zu Mona durchgestellt wurde. »Hallo Mona, ich brauche dein ärztliches Wissen, kannst du heute vorbeikommen?«

»Tut mir leid, Lucca, das geht heute nicht. Ich fahre in einer Stunde zu einer Fachtagung nach Stuttgart, ich bin erst am Wochenende zurück. Aber ich habe für dich etwas zusammengestellt, das ich dir rüber schicke. Und versprich mir, es genau so einzunehmen, wie ich es dir aufgeschrieben habe.« Mona, die von Anna gehört hatte, was Lucca bis gestern Abend alles zugestoßen war, bedauerte sehr, nicht zu ihr kommen zu können.

»Ja, ja, Doc, mache ich alles. Du rufst mich an, sobald du zurück bist, ja?« Lucca war enttäuscht.

»Natürlich, das mache ich. Pass auf dich auf.« Mona legte auf.

»Pepper, was meinst du, wie groß ist unsere Chance, dass wir Opfer der versteckten Kamera geworden sind und gleich jemand aus den Büschen springt und April, April ruft?« Der Gefragte hob nur kurz den Kopf.

»Na komm, ich brauche frische Luft und einen Beschützer, der mich begleitet, denn wer weiß, wer da hinter den Bäumen auf mich lauert.«

Lucca ging mit Pepper auf die Wiese. Sie dachte an gestern Abend zurück und versuchte zu rekapitulieren, was genau geschehen war. Sie hatte auf der Terrasse gestanden, als sie einen Schatten von links aus den Bäumen neben ihrem Grundstück huschen sah, der sich auf Santiagos Unterstand zubewegte. Was wollte der Unbekannte von Santiago? Während sie überlegte, ging Lucca auf den Zaun zu, der ihr Grundstück begrenzte. Wer hatte ein Interesse an einem stinknormalen Reitpferd?

Lucca wandte sich vom Zaun in Richtung Birnbaum, der

ihrem Angreifer Deckung geboten hatte. Von dort blickte sie auf den Unterstand.

»Pepper, verstehst du das?« Lucca blickte zu ihrem Hund hinunter und ihr fiel ein weißes Tuch auf, das neben Pepper im Gras lag. Sie hob es auf, es war ein Taschentuch, auf dem der Name Beatrix eingestickt war.

»Ich kenne keine Beatrix, wer weiß, woher dieses Tuch kommt oder wie lange es hier schon liegt.« Luca steckte es achtlos in ihre Jackentasche und ging zu Santiagos Futterbox. Da sie nicht wusste, wonach sie hier suchen sollte, entschied sie sich, wieder ins Haus zurückzugehen und auf Alana zu warten.

Es kam Lucca wie eine Ewigkeit vor, dabei war es erst sechzehn Uhr als Alana um die Ecke bog.

»Du bist ja schon auf. Ich dachte, ich mache einen Krankenbesuch bei einer Bettlägerigen.« Alana begrüßte Lucca mit einer Umarmung. »Wie geht es dir?«

»Gut, jetzt noch besser. Du kommst früh.« Lucca hoffte, dass dies nicht unverschämt klang.

»Ich habe zwei Termine verlegen lassen«, Alana lächelte und hätte am liebsten hinzugefügt ›weil ich es vor Sorge um dich nicht aushalten konnte.‹ Stattdessen hielt sie eine Tasche in die Höhe. »Ich habe Zutaten für eine kräftige Rinderbrühe gekauft, damit du schnell wieder in alter Frische auflaufen kannst.«

Alana ging in die Küche, holte einen großen Topf aus dem Schrank und begann umgehend mit der Vorbereitung für die Suppe. Sie blickte zwischen Möhren schneiden und Sellerie putzen immer wieder zu Lucca, die still auf der Kachelofenbank saß. »Du bist so nachdenklich, Lucca, oder hast du Schmerzen?«

Lucca wollte mit Alana nicht über Diana sprechen, das war

ihr unangenehm, und so erzählte sie nur kurz von Annas Besuch bei ihr und Siggis Befinden.

»Hast du eine Idee, wer das gestern auf der Wiese war und was er wollte?« Alana stellte die Temperatur herunter, denn die Suppe sollte jetzt nur noch leicht köcheln.

»Nein, du gehst doch sicherlich noch zu Santiago, vielleicht fällt dir irgendetwas auf.«

»Santiago, du meinst, die Person wollte zu Santiago?« Alana schossen sofort Nachrichten von Pferderippern in den Kopf und sie blickte Lucca erschrocken an. »Ein Pferdeschlitzer? Das ist ja schrecklich, meinst du wirklich?«

»Ich weiß es nicht, ganz so dramatisch ist es hoffentlich nicht, aber es ist schon seltsam.« Lucca stand auf. »Ich bin vorhin schon draußen gewesen, mir ist nichts aufgefallen. Du hast einen anderen Blick, vielleicht bemerkst du etwas.«

Alana war vor ihr draußen. Die Vorstellung, dass nicht nur Lucca sondern womöglich auch Santiago hier nicht sicher waren, vergrößerte ihre Angst, die sie seit gestern spürte. Santiago könnte sie woanders unterstellen, aber Lucca machte nicht unbedingt den Eindruck, als würde sie hier weg wollen.

Alana blieb stehen und drehte sich nach Lucca um, die auf sie zuhumpelte. Die Blutergüsse im Gesicht nahmen inzwischen eine andere Färbung an und gaben Lucca das Aussehen einer Geisterbahnfigur.

»Sieh mich nicht so mitleidig an. Ich habe vorhin in den Spiegel geguckt, ich weiß wie ich aussehe. Frankensteins Tochter wäre eine Schönheit neben mir.« Lucca war bei Alana angelangt.

»Das wird schon wieder, keine Bange.« Alana widerstand dem Drang, sich auf Lucca zu stürzen, um ihr auf den unwiderstehlichen Mund zu küssen.

»Danke, Schwester Al. Sie verstehen die Patientin zu händeln.«

»Laber nicht so viel, hakt dich lieber bei mir ein und lass uns gehen.« Alana hielt ihren Arm hin und Lucca nahm das Angebot umgehend an.

Lucca ging mit Alana den Weg ab, den sie einige Stunden zuvor allein zurückgelegt hatte. Santiago war zur Begrüßung der beiden Frauen gekommen, blieb aber am Birnbaum stehen und sah ihnen nach. Schließlich standen sie in Santiagos Unterstand und Alana schaute sich aufmerksam um. Plötzlich stutzte sie. »Das ist komisch, das gehört hier nicht hin.« Sie bückte sich und nahm einige Blätter vom Boden. »Ich bin mir sicher, dass diese Pflanze hier nirgendwo wächst. Als du mir den Vorschlag gemacht hast, Santiago hier unterzubringen, habe ich mir die Wiese ganz genau angesehen und darauf geachtet, dass hier nichts wächst, was dem Pferd schaden könnte.« Alana hielt Lucca einige Blätter hin.

»Was ist das?«

»Jakobskreuzkraut. Es ist für Menschen ungefährlich, aber für Pferde, Schafe und Rinder bei ausreichender Menge tödlich.«

Lucca schluckte. »Das sind nur Blätter ohne Wurzeln, die wachsen hier nicht.«

»Du hast recht, das Kraut wächst hier nicht, sondern die Blätter wurden gezielt hingelegt. Das bedeutet, dass sich jemand sehr gut mit der Pflanze auskennt. Viele private Pferdehalter haben keine Ahnung, dass es das Jakobskreuzkraut überhaupt gibt, geschweige denn, wie es aussieht und welche fatale Wirkung es hat.«

Lucca schaute Alana an. »Du musst Santiago hier wegbringen bis wir wissen, was hier vor sich geht beziehungsweise wer hier umgeht.«

»Und du? Ich möchte nicht, dass du hier bleibst.« Alana griff nach Luccas Hand.

»Autsch! Bitte etwas mehr Gefühl.« Lucca hielt die lädierte Hand hoch.

»Kannst du haben. Wie viel kannst du denn vertragen?« Alana versuchte Luccas Blick festzuhalten, doch die sah schnell zur Seite. »Du kannst es ja mal mit Pusten versuchen«, war ihr Kommentar.

Alana pustete auf die Hand und sah Lucca herausfordernd an. »Also, ich wiederhole: ich möchte nicht, dass du hier bleibst und dich weiterhin einer unerklärlichen Gefahr aussetzt.«

»Quatsch, ich kann schon auf mich aufpassen, ich bin schon ein großes Mädchen.«

»Das sieht man, Weißkäppchen«, Alana deutete auf Luccas Kopf. »Wann sollen eigentlich die Fäden gezogen werden?«

»Ich liebe es, wie du immer wieder den Finger in meine Wunden legst.«

»Lenk nicht ab.« Alana sammelte weitere Blätter auf.

»Ich muss hier ja nicht alleine bleiben.«

»Willst du einen Bodygard anheuern?« Den würde sie glatt bezahlen, sofern er ein Mann war. Alana wollte nicht daran denken, dass sich Lucca eine Frau einladen könnte, mit der sie die Sachen machte, von denen Alana nur träumte.

»Du könntest doch den Nachtdienst bei mir übernehmen.« Lucca versuchte ausgesprochen flapsig zu sein.

Für Alana war die Versuchung groß, aber Stephan hatte sich schon darüber beschwert, dass sie zu viel Zeit mit Santiago verbringen würde und gefragt, ob sie das Pferd nicht wieder näher an Bonn unterbringen könnte. Er hatte keine Ahnung, dass sie die Zeiten so ausgedehnt hatte, weil sie mit Lucca zusammen sein wollte.

»Das geht leider nicht«, Alana drehte sich weg. Lucca sollte ihre Gefühle nicht sehen.

»Verstehe, dein Mann möchte seine Frau zu Hause haben«, Lucca glaubte, einen Stein verschluckt zu haben. Sie sah Alana neben ihrem Mann im Bett liegen, mehr wollte sie sich nicht vorstellen.

»Na ja, ich bleibe auf jeden Fall hier und freue mich, wenn du kommst.« Alana sah, wie sich Traurigkeit über Luccas Augen legte und das Gefühl der Einsamkeit, das von ihr ausging, traf sie mit voller Wucht. Bevor sie etwas sagen konnte, hatte sich Lucca auf den Rückweg zum Haus begeben. Sie folgte ihr und rief von ihrem Handy ihre Reiterfreundin Martina an, bei der sie Santiago unterbringen wollte. In wenigen Minuten hatte sie den Umzug des Pferdes organisiert und wartete darauf, dass Martina mit dem Pferdeanhänger kam. Santiago hatte sie vorsorglich am Gatter angebunden, nachdem sie den Boden dort aufmerksam abgesucht und keine weiteren Blätter gefunden hatte. Lucca beobachtete, wie Alana die gesamte Wiese abschritt, den Blick konzentriert auf den Boden gerichtet, sich ab und zu bückte, um etwas aufzuheben.

Nach einer dreiviertel Stunde kam Alana in die Küche. »So, ich bin die Wiese jetzt in sämtliche Richtungen abgelaufen. Ich habe noch eine handvoll Blätter gefunden, wer weiß, wie viele da noch liegen. So viel ich weiß, sind nur die frischen Blätter hochgiftig. Ich werde mich aber genau erkundigen und gebe dir sofort Bescheid«, sagte Alana mit Blick auf Pepper.

»Der frisst kein Grünzeug.«

»Sicher ist sicher.«

Alana wandte sich der Suppe zu, nachdem sie sich gründlich die Hände gewaschen hatte. »Die Suppe muss noch eine gute Stunde köcheln, Lucca, dann ist sie fertig.«

»Gut.« Lucca sah zum Fenster. »Da kommt der Pony-Express.«

Lucca sah zu, wie Santiago in den Anhänger verfrachtet wurde. Sie stieg durch die kleine Seitenklappe zu der Stute und streichelte sie sanft über die Nase. »Bis bald, Schönheit, bis bald«, flüsterte sie dem Pferd zu, während die Rampe geschlossen wurde.

Es war klar, dass Alana mitfahren würde, um Santiago auszuladen und die Eingewöhnung in die neue Umgebung zu begleiten. Sie hatte sich für Mittwochnachmittag bei Lucca angekündigt, bevor sie in ihren Wagen gestiegen und gefahren war.

Lucca blieb mit dem Gefühl zurück, in Eiswasser getaucht worden zu sein.

Die Medikamente, von denen Mona gesprochen hatte, wurden gebracht und Lucca studiert die beiliegende Anweisung und tat, wie ihr dort geheißen wurde. Während sie von der köstlichen Suppe aß, grübelte sie über Diana nach. Sollte Anna Recht haben? Und wer war gestern Abend auf der Wiese gewesen?

Nach dem zweiten Kräuterdurchgang fühlte sich Lucca müde und erschöpft. Sie beschloss, ins Bett zu gehen. Sie schloss die Haustür ab und kontrollierte, ob die Fenster geschlossen waren. Das machte sie sonst nie, aber sie wollte keine weitere nächtliche Überraschung erleben. Dann ging sie unter die Dusche und besah sich das ganze Ausmaß ihrer körperlichen Blessuren.

In der Nacht träumte sie von Schatten, die sie verfolgten, und von Hunden ohne Augen, die ziellos umherliefen. Sie wachte mehrfach schweißgebadet auf und sehnte den Morgen herbei.

———————

Um sieben Uhr hielt sie es schließlich nicht mehr im Bett aus und stand auf. Sie fühlte sich körperlich viel besser, aber ihre psychische Verfassung ließ zu wünschen übrig. Nach einem kleinen Spaziergang mit Pepper und einem mickrigen Frühstück rief sie bei der Kreisstelle der Landwirtschaftskammer, Abteilung Pflanzenschutzdienst, an und bat darum, dass jemand heraus kam, um nach giftigen Pflanzen zu suchen.

Eine Stunde später sah sich ein freundlicher Walter Landerscheitt die Blätter an, machte ein besorgtes Gesicht und bestätigte, was Alana bereits gesagt hatte. Die giftige Pflanze wuchs hier nicht, weder auf dem Grundstück noch in der Umgebung.

»Das Jakobskreuzkraut ist zur Zeit sehr auf dem Vormarsch. Vor einem Monat ist bei uns zuletzt eine Meldung zu der Pflanze eingegangen. Die Ausbreitung verschiedener giftiger Pflanzen stellt im Augenblick ein akutes Problem dar.« Walter Landerscheitt schüttelte seinen Kopf. »Diese hier fühlt sich besonders auf ungepflegten Grünflächen, Pferdeweiden, Wegrändern und Böschungen wohl. Wir sollten nachsehen, ob Sie hier irgendwo Pflanzen haben.«

Sie waren dann die Wiese abgegangen und hatten vereinzelt Blätter, aber kein Wurzelwerk gefunden. Nachdem Lucca versichert wurde, dass die Blätter in wenigen Tagen verrottet und ungefährlich sein würden, verabschiedete sich der Mitarbeiter der Landwirtschaftskammer wieder.

Den restlichen Tag verbrachte Lucca in Begleitung von Pepper in der Galerie Ziesel. Monas Wundermedizin hatte nicht nur bewirkt, dass sie sich fit fühlte, sondern auch, dass sich ihr Aussehen schlagartig verbesserte. So waren lange Erklärungen zu ihrem Aussehen nicht mehr nötig und sie konnte sich auf die Ausstellung konzentrieren.

Am späten Nachmittag fuhr sie bei Anna vorbei, um bei Siggi einen Krankenbesuch zu machen.

Anna freute sich, Lucca zu sehen. Sie hatte mehrfach bei ihr angerufen und war besorgt, da sie keine Rückmeldung erhalten hatte.

»Du siehst ja fast wieder wie vor deinem Chrashtest aus.« Anna umarmte Lucca.

»Wie geht es dem Winzling, wo ist er?« Lucca blickte sich suchend um.

»Er liegt unten in der Praxis, ich habe ihn ruhig gestellt.« Annas Blick verdüsterte sich. »Ich muss wahrscheinlich das Bein amputieren.«

»Was? Wieso das denn?« Lucca drehte sich um, um runter in die Praxis zu gehen.

»Die Durchblutung ist irgendwie gestört.« Anna und Pepper folgten ihr.

Siggi lag in einer Art Käfig, der mit weichen Handtüchern dick ausgelegt war. Sein Bein war geschient und stand merkwürdig vom Körper ab. Er blickte sie aus glasigen Augen an, ohne eine Reaktion zu zeigen.

»Siggi, du verkleideter Terminator.« Lucca hatte Tränen in den Augen, als sie ihre Hand in den Käfig steckte und über den kleinen Kopf streichelte. »Männeken, du brauchst etwas Zaubertrank.« Lucca drehte sich zu Anna. »Gib ihm doch von Monas Wundermedizin. Du siehst ja, was sie bei mir bewirkt hat.« Lucca hob die Arme und grinste.

Anna schaute Lucca skeptisch an. »Was ist das denn für ein Teufelszeug?«

Lucca nahm ein kleines Fläschchen mit Globuli und eins mit Tropfen aus der Innentasche ihrer Jacke. Die Flaschen trugen kein Etikett.

»Na toll, das kann ja alles Mögliche sein.« Anna war wenig begeistert.

»Mich hat es nicht getötet, bei Siggi wird es den Turbo anwerfen.« Lucca hatte absolutes Vertrauen zu Monas Medizin. »Du kannst medicinewoman ja sicherheitshalber anrufen. Sie ist allerdings in Stuttgart und wie ich Mona kenne, hat sie ihr Handy überhaupt nicht dabei.«

Annas Versuch, Mona zu erreichen, bestätigte Luccas Theorie.

»Pepper, was meinst du?« Lucca sah ihren Hund an, der seinen Kopf dort an das Gitter gelehnt hatte, wo Siggis Köpfchen lag. »Er sagt, du sollst es versuchen.«

Anna schürzte missbilligend ihre Lippen, denn sie konnte die Vermenschlichung von Tieren nicht leiden. Sie blickte von Lucca zu Siggi und zu Pepper. »Na gut, wie viel von dem Zeug musst du nehmen?«

Gemeinsam überlegten sie, welche Dosis für so einen kleinen dünnen Hund ausreichend sein könnte und einigten sich schließlich auf eine Minimalgabe. Siggi zeigte zwar sonst keine Reaktion, er schluckte aber brav, was Anna ihm ins Maul legte beziehungsweise träufelte.

»Wenn sich die Durchblutung des Beines bis zum Verbandswechsel morgen nicht wirksam verbessert hat, muss ich ihm das Bein abnehmen.«

»Der Spargeltarzan schafft das, ich glaube ganz fest daran.«

Lucca versuchte allen Optimismus zusammenzukratzen, zu dem sie im Moment fähig war. »Vielleicht sollte Pepper hierbleiben, es sieht so aus, als hätte er eine beruhigende Wirkung auf Siegfried.« Anna hatte schon seit einiger Zeit beobachtet, dass sich der wilde Herzschlag des Windspiels einpendelte und auch die Atmung ruhiger wurde. Insgesamt wirkte er entspannter.

»Ähm, kann ich auch hier schlafen?« Lucca fröstelte bei dem Gedanken, allein die Nacht zu verbringen.

Anna schaute sie erstaunt an. »Natürlich kannst du das, wenn du dich mit Susanne arrangierst. Sie müsste jeden Moment von der Tagung zurückkommen.«

»Wohnt sie jetzt bei dir?« Diese Aussicht fand Lucca extrem gewöhnungsbedürftig.

»Nein, die Tagung endet heute und morgen fährt sie nach Dortmund zurück.«

»Ich bleibe hier unten bei Siggi. Das kenne ich ja noch von Pepper.« Lucca wollte nicht Ohrenzeugin der nächtlichen Aktivitäten ihrer Freundin werden.

»Aber du kommst jetzt wenigstens mit hoch und isst mit uns!«

»Da muss ich wohl durch.« Lucca war wenig begeistert davon, mit Susanne an einem Tisch zu sitzen.

»Eure erste Begegnung stand leider unter keinem guten Stern, scheint mir. Wenn du sie näher kennenlernst, wird sich deine Einstellung ändern.« Das hoffte Anna zumindest, während Lucca sich fragte, ob sie die Frau überhaupt näher kennenlernen wollte. Sie ging mit und nahm sich fest vor, freundlich zu sein und keine witzig gemeinten Bemerkungen zu machen, die Susanne falsch verstehen könnte.

Das bedeutete, dass Lucca ungewöhnlich still war, kaum etwas sagte und direkt nach dem Essen zu Siggi ging und beschloss, bei ihm zu bleiben. Sie verabreichte dem Hund noch eine Dosis Wundermedizin, stellte mit Annas Hilfe den Käfig auf den Boden und bereitete für Pepper auf der einen und für sich selbst eine Schlafstatt auf der anderen Seite.

Anna beobachtete Luccas Treiben. Sollte sie jemals vergessen, was Lucca auszeichnete, so brauchte sie sich nur das hier zu vergegenwärtigen.

»Gute Nacht, Lucca. Ich sehe in der Nacht noch mal nach Siggi, wenn vorher irgendetwas sein sollte, weck mich bitte.«

»Kein Problem.« Lucca gab Anna einen Kuss auf die Wange. »Schlaf du auch gut, irgendwann. Ich hoffe, ihr benehmt euch da oben so anständig, dass ich hier unten in Ruhe schlafen kann.« Lucca grinste anzüglich.

»Du kannst es einfach nicht lassen. Du musst von dir nicht auf andere schließen. Nicht jede ist so hemmungslos wie du.« Anna drehte sich ärgerlich weg.

»Klar doch, Dr. Doolittle.«

Anna verschwand schnaubend.

Als sie gegen drei Uhr noch mal runterkam, bot sich ihr ein denkwürdiges Bild. Auf der einen Seite lag Pepper an den Käfig gedrückt, auf der anderen Seite lag Lucca, die das Gitter heruntergelassen und ihren Arm in den Käfig gelegt hatte. Siegfrieds Kopf lag in ihrer Hand und Anna dachte einen Moment, dass der Hund lächeln würde. Kopfschüttelnd ging sie wieder nach oben und setzte sich neben Susanne aufs Bett.

»Ich möchte gerne wissen, was mit Lucca ist. Weißt du, während ihres Studiums hat sie an einer kleinen Ausgrabungsexpedition im Grand Canyon teilgenommen und ist dort auf eine unbekannte Felsenzeichnung gestoßen. Sie hat so lange gesucht und die Informationen, die in der Zeichnung steckten, hin und her geschoben, bis sie wusste, was sie bedeutete. Es war so etwas wie ein Wegweiser zu einer Siedlung, die bis zu dem Zeitpunkt der Öffentlichkeit nicht bekannt war. Lucca war förmlich im Fieber, sie hat kaum geschlafen und fand keine Ruhe, bis sie das Puzzle gelöst hatte. Ich habe den Eindruck, dass unser kurzes Gespräch über Diana Schwarze keinerlei Wirkung zeigt. Ich frage mich, wo ihr Instinkt geblieben ist, jetzt, wo es sie selbst betrifft.«

»Vielleicht ist sie in Gedanken ganz woanders«, entgegnete Susanne, »vielleicht ist sie abgelenkt, oder die Verletzungen beeinträchtigen sie mehr, als sie zugeben will.«

»Was könnte sie derart ablenken?« Anna überlegte. »Womöglich hat sie eine neue Affäre angefangen, das sähe ihr ähnlich. Sie hat ihre Aufmerksamkeit auf eine andere Frau gerichtet. Vielleicht hat sie nicht alles von Deirdre erzählt.«

»Schlaf jetzt, Anna, in wenigen Stunden klingelt der Wecker«, Susanne blinzelte verschwörerisch, »oder steht dir der Sinn nach einem kleinen Müdemacher?«

»Kommt ganz drauf an«, Anna ging auf den Ton und das Angebot ein und schlüpfte unter die Decke.

Lucca wachte zerschlagen auf und blickte in zwei braune Hundeaugen, die sie fixierten. »Hallo, Siggi, aufgewacht?« Lucca zog ihre Hand weg und stöhnte auf. Ihr Unterarm war eingeschlafen und das Gefühl war höchst unangenehm. Pepper hob seinen Kopf und Siegfried schlug mit der Rute. »Heh, brown eyes, soll ich das so verstehen, dass es dir besser geht?« Lucca hoffte, dass Monas Medikamente gewirkt hatten.

Sie rappelte sich mühsam hoch und sah auf die Uhr. Es war kurz nach sechs Uhr. Sie zog ihre Jeans an und schlich sich leise nach oben. Dort lief sie Anna in die Arme, die vor wenigen Minuten Susanne verabschiedet hatte.

»Moin, Lucca, es ist noch Kaffee da, möchtest du welchen?

»Ja, danke, aber erst muss ich ins Bad. Bin gleich wieder da.« Lucca verschwand im Badezimmer und Anna holte eine Tasse aus dem Schrank und schenkte Kaffee ein.

Nachdem Lucca einen Schluck genommen hatte, sagte sie: «Übrigens, der Kleine ist wach und macht einen recht munteren Eindruck.«

»Wirklich? Das wäre ja sehr schön, noch besser wäre es allerdings, wenn das Bein vernünftig durchblutet ist. Ich werde den Verband wechseln, gehst du mit runter und hilfst mir?«

»Auf nüchternen Magen?« Lucca tat entsetzt. »Na gut, na gut, für den Kleinen gebe ich auch die Florence Nightingale.«

Lucca nahm noch einen Schluck und dann gingen sie in die Praxis. Pepper hatte inzwischen seinen Kopf zu Siggi in den Käfig gesteckt und leckte ihn voller Hingabe. Für Siegfried schien diese Massage ein Hochgenuss zu sein, denn er blinzelte nur kurz, bewegte sich aber sonst keinen Millimeter.

»So, Pepper, Platz da«, Lucca stubbste ihren Hund leicht an, der sofort aufstand und an die Seite ging. Anna und sie hoben den Käfig auf den Tisch, bevor Anna den Hund herausnahm. Siegfried versuchte aufzustehen, doch Lucca hielt in sanft fest. Anna schnitt den Verbandstoff auf, der die Schiene fixierte, und nahm diese dann vorsichtig ab. Siegfried zuckte und winselte leise, als Anna den Wundverband anhob.

»Sei ein Mann, Siegfried, du hast es gleich überstanden«, flüsterte Lucca dem Hund zu, während sie ihn streichelte.

»Das ist nicht zu glauben, Lucca, sieh dir das an.« Anna war perplex.

»Muss das sein, reicht es nicht, wenn du mir eine detaillierte Beschreibung gibst?« Lucca drehte sich der Magen um bei der Vorstellung, rohes Fleisch und kaputte Knochen ansehen zu müssen. Ganz abgesehen von dem Gestank, der in aller Regel von solchen Wunden ausging.

»Gestern war das Bein noch dunkel und drohte schwarz zu werden. Jetzt sind die Muskeln wieder rot und normal durchblutet.« Anna sah Lucca an und hatte Tränen in den Augen.

Lucca tätschelte Siegfried vor Freude so stark den Kopf, dass dieser mit den Augen klimperte wie eine Käthe-Kruse-Puppe.

»Ich werde den Knochen richten und ihn mit einem Nagel fixieren. Kannst du noch eine Weile bleiben und die Narkose überwachen, während ich operiere?«

So kam es, dass Lucca erst am Mittag wieder zu Hause war. Pepper war auf Annas Wunsch noch geblieben. Sie war davon überzeugt, dass er einen positiven Einfluss auf Siegfrieds Gesundung hatte.

Es war ein wunderschöner warmer Tag und Lucca legte sich auf eine der Liegen, die auf der Terrasse standen, und blickte über die Obstbäume. Sie atmete tief durch und schlief ein. Als sie die Augen wieder öffnete, saß Alana neben ihr und strich ihr über das Haar. »Hallo Lucca, wieder schlechte Träume gehabt?«

Lucca sah sie fragend an.

»Du hast undefinierbare Geräusche von dir gegeben und gezappelt wie ein Fisch auf dem Trockenen.«

»Wie lange hast du mich beobachtet?« Lucca stellte sich mit Schrecken vor, welches Bild sie wohl abgegeben haben mochte.

»Gar nicht. Ich kam, sah dich, setzte mich und du hast die Augen aufgemacht.« Alana lächelte. »Du siehst gut aus. Wie geht es dir?« Sie stand von der Liege auf und setzte sich auf einen Stuhl.

»Bestens.« Lucca machte auf stark und unverletzlich.

»Das ist prima«, Alana nahm eher die verletzliche Seite an Lucca wahr, » und damit das so bleibt, mache ich mit dir einen kleinen Ausflug.« Sie stand auf. »Können wir?«

»Was hast du vor?« Lucca ließ sich von Alanas positiver Stimmung anstecken und stand ebenfalls auf.

»Überraschung!«

Alana ging zu ihrem Auto, während Lucca wieder das Haus verschloss. »Wohin fahren wir?«, fragte sie, als sie sich neben Alana setzte.

»Warte es ab«, war alles, was sie aus ihr herausbekommen konnte.

Die Fahrt führte über die Autobahn, eine Bundesstraße und schließlich wurden die Straßen immer schmaler. Alana blickte immer wieder in den Rückspiegel.

»Was ist?« fragte Lucca und drehte sich um.

»Nichts.« Alana bog zwischen zwei Feldern auf einen holprigen Weg ein und blieb nach 200 Metern stehen. »Ab hier geht es nur noch zu Fuß weiter.« Sie lächelte Lucca an. »Eine Wanderung, wie schön, haben wir auch einen Picknickkorb dabei?«

»Klar, haben wir. Die Frage ist nur, ob wir ihn mitschleppen wollen oder anschließend hier unsere Decke ausbreiten.« Alana hatte an alles gedacht.

»Keine Ahnung, ich weiß schließlich nicht, was noch kommt.« Lucca zuckte die Achseln.

»Kein unnötiger Ballast. Wir picknicken anschließend.« Alana stieg aus dem Wagen, gefolgt von Lucca.

»Jetzt machst du mich aber wirklich neugierig.« Lucca wartete gespannt auf die Aufklärung.

Alana hakte sich bei ihr ein. »Na komm, wir gehen.«

Ein kurzes Stück konnten sie nebeneinander gehen, doch dann wurde der Wald immer dichter und Alana ging vor.

»Woher weißt du, wohin du gehst? Hier ist doch überhaupt kein Weg zu erkennen«, fragte Lucca, während sie ihr auf den Hintern starrte.

»Achte darauf, wo du hintrittst, sonst stolperst du und legst dich wieder auf die Nase. Das muss ja nicht unbedingt sein.«

Lucca, die sich ertappt fühlte, beeilte sich, schnellstens auf den Boden zu sehen.

»Also, Pocahontas, wo führst du mich hin?«

Alana blieb stehen und blickte Lucca an. »Wir gehen zum Mondsee.«

»Aha, zum Mondsee«, Lucca stieg Alanas Parfum in die Nase. Sie standen sich direkt gegenüber.

»Ja, der Mondsee. Nur wenige Menschen haben von ihm gehört, noch weniger kennen den Weg zu ihm.«

Lucca starrte sie schweigend an und Alana fuhr fort. »Es ist ein mystischer Ort. Die Legende sagt von ihm …«

»Die Legende?« Lucca musste grinsen, »kommt jetzt Tante Alanas Märchenstunde?«

Doch Alana ließ sich nicht unterbrechen, »… dass Menschen, deren Herz voller Hass, Neid und Verachtung für andere Lebewesen ist, diesen Ort niemals erreichen, denn er ist geschützt durch einen Ring besonderer Energie. Die Menschen aber, deren Seele Verzweiflung, Einsamkeit und die Sehnsucht nach Erlösung kennt, gelangen dort hin und erfahren Heilung.«

Lucca musste schlucken und Alana lächelte sie an. »Es ist mein Lieblingsplatz und ich komme her, wenn ich meine Gedanken sortieren muss. Er tut mir gut und dir hoffentlich auch.«

Sie drehte sich um: »Wir sind gleich da.«

Nach zehn Minuten öffnete sich der Wald unvermittelt und gab den Blick auf einen See frei, der still und wie unberührt vor ihnen lag. Das Ufer war teilweise mit Schilfröhricht eingefasst, ein umgestürzter Baum bildete eine Brücke über das Wasser, sein Laub berührte die Oberfläche des Sees und schuf ein Blätterzelt. Links von ihnen stand eine alte Erle direkt am Wasser. Ihr imposanter Stamm hatte sich kurz über dem Boden in fünf kleinere Stämme fächerartig ausgebildet und so eine Sitzhöhle geschaffen, in die sich ein Erwachsener bequem zurückziehen konnte. Von dort hatte man einen herrlichen Blick über den See.

»Das ist mein Lieblingsplatz«, Alana deutete genau auf die Erle. »Hier sitze ich oft stundenlang und starre auf das Wasser und lasse meinen Gedanken freien Lauf.«

»Wie hast du diesen See gefunden?« Lucca fühlte sich wie in einem Märchen.

»Mein Vater hat mich mit hierher genommen, als ich zwölf Jahre alt war. Er hat mir gezeigt, wie ich ihn finden kann.« Alana klang traurig und Lucca schaute sie an.

»Ein halbes Jahr später ist er völlig überraschend gestorben. Ich habe mir immer vorgestellt, dass dieser See sein ganz persönliches Abschiedsgeschenk für mich war. Meine Geschwister hat er nie mitgenommen.« Alana schaute still über das Wasser zu einer kleinen Insel aus Bäumen und dachte daran, wie der Tod des Vaters die ganze Familie geschockt hatte.

Lucca wollte Alanas Gedanken nicht stören und blickte ebenfalls auf das Wasser. Nach einer Weile sagte sie, »Und jetzt hast du mich mit hierher genommen.«

Alana schaute sie an und lächelte als Antwort.

Direkt vor ihnen war eine kleine Sandbucht und glasklares Wasser schlug sanft ans Ufer.

»Lass uns schwimmen!« Alana begann sich auszuziehen.

»Was? Das Wasser ist doch bestimmt eiskalt!« Lucca konnte der Vorstellung von kaltem Wasser auf ihrer Haut nichts abgewinnen, zumal sie extrem wasserscheu war.

»Das Wasser wird nie kälter als 20°. Der See wird von einer warmen Quelle gespeist und wahrscheinlich ist die Temperatur heute höher, da die Sonne in den letzten Tagen sehr viel Wärme abgegeben hat.«

Alana stand inzwischen in BH und Slip vor Lucca, die nicht mehr wusste, wo sie noch hinsehen sollte. Sie hatte den Eindruck, dass Alana Spaß an ihrer Qual hatte. Lucca blickte zurück und konnte nicht erkennen, wo sie aus dem Wald herausgetreten waren. Als sie das Wasser plätschern hörte, drehte sie sich wieder um und sah, wie Alana untertauchte. Ihr Körper schimmerte unter der Wasseroberfläche. Als sie wieder auftauchte, blickte sie sich nach Lucca um.

»Na los, komm schon, oder kannst du nicht schwimmen?«
Das wäre denkbar ungünstig und Alana drückte die Daumen, dass Lucca wenigstens über rudimentäre Schwimmkünste verfügte.

»Doch kann ich, wenn es sein muss.«

»Na dann, worauf wartest du?«

Lucca zog Schuhe und Strümpfe aus, dann die Jeans und knöpfte ihre Bluse auf. Alana lag auf dem Rücken im Wasser und beobachtete sie.

›Na toll, ausgerechnet jetzt sehe ich aus wie eine Schießbudenfigur.‹ Luccas Blutergüsse waren noch nicht ganz verschwunden und sie haderte mit ihrem Schicksal. Sie zog sich die Unterwäsche aus und wappnete sich gegen den Schock des kalten Wassers. Der blieb allerdings aus, denn das Wasser war so angenehm warm, wie Alana es beschrieben hatte.

»Du schwimmst ja wie ein Fisch, ich habe eher Ähnlichkeit mit einem bleiernen Gecko«, pustete Lucca zwischen ihren dilettantischen Schwimmzügen, wobei sie darauf achtete, dass die Wunde am Kopf nicht nass wurde.

Alana zog in kräftigen Zügen auf dem Rücken liegend durch das Wasser, wobei sich ihre Brüste regelmäßig aus dem Wasser hoben.

»Oh Gott, das macht die Frau doch mit Absicht.« Lucca konnte ihren Blick nicht abwenden. Da sie mit Alana in keinster Weise schwimmend mithalten konnte, entschied sie sich für den Rückzug ins seichte Gewässer.

»Willst du schon raus?«, rief Alana hinter ihr her.

Lucca machte eine Kehrtwende und sah, wie Alana erneut untertauchte und auf sie zukam. Sie tauchte direkt vor ihr auf, so dass sich ihre Nasenspitzen fast berührten. Lucca blickte in ihre Augen und dieses Mal schaute sie nicht wieder weg. Sie hatte den Eindruck, das Wasser würde brodeln, als Alana ihre Lippen sanft auf Luccas Mund legte und mit ihrer Zungenspitze ihre Lippen öffnete. Als Lucca den Kuss erwiderte, versank die Welt um sie herum. Nach einer Ewigkeit, so schien es Lucca, öffnete sie ihre wieder und sah in Alanas leuchtende grün-blaue Augen.

»Die Legende geht übrigens noch weiter«, sagte Alana, während sie sich auf den Rücken in das flache Wasser legte. »Wenn sich zwei Menschen im See küssen und der Pirol sein Lied singt, erfahren sie, was Liebe vermag.«

»Das hast du dir gerade ausgedacht, Alana!« Lucca beugte sich über sie und küsste sie voller Leidenschaft. In dem Moment sang ein Vogel und Alana flüsterte Lucca zu »Soviel zum Thema ›ausdenken‹.«

»Komm, lass uns fahren. Ich möchte mit dir schlafen.« Lucca sah Alana ernst an. »Mystischer Ort hin oder her, ich fühle mich hier beobachtet und ich will mit dir allein und ungestört sein. Wer weiß, wer sonst noch sein Lied hier singt.«

Die Versuche sich anzuziehen misslangen wiederholt kläglich, was teilweise daran lag, dass sie nicht aufhören konnten sich zu küssen. Und obwohl Lucca dabei jede Faser von Alanas Körper an ihrem spürte und die Erregung sie immer wieder mitzureißen drohte, blieb sie standhaft und flüsterte immer wieder: »Zu Hause, Fortsetzung folgt zu Hause.«

Endlich waren sie angezogen und konnten sich auf den Weg zum Auto machen. Da Lucca keinen Schimmer hatte, wie der Weg verlief, folgte sie wieder Alana und genoss jetzt den Anblick des Pos in der Jeans und ließ ihre Gedanken wandern. Alana drehte sich plötzlich um. »Ich will wissen, was du jetzt denkst!«

»Ich zeige dir nachher, was ich jetzt denke.« Lucca küsste sie auf die Nasenspitze.

Lucca hörte plötzlich Äste knacken und schaute in die Richtung. »Hast du das auch gehört?« Ihre Sinne waren jäh geschärft.

»Das wird ein Tier gewesen sein, komm, wir sind gleich am Wagen.« Alana zog Lucca mit und tatsächlich dauerte es nur noch wenige Minuten, bis sie im Wagen saßen und losfuhren. Vergessen war der Picknickkorb im Kofferraum, beide wollten so schnell wie möglich zurück.

Alana schaute nicht so oft in den Rückspiegel, wie auf der Fahrt zum Mondsee, sonst wäre ihr vielleicht der dunkle Wagen aufgefallen, der ihnen in einem gleichmäßigen Abstand folgte. Als Alana in die Einfahrt einbog, fuhr der Wagen im Schritttempo vorbei, um kurz darauf mit Vollgas wegzufahren.

Lucca, die die aufheulenden Reifen hörte, dachte sich, dass mal wieder ein Möchtegern-Schumi auf der Landstraße unterwegs war, danach dachte sie an nichts anderes mehr als an Alana.

Sie hatte keine Augen für den Anrufbeantworter, der munter vor sich hinblinkte und zehn Anrufe anzeigte, ebenso wenig für ihr Handy, das auf dem Küchentisch lag und dessen Mailbox darauf wartete, abgehört zu werden.

Lucca liebte Alana, wie sie noch nie zuvor eine Frau geliebt hatte, und Alana erlebte eine tiefe Erfüllung, die sie aus ihren Beziehungen mit Männern nicht kannte. Sie gaben sich einander hin, wie keine es für möglich gehalten hatte. Immer wieder flammte Begierde und extatische Erregung auf, bis beide völlig erschöpft und erfüllt voneinander, eng umschlungen einschliefen.

Lucca war sich nicht sicher, was sie geweckt hatte. Es war aber auf jeden Fall ein Geräusch, das nicht in dieses Haus gehörte. Draußen herrschte Zwielicht.

Alana lag schlafend an sie gekuschelt neben ihr. Lucca atmete ihren Duft ein, der sofort wieder ihr Begehren weckte.

Da war das Geräusch schon wieder. Kurze Zeit später klingelte es an der Haustür.

»Verflixt.« Lucca machte das Licht an.

Alana drehte sich im Halbschlaf um, legte den Arm um sie und murmelte »Ich brauche eine Pause, Sexgöttin.«

»Nix hier mit Sex, es hat an der Tür geklingelt.« Lucca saß mittlerweile senkrecht im Bett.

»Wie spät ist es denn?« Alana rekelte sich.

»Fünf Uhr.«

Das Telefon klingelte drei Mal, dann wurde die Verbindung unterbrochen. Lucca starrte den Apparat an. Als es wieder klingelte, nahm Lucca den Hörer auf.

»Wer ist da?« Lucca war ausgesprochen barsch.

»Machen Sie ihre Haustür auf«, flüsterte eine Stimme, die Lucca bekannt vorkam, die sie aber nicht einordnen konnte.

»Wer ist da, was soll das?« Lucca wurde nicht freundlicher.

»Machen Sie Ihre Haustür auf«, wiederholte die flüsternde Stimme, »bitte!« Dann wurde aufgelegt.

»Ich soll die Tür aufmachen!« Lucca stand auf und zog sich Jeans und Bluse an.

»Bist du verrückt? Das willst du doch nicht wirklich machen.« Alanas Gesicht spiegelte Entsetzen und Angst.

»Willst du wieder einen Schlag bekommen oder sonst was?«

»Nein, ich bin nicht verrückt und ich will auch keinen Schlag bekommen. Die Stimme kommt mir bekannt vor und sie hat ›bitte‹ gesagt.« Lucca war schon an der Schlaf-zimmertür.

»Warte, ich komme mit.« Alana sprang aus dem Bett und zog sich im Gehen Hose und Shirt über. »Hast du eine Waffe im Haus?«

»Eine Waffe? Nein, so was habe ich nicht.« Lucca überlegte. »Einen Tennisschläger habe ich zu bieten.«

»Besser als nichts, wo ist er?« Alana hielt Lucca an der Bluse fest.

»Der steckt unten im Schirmständer, wir kommen daran vorbei.« Lucca machte das Licht vor der Haustür an und nahm den Tennisschläger in die Hand. Alana zückte einen Schirm und stellte sich auf die andere Seite.

»Draußen ist nicht zu sehen«, Lucca blinzelte durch das dicke Glas der alten Eichentür. »Ich mach jetzt auf.« Lucca riss die Tür auf und drückte sich an die Wand. Nichts ge-schah und sie steckte vorsichtig den Kopf um die Tür.

Vor der Tür auf dem Boden lag blaue Plastikfolie, in die etwas eingewickelt war.

»Da drin bewegt sich was«, flüsterte Alana, die ebenfalls nach draußen sah.

Lucca bekam am ganzen Körper Gänsehaut. In so einer Folie war Nefertari vergraben worden.

Lucca tauschte mit Alana den Tennisschläger gegen den Schirm und zog vorsichtig mit der Krücke die Folie zur Seite. Alana unterdrückte einen Aufschrei und Lucca biss die Zähne aufeinander. Dort lag ein Greyhound, der übel zugerichtet war. Der Körper wies eine Vielzahl blutender Wunden auf, die Vorderläufe waren gebrochen.

Lucca kniete sich neben den Hund, Tränen liefen ihr über das Gesicht. »Das Tier atmet, Alana. Ruf Anna an, sie soll sofort kommen.«

Alana lief umgehend in die Küche um zu telefonieren. »Ich glaube nicht, dass wir sie transportieren können«, rief Lucca hinter ihr her, doch das hörte Alana nicht mehr.

Auf der Straße fuhr ein Wagen weg, der seine Scheinwerfer erst einschaltete, als er einige Hundert Meter zurückgelegt hatte.

Der Hund wurde zusehends schwächer, während Lucca verzweifelt auf Anna wartete. Alana glaubte, dass der Hund auf der Straße überfahren worden war und der Fahrer ihn hier vor die Tür gelegt und geklingelt hatte.

Endlich kam Anna, die mit einem Blick die Situation des Hundes einschätzte und sagte: »Ich nehme sie mit und werde sie einschläfern. Sie hat womöglich zusätzlich zu den sichtbaren Verletzungen, die schon wenig Hoffnung zulassen, innere Blutungen.«

»Wie kannst du sie aufgeben, ohne einen Versuch unternommen zu haben?« Lucca wollte es nicht glauben.

»Du weißt nichts über den Hund oder seinen Besitzer. Wer würde für die Kosten aufkommen, die sicher nicht unerheblich wären, um dann den Hund doch letztlich zu erlösen?« Anna versuchte Lucca von dem Hund wegzubringen.

»Ich komme für die Kosten auf, daran soll es nicht scheitern. Bitte, Anna, versuch es doch wenigstens.« Lucca sah Anna flehend an, die mit dem Kopf schüttelte.

Alana legte den Arm um Lucca. »Lucca, das macht das Unrecht an den Hunden in Irland nicht wieder gut«, Alana ahnte, was die Triebfeder für ihr Bemühen war.

»Lass uns hier nicht rumreden, sondern etwas unternehmen.« Lucca ließ Anna nicht aus den Augen.

»Ich muss versuchen, sie zu stabilisieren, bevor wir sie transportieren können.« Anna öffnete ihren Koffer. »Ich befürchte nur, sie wird die Praxis nicht lebend erreichen.«

»Danke, Anna. Wir versuchen es.«

Nachdem Anna herzunterstützende Medikamente gespritzt hatte, trugen sie zu dritt den Hund auf der Folie behutsam zu Annas Kombi. Lucca kletterte in den Laderaum, nahm den Hund vorsichtig entgegen und blieb bei ihm. Alana schloss auf Luccas Bitte hin die Haustür ab und setzte sich auf die Rückbank. Anna fuhr so schnell sie konnte in ihre Praxis. Die Röntgenaufnahmen zeigten Nierenprellungen und gebrochene Vorderläufe. Das rechte Vorderbein war im Oberschenkel so zertrümmert, dass eine Amputation nicht zu umgehen war.

»Ich kann keine inneren Blutungen erkennen, dafür haben die äußeren Verletzungen teilweise stark geblutet.«

»Siehst du eine Chance?« Lucca blickte Anna fragend an.

»Sie scheint ein Kämpferherz zu haben, vielleicht schafft sie es.«

»Dann lass uns anfangen.«

Diesmal hatte Anna zwei Assistentinnen, die die langwierige Operation begleiteten.

————————

Alana, die ein Ausbund an Zuverlässigkeit war, hatte ihre Rezeptionistin zu Hause angerufen und gebeten, frühzeitig in die Praxis zu fahren, um ihre Termine für den Vormittag abzusagen.

Jetzt saßen die drei Frauen erschöpft und durchgeschwitzt mit einem Becher Kaffee vor der Metallliege, auf der die Hündin hinter einem Sicherheitsgitter lag, und beobachteten, wie sie aus der Narkose erwachte. Anna hatte sie so fixiert, dass sie nicht aufstehen, sondern nur ihren Kopf bewegen konnte.

»Wodurch können die Verletzungen entstanden sein, ist sie wirklich überfahren worden, Anna?« Alana überlegte, ob das vor dem Haus passiert sein könnte.

»Das halte ich für unwahrscheinlich. Das Verletzungsmuster deutet darauf hin, dass das Tier getreten und zusammengeschlagen wurde – mit einer Eisenstange oder einem Baseballschläger.«

Lucca starrte auf den Verband, der die Amputationswunde verbarg. Sie seufzte leise auf und versuchte die Bilder der OP aus ihrem Kopf zu verbannen. Alana legte ihr die Hand auf den Arm und Lucca lehnte sich an ihre Schulter. Alana küsste sie zärtlich aufs Haar.

Anna kontrollierte den Monitor für das EKG und bekam aus den Augenwinkeln die Szene mit. Jetzt war ihr klar, was Lucca in den letzten Tagen abgelenkt hatte.

»Hast du den Hund schon mal gesehen, Lucca? So häufig gibt es Greyhounds bei uns ja nicht, ist er vielleicht aus deiner Nachbarschaft?« Anna setzte sich wieder.

»Ich bin mir nicht sicher, möglicherweise habe ich den Hund tatsächlich schon mal gesehen.« Lucca überlegte. »Ich hatte in Dublin Kontakt zu zwei Greys, und auf dem Flughafen habe ich einen in einer Transportkiste gesehen.«

»Da hat sich jemand einen Grey aus Irland kommen lassen? Hast du gesehen, wer das war?« Anna fragte sich, ob sich Walter Fend nach einem Ersatz für den Rüden umgesehen hatte, den sie vor einigen Woche einschläfern musste.

»Diana hat die Hündin mitgebracht, ich bin mir ziemlich sicher, dass es Amazing Sunshine ist.«

»Die Schwarze? Sie hat sich einen Grey mitgebracht. Was

will sie denn mit so einem Hund? Der passt doch gar nicht zu ihr?«

»Ein paar Fragen zuviel, Anna.« Lucca hatte der Freundin nicht alles erzählt, was sie in Dublin erlebt hatte. Anna wusste noch nichts davon, dass Diana Schwarze in Irland Hunde besaß, die Profirennen liefen. Lucca hatte selbst noch keine Ahnung, wie das zusammenpassen sollte.

»Und das ist dieser Hund?« Anna blickte besorgt. »Wie kommt das Tier vor deine Haustür?«, sie schickte jetzt einen mindestens so besorgten Blick zu ihrer Freundin, »ich werde Susanne anrufen. Die Geschichte nimmt ja mittlerweile eine Dimension an, die können wir gar nicht durchschauen. Und«, fügte sie leise hinzu, »wird lebensgefährlich. Apropos lebensgefährlich. Hast du deinen Anrufbeantworter gestern eigentlich mal abgehört? Ich habe mehrfach versucht, dich zu erreichen.«

Lucca schaute Anna an. »Keine Zeit.«

»Ich habe nämlich die Ergebnisse von der Gewebeprobe bekommen.«

Lucca wartete gespannt darauf, dass Anna weiterredete.

»Nefertari ist vergiftet worden, und zwar mit einem Mix aus hochdosiertem Jakobskreuzkraut und Fingerhut.«

Lucca und Alana sahen sich an. »Das ist aber ein merkwürdiger Zufall.« Alana war erstaunt.

»Möglicherweise ist das überhaupt kein Zufall,« murmelte Lucca.

Anna sah von einer zur anderen und wartete auf eine Erklärung, die ihr Lucca auch gab, indem sie ihr von ihrem Fund auf der Wiese erzählte.

Die Augenlider des Hundes zitterten und ihm entfuhr ein Seufzer. Lucca sprang sofort auf. »Heh, hier wird nicht der Löffel abgegeben!« Sie streichelte den Kopf des Hundes, der tief einatmete. »Weiteratmen, die nette Frau Doktor hat gesagt, du hättest ein Kämpferherz. Also los, kämpfe!« Lucca hockte sich vor den Kopf der Hündin und pustete leicht auf deren Nasenlöcher.

»Lucca, was machst du da?« Anna zog ihre Stirn in Falten.

»Wenn die Ureinwohner Nordamerikas jagten, haben sie den letzten Atemzug des erlegten Tieres eingeatmet, um so die Kraft und Stärke des Tieres in sich aufzunehmen. Ich versuch es jetzt mal etwas anders. Ich puste ihr meinen Atem zu, der ihr vielleicht Kraft gibt. Nichts ist unmöglich.« Lucca pustete wieder auf die Nase der Hündin, die tatsächlich flach, aber regelmäßig weiteratmete.

»Na also, geht doch.« Lucca streichelte wieder ihren Kopf.

»Lucca, sei bitte vorsichtig, denn Hunde, die aus der Narkose erwachen, sind orientierungslos und können beißen.« Anna und Alana schauten sich an.

»Dass ihre Hände Wunder vollbringen können, habe ich selbst erlebt. Die Pusterei ist mir neu.«

Anna musste über Alanas Bemerkung lachen, während Lucca sich umdrehte und der Geliebten mit funkelnden Augen ankündigte, dass ihr noch viele Neuigkeiten ins Haus stünden.

Anna wurde Zeugin eines sehr innigen Kusses. »Hallo, hallo, Erde an Barbarella und Pyga, könntet ihr die abscheuliche Knutscherei mal unterbrechen und euch sinnvollen Dingen zuwenden?« Anna hatte eine Weile zugesehen. »Meine Güte, da kann eine anständige Frau ja schamrot werden.«

»Dann sieh doch einfach woanders hin.« Lucca gab Alana einen demonstrativen Schmatzer, die davon jedoch weniger begeistert war.

»Also, ihr mögt ja aneinander genug haben, aber ich habe

einen Bärenhunger und will jetzt frühstücken.« Anna kontrollierte nochmals die Werte der Hündin. »Wir können sie jetzt rüber zu Siegfried rollen, dann hat Pepper gleich zwei Pfleglinge.«

Sie schoben die Hündin vorsichtig in den Nachbarraum, wo sie einerseits neugierig von Siggi beäugt wurde, der seltsam schief in seinem Käfig stand, und andererseits aufmerksam von Pepper beschnüffelt wurde, bevor er ihr kurz über die Schnauze leckte.

»Du bist ja immer noch eingesperrt, armer Siegfried.« Lucca bedauerte den Hund ausgiebig, was diesen dazu veranlasste, seinen soeben noch aufgeweckten und freudigen Gesichtsausdruck gegen einen hängenden Kopf und tragisch umflorten Blick einzutauschen.

»Ja, du Schauspieler, wenn du Tränen produzieren könntest, säßest du in null komma nix im Nassen.« Lucca war begeistert. »Warum ist er denn noch im Knast?« Sie blickte Anna fragend an.

»Lucca, dieser Hund ist dermaßen agil und bewegungsfreudig, dass ich Sorge habe, er könnte sich eine weiter Verletzung zuziehen oder dass der Bruch nicht vernünftig verheilt. Und darum sitzt dein armes Schätzchen im Knast, wie du es nennst.«

Lucca streichelte den gebeutelten Siegfried. »Brauchst du eigentlich Pepper noch?« Sie wollte ihren Hund eigentlich gerne mit nach Hause nehmen.

»Es wäre mir sehr lieb, wenn er noch bleiben könnte. Mareike geht mittags mit ihm spazieren und ich übernehme morgens und abends. Die Alternative wäre, du nimmst den Knastbruder mit zu dir.«

Lucca wollte spontan zusagen, denn die Idee gefiel ihr sehr gut, doch dann dachte sie daran, dass es bei ihr zur Zeit nicht wirklich sicher war. »Ich glaube, wir warten die nächsten Tage noch ab, dann übernehme ich gerne den Pflegedienst.«

Anna nickte und ging nach oben in ihre Wohnung.

»Ich finde die Idee mit dem Frühstück hervorragend«, Alana schloss sich Anna an. Lucca blieb noch einen Moment bei der Hündin stehen, deren Blick zunehmend klarer wurde.

»Du kriegst jetzt auch noch was von Monas Wundermedizin, und später einen neuen Namen.« Sie nahm die Flakons mit den Tropfen und Globuli aus der Tasche und verabreichte sie der Hündin.

Lucca verließ die Tiere und freute sich auf das Frühstück.

Später brachte Anna die beiden zurück zu Luccas Haus, wo eine weitere unangenehme Überraschung auf sie wartete.

»Das darf doch wohl nicht wahr sein, das ist eine elende Schweinerei.« Alana war wütend, denn die Reifen beider Wagen waren platt. So wie es aussah, waren sie mit einem Messer zerstochen worden.

»Wir müssen die Polizei verständigen, Lucca!« Alana fröstelte, obwohl es angenehm warm war.

»Annas Lovemashine Susanne ist beteiligt, sie arbeitet in einer Sonderkommission. Den Dorf-Sheriff lassen wir lieber raus.«

»Hältst du das für schlau, Lucca?« Alana hegte Zweifel.

»Ich werde mich darum kümmern.« Lucca lächelte Alana beruhigend an.

»Ich ruf mir jetzt ein Taxi, ich muss in meine Praxis.« Sie wollte ins Haus gehen.

»Jetzt habe ich eine Überraschung«, flötete Lucca hinterher. Sie ging zu der Remise, in der sonst der Wagen stand, und öffnete das Tor. »Ich habe ein Moped, liebstes Ling, mit dem ich dich nach Bonn bringen kann, vergiss das Taxi.«

Das sogenannte Moped entpuppte sich als eine Harley Davidson Fatboy.

»Du duschst dich und ich montiere die Sissibar, damit du nicht von dem Blech einen heißen Hintern bekommst, sondern von meinem Körper, an den du dich während der Fahrt schmiegen kannst.« Lucca warf Alana eine Kusshand zu. »Eigentlich würde ich ja viel lieber mit dir duschen, aber dein unversehrter Po ist mir im Moment wichtiger.«

»Akzeptiert.« Alana fing die Kusshand auf, drehte sich um und verschwand im Haus.

Der Umbau der Sitzbank dauerte nicht lange und Lucca beschloss, sich umzuziehen und endlich ihre Anrufe abzuhören.

Auf dem Anrufbeantworter war Anna, die bei jedem weiteren Versuch, sie zu erreichen, immer aufgeregter klang. Von den Anrufen gab es fünf, deren Inhalt variierte zwischen der Information bezüglich der Gewebeuntersuchung mit der Bitte um Rückruf, ärgerlicher Nachfrage, was sie eigentlich treiben würde, und der Sorge um ihren Gesundheitszustand.

Ein Anruf war von Charlotte, die sich über Luccas Einladung zur Ausstellungseröffnung sehr gefreut hatte und natürlich kommen wollte. Sie würde die genaue Ankunftszeit und den Tag noch mitteilen.

Der nächste gespeicherte Anruf war von Diana, die sich mit zuckersüßer Stimme nach Luccas Befinden erkundigte und sie um Rückruf bat.

Mona grüßte aus Stuttgart und bedauerte, Lucca nicht persönlich sprechen zu können.

Dann zuckte Lucca zusammen, denn die nächtliche Flüsterstimme klang aus dem Lautsprecher. »Aufpassen«, lautete die kurze aber unheimliche Mitteilung.

Der letzte Anruf war von Karina, die in Köln war und Lucca treffen wollte.

»Sexy Stimme.« Lucca drehte sich um und sah Alana im Türrahmen stehen. »Ist der Rest von der Frau auch so erotisch?« Alana versuchte beiläufig zu klingen. Charlotte hatte ihr von Karina Rothers erzählt, als diese, in Charlottes Vorstellung, noch eine Konkurrentin um Luccas Gunst war.

»Längst nicht so wie du.« Lucca legte die Arme um die schlanke blonde Frau, der sie mit jeder weiteren Sekunde mehr zu verfallen drohte, und küsste sie auf den Mund. Ihre Hände wollten sich selbstständig machen, doch Alana hielt sie fest. Zwischen immer leidenschaftlicheren Küssen versuchte sie zu sagen, dass sie sehr bedauerte fahren zu müssen, aber es wäre leider, leider nicht zu ändern. Bis diese Botschaft tatsächlich ankam, musste Alana mehrere Versuche unternehmen.

»Schade, schade«, flüsterte Luccas Mund an ihrem Hals.

»Bitte Lucca, quäl mich nicht so.«

»Wann sehen wir uns denn wieder?« Luccas Augen blickten Alana hoffnungsfroh an und verdunkelten sich, als diese sagte, sie versuchte, morgen Abend zu dem Freitagstreffen zu kommen.

»Du kommst aber vorher auf jeden Fall hier vorbei, ja? Egal wo wir uns treffen.« Luccas Augen verrieten ihren Plan.

»Wahrscheinlich treffen wir uns bei Anna, wegen der ganzen Pflegefälle.«

»Ja, ich komme vorher hier vorbei und jetzt lass uns fahren.« Alana entwand sich aus Luccas Umarmung. »Hat dir eigentlich schon mal jemand gesagt, dass du für dein Bikeroutfit einen Waffenschein beantragen müsstest.«

»Gut zu wissen, dass du so auf Leder stehst.« Lucca trug

über ihren Jeans schwarze Chaps und dazu kurze schwarze Bikerstiefel. »Beim nächsten Mal lasse ich die Jeans weg.« Alana wollte darauf nicht mehr antworten, denn sie spürte, dass sie sonst in den nächsten Stunden nicht nach Bonn käme.

Lucca steckte noch schnell das Handy in die Jacke und nahm den zweiten Helm für Alana.

»Fury ist gesattelt, möchtest du einen kleinen Ausritt machen?« In Luccas Augen brannte Begehren und Alana gab ihr einen liebevollen Klaps auf den Arm, den Lucca mit einer übertriebenen Schmerzgrimasse und einem Aufheulen kommentierte. Dann warf sie den Motor an und ließ Alana aufsteigen.

Nach dreißig Minuten setzte Lucca sie vor ihrer Praxis ab, versprach ihr, sich um die Reifen zu kümmern und ihr den Wagen so schnell wie möglich vorbei zu bringen. Da sie sich die Reifengröße und -marke vorhin notiert hatte, machte sie den Vorschlag, aus Alanas Praxis bei Reifen-Willy anzurufen und die Bestellung durchzugeben.

»Reifen-Willy?« Alana schaute Lucca an, als glaubte sie, dass diese sie auf den Arm nehmen wollte.

»Kein Mensch kennt seinen richtigen Namen, alle sagen nur Reifen-Willy. Ist so.« Lucca hätte auch vom Handy anrufen können, aber so hatte sie die Möglichkeit geschaffen, sich von Alana hinter der Tür von Behandlungsraum Eins mit einem langen Kuss zu verabschieden.

Dann war sie weg und Alana brauchte einige Zeit, um sich wieder zu sammeln und ihrer Arbeit mit ruhiger Hand nachgehen zu können.

Lucca ihrerseits saß völlig aufgelöst auf dem Motorrad und schwankte zwischen lachen und weinen. Das, was sie mit Alana erlebte, war aufregender und intensiver als alle anderen Beziehungen, die sie vorher hatte. Was sie aber völlig verunsicherte, war die neue Erfahrung, dass sie sich kaum von ihr trennen konnte und dass der Abschied von Alana sie in ein Gefühlschaos schleuderte, das sie so nicht kannte. Ohne Alana zu sein, war ihr unvorstellbar und es bereitete ihr fast körperliche Schmerzen, dass sie nicht da war, sie Alana nicht riechen, schmecken und fühlen konnte. Lucca hätte heulen können wie ein verliebter Teenager, stattdessen gab sie Gas und die Maschine schoss davon. Besser fühlte sie sich damit aber nicht.

Zu Hause angekommen hatte sie eine Idee und griff zum Telefon. Sie rief Lena an, die stolze Besitzerin von Susi war, einer imposanten Staffordshire-Hündin. Susi sah mordsmäßig gefährlich aus, hatte aber mehr Angst als Vaterlandsliebe und nahm Reißaus, wenn ein Käfer auf sie zu gekrochen kam.

Lucca hatte Lena vor ungefähr zwei Jahren bei einer Vernissage einer jungen französischen Bildhauerin in der Galerie Ziesel kennengelernt, sie hatten ein intensives Wochenende miteinander verbracht und waren danach locker in Kontakt geblieben.

Lena freute sich, mal wieder von Lucca zu hören.

»Lena, wie sieht es aus, willst du nicht ein paar Tage zu mir rauskommen?«

»Ich bin seit einem Monat in einer festen Beziehung, Lucca.«

»Ich will es direkt sagen, ich brauche deine Susi und Sweet Suzie bleibt bekanntlich nur hier, wenn du auch da bist, denn sonst klettert sie über den Zaun und trampt nach Köln zurück.« Lucca kam schnell auf den Punkt.

»Susi, wozu brauchst du sie?«

»Hier treibt sich so ein Witzbold herum, der Autoreifen zersticht und nachts durch Fenster guckt.« Sie wollte nichts von den Angriffen auf die Tiere erzählen, denn dann würden weder Lena geschweige denn Susi hier draußen bei ihr auftauchen.

»Ich stelle es mir gelungen vor, wenn Susi hier über das Grundstück spaziert und Angst und Schrecken verbreitet.«

»Angst und Schrecken? Meine Susi, ja?« Lena lachte.

»Ich weiß, was sie für ein Herzchen ist, aber die anderen wissen es nicht!«

»Wie lange soll denn unser Einsatz bei dir dauern?«

»Maximal zwei bis drei Tage, also spätestens Montag bist du wieder in heimischen Gefilden.« Lucca hoffte, dass sie damit keine falschen Versprechungen machte.

»Na gut, dann pack ich mal meine Tasche und komme raus zu dir. In spätestens zwei Stunden sind wir bei dir. Reicht das?«

»Klar, Lena, ich danke dir. Du hast was bei mir gut.« Lucca war erleichtert.

Als nächstes checkte sie ihre E-Mails. Charlotte hatte geschrieben, dass sie am Donnerstag vor der Eröffnung in Köln ankommen und sofort bei ihrer Mutter erwartet werde. Sie wollte dann am Freitagabend kommen und Lucca sollte ihr bitte mitteilen, bei welcher Freundin sie sich treffen würden. Dann ging Lucca ins Atelier, um Kontaktabzüge von den Filmen aus Dublin herzustellen. Ihr graute vor den Bildern, aber sie wollte sehen, ob brauchbares Material dabei war. Dabei kam ihr eine Idee und sie rief die Handynummer von Karina an und sprach auf die Mailbox, dass sie vielleicht eine Story für sie habe.

Als die Kontaktabzüge fertig waren und Lucca sie gesichtet

hatte, fühlte sie sich deprimiert und sehnte sich nach Alana.
Sie war auf dem Weg ins Haus, als ein zum Wohnmobil
umgebauter Kleintransporter hupend durch das Tor fuhr,
heraus sprangen Lena und Susi.
Susi schnaubte vor Freude wie ein asthmatisches Walross,
als sie Lucca sah, und zeigte ein perfektes Ganzkörper-
wedeln. Erst nach geraumer Zeit bot sich für die Frauen die
Gelegenheit sich zu begrüßen.
»Wir fangen gleich mit Angst und Schrecken an. Ich schließe das Tor zur Straße, dann kann Susi hier gefahrlos rum-
laufen.« Lucca konnte sich nicht erinnern, dass das schmie-
deeiserne Tor jemals geschlossen gewesen war. Luisa hatte
ein offenes Haus geführt, jederzeit waren Freunde willkommen und Lucca konnte sich auch nichts anderes vorstellen. Sie wollte niemanden aus- und sich selbst nicht ein-
sperren. Sie fragte sich, ob die Scharniere überhaupt intakt
waren und sich die Torflügel bewegen ließen.
Es ging zwar mühsam, aber nach wenigen Minuten war das
Tor geschlossen und Susi inspizierte ihr Reich für die nächsten Tage. Lucca machte sich keine Sorgen darüber, dass der
Hund etwas von dem giftigen Jakobskreuzkraut aufnehmen könnte, denn sie wusste, dass Susi so erzogen war,
weder etwas vom Boden zu fressen noch von einem fremden Menschen Futter anzunehmen.
»So, Dampframme, walte deines Amtes.« Susi wedelte
freundlich und marschierte zum Kräutergarten.
»Wo ist denn dein Hund?« Lena freute sich auf Pepper.
»Der macht einen längeren Krankenbesuch bei einem
Hundekumpel,« Lucca ging ums Haus. »Was hältst du
davon, wenn wir es uns auf der Terrasse gemütlich machen,
es ist noch so schönes Wetter? Was möchtest du trinken?«
Lena wünschte sich einen Milchkaffee und während sie es

sich auf einer Liege bequem machte, ging Lucca in die Küche, um Kaffee zu kochen. Während sie die Milch aufschäumte, Tassen und Zucker auf ein Tablett stellte, reifte in ihr der Plan für den Abend.

Lucca kam überhaupt nicht auf die Idee, ihren Freundinnen zu sagen, was sie vorhatte.

Lucca und Lena hatten noch über eine Stunde draußen gesessen, sich unterhalten und das schöne Wetter genossen. Susi war überall herumgestromert und hatte an der Einfahrt für Furore gesorgt, als Reifen-Willy auftauchte.

Erst das mehrmalige Hupen machte Lucca darauf aufmerksam, dass jemand zu ihr wollte und sie ging nachsehen. Susi stand freundlich am Tor, während Willy mit weit aufgerissenen Augen hinter dem Steuer seines Wagens saß.

»Mensch, seit wann hast du denn dieses Monster?« Willy weigerte sich auszusteigen, bevor der Hund nicht an der Leine war.

Lena übernahm diesen Job, denn Lucca wollte nicht am Image des Hundes kratzen, solange er seine Aufgabe noch zu bewältigen hatte. Bis jetzt schien es so zu funktionieren, wie Lucca gehofft hatte.

»Damit hat sich Susi schon mal ein extra Leckerchen verdient«, flüsterte Lucca Lena zu, als diese mit der verdutzt blickenden Susi an der Leine zurück ins Haus ging.

Der erleichterte Willy konnte jetzt unbesorgt aussteigen und sich der beiden Wagen widmen, die auf platten Reifen in der Abendsonne standen.

»Wen hast du denn so verärgert, dass auch noch dein Besuch mit drunter leiden muss?«

»Keine Ahnung, Willy, ich dachte, du hast vielleicht davon gehört, dass seit gestern in der Gegend mehrere Reifen zerstochen wurden.«

»Nein, du bist die Erste.« Willy schob den mitgebrachten Hubwagenheber unter Alanas Wagen, fixierte zwei kleine Böcke darunter und löste die Radmuttern.

»Was möchtest du trinken, Willy?« Lucca wusste, dass er für kleine Aufmerksamkeiten zu haben war, vor allen Dingen, wenn diese sehr kalorienreich waren.

»Wenn du mich fragst, Lucca, dann sag ich doch zu einem Kaffee mit Milch und viel Zucker nicht nein.«

Lucca verschwand im Haus und kochte frischen Kaffee. Als sie mit dem großen Becher und einer Schale voll verschiedener kleiner Schokoriegel wieder nach draußen kam, war der erste Wagen vollständig aufgebockt und die Reifen bereits runter.

Lucca setzte sich auf die Eingangsstufe und ließ sich von Willy den neuesten Klatsch aus der Umgebung erzählen. Während er sich ihrem Wagen zuwandte, erfuhr sie zum Beispiel, dass die Leute sich erzählten, dass die Tierärztin Lausen angeblich aus Frust wegen nicht bezahlter Rechnungen mehrere Hunde ›hatte über die Klinge springen lassen‹, wie Willy sich ausdrückte. Lucca schüttelte den Kopf über diese hanebüchene Geschichte und Willy beeilte sich zu sagen, dass diese Geschichte eigentlich niemand glaubt und er noch niemanden getroffen hat, dessen Hund plötzlich gestorben sei.

Willy verstaute die Reifen in seinem Wagen und verabschiedete sich mit dem Versprechen, in spätesten einer Stunde mit neu aufgezogenen Reifen zurück zu sein.

Lucca und Lena machten in der Zeit einen Spaziergang mit Lena über die Obstwiese und sammelten heruntergefallene Birnen und Äpfel auf, von denen Lena später ein Kompott kochen wollte.

Tatsächlich war Willy zu der angekündigten Zeit wieder zurück, montierte die neuen Reifen und verabschiedete sich endgültig mit der Ankündigung, die Rechnung in den nächsten Tagen zu schicken.

Lucca schloss das Tor, nachdem sie ihren Wagen auf der Straße geparkt hatte, stellte Alanas Wagen zu ihrem Motorrad in die Remise und ging ins Haus, um Susi wieder draußen laufen zu lassen.

Lucca war sich sicher, dass sich die Nachricht davon, dass sie einen gefährlichen Kampfhund halten würde, in Windeseile verbreitete.

Sie rief bei Alana an, erreichte aber nur den Anrufbeantworter und versuchte es auf dem Handy. Als sich dort auch nur die Mailbox meldete, gab Lucca die Erfolgsmeldung von den neuen Reifen durch und bat um einen Rückruf. Als Lucca aufgelegt hatte, überlegte sie, wo Alana war und was sie gerade machte, da sie auch über Handy nicht erreichbar war. Sie musste an Stephan denken und die Vorstellung von ehelichen Aktivitäten bereitete ihr Bauchschmerzen. Sie wollte nicht daran denken, dass Alana möglicherweise mit ihrem Mann Sex haben könnte.

»Schlechte Nachrichten?« Lena, die am Küchentisch saß, hatte die Veränderung in Luccas Gesicht beobachtet.

»Nein, ich habe niemanden erreicht.«

»Vielleicht ist das ja die schlechte Nachricht.« Lena kraulte Susi unter dem Kinn und sah Lucca nicht an, um nicht indiskret zu wirken.

»Ich hoffe nicht, Lena.« Lucca hatte sich wieder unter

Kontrolle und setzte sich zu ihr. »Ich muss heute Abend noch mal weg. Du kennst dich ja hier aus und fühlst dich bitte wie zu Hause.« Sie lächelte Lena an. »Ich bin so froh, dass du gekommen bist. Ich kann dir gar nicht genug dafür danken.«

»Ich bin gerne hier und Susi fühlt sich auch sauwohl. Vor allem, wenn du ihr noch mehr Leckerchen in den Napf legst!« Lena schaute Lucca spielerisch tadelnd an. »Sie soll schließlich ihre athletische Figur behalten.« Beide sahen Susi an und mussten lachen.

»Steckst du eigentlich in Schwierigkeiten, Lucca?«

»Wie meinst du das?« Lucca tat erstaunt.

»Lucca, ich kenne dich zwar nicht besonders gut, aber ich brauche nur eins und eins zusammenzuzählen, wie der Volksmund sagt. Die zerstochenen Reifen, dein malträtiertes Aussehen, das mich fantasieren lässt, dass du verprügelt wurdest und nun der Wunsch nach einem imposanten und abschreckenden Hund. Wie sieht das für dich aus?« Sie schaute Lucca prüfend an.

»Ich weiß nicht, ob das Schwierigkeiten sind, in denen ich stecke. Es ist auf jeden Fall merkwürdig. Es kann alles Zufall sein, andererseits steckt aber vielleicht doch jemand dahinter, der mir oder mir nahe stehenden Menschen und Tieren schaden möchte. Ich weiß es einfach nicht und hoffe, heute Abend Klarheit in das Dunkel zu bringen.« Lucca zauderte, ob sie noch mehr erzählen sollte.

»Du brauchst mir nichts zu erzählen, wenn du nicht willst, Lucca,« Lena spürte ihre Zurückhaltung. »Für mich sieht es auf jeden Fall nach Rache aus. Wer fühlt sich durch dich so verletzt, dass sie … wahrscheinlich ist es eine Frau … ihre Beherrschung und Kontrolle verliert? Ein Mensch, der sich so intensiv mit diesem Gefühl beschäftigt, kann aus dem

Ruder laufen und zu einer Gefahr für sich selbst und andere werden. Zumindest wenn man der Literatur glaubt.« Lena war Literaturwissenschaftlerin mit dem Schwerpunkt französische Literatur des 19. Jahrhunderts und hatte eine Professur an der Universität Köln inne.

Lucca wollte von diesem Thema ablenken und fragte nach der festen Beziehung, von der Lena am Telefon gesprochen hatte.

»Ich glaube, dass ich richtiges Glück habe.« Lena lächelte. »Bei einer Quellenrecherche in der Bibliothek der Sorbonne in Paris saß mir einen ganz Tag lang eine Frau gegenüber, die ebenfalls mit einer Literaturrecherche beschäftigt war. Wir haben den ganzen Tag schweigend dort gesessen und gearbeitet, haben ab und an mal hochgesehen und dem Gegenüber mehr oder weniger gedankenverloren zugesehen. Irgendwann habe ich mich gestreckt, weil mir der Nacken steif wurde, und wollte meine Sachen zusammenpacken. Mein Gegenüber schaute mich ganz bewusst an und flüsterte mir zu: ›Was meinen Sie, wir haben den ganzen Tag hier zusammen verbracht, wie wäre es jetzt mit einem gemeinsamen Abendessen?‹ Sie blickte mich so lieb an, ich konnte einfach nur zustimmen. Tja, so sind wir zusammengekommen.« Lena blickte verträumt und fügte hinzu: »Angela ist Studienrätin und unterrichtet an einem Berliner Gymnasium Englisch und Deutsch. Sie war in Paris, um für einen historischen Roman, den sie schreiben möchte, zu recherchieren. Mit dem Ende des laufenden Schuljahres beginnt ihr Sabbatjahr. Sie will sich dann voll und ganz dem Roman widmen.« Lena seufzte.

»Wann seht ihr euch? Das hört sich ja nach einer klassischen Fernbeziehung an.«

»Ja, das ist es wohl auch. Wir versuchen uns jeden Monat

für ein Wochenende zu sehen. Manchmal kommt Angela zu mir nach Köln, manchmal fliege ich zu ihr.«

»Und in der restlichen Zeit, wie lebst du da diese Beziehung? Ich habe dich vorhin am Telefon so verstanden, dass du eine gewisse Ausschließlichkeit siehst.«

Lena lachte und sagte, »Ja, als du anriefst, dachte ich, du würdest mich zu einem heißen Wochenende einladen wollen mit viel Austausch von Körperflüssigkeiten. So wie wir es schon zusammen erlebt haben.« Lena sah Lucca an. »Das kommt für mich zur Zeit nicht in Betracht, da hast du mich vollkommen richtig verstanden. Ich kann mir nicht vorstellen, mit einer anderen als mit Angela zu schlafen.«

»Du meinst also, dass du treu im Sinne von monogam bist?« Lucca starrte Lena erstaunt an.

»Ja«, lautete die schlichte Antwort. »Und du, Lucca? Für dich ist Monogamie ein Gefängnis, nicht wahr? Ein Gefängnis aus Ansprüchen und Langeweile?« Lena sah Lucca fragend an.

Diese sah Alana vor sich. »Ich kann mir nicht vorstellen, dass es lange spannend bleibt, wenn man über Jahre Tisch und Bett teilt.« Lucca blickte vor sich hin. »Weißt du, Lena, im Grunde genommen ist doch nur das berühmte erste Mal in einer Beziehung wirklich aufregend. Danach ist alles nur der Aufguss einer Erinnerung, und der ist zwangsläufig enttäuschend.«

»Glaubst du das, oder ist es deine Sorge, dass es so sein könnte?« Lena meinte einen traurigen Unterton in Luccas Stimme zu hören.

»Liebe Lena, bist du jetzt unter die Analytiker gegangen?«

»Okay, okay«, Lena hob beide Hände. »Ich verstehe. Minengelände, betreten verboten!« Lena hatte nicht vor, Lucca festzunageln.

»So ungefähr. Sei mir nicht böse, Lena, aber ich finde diese Thematik nicht sonderlich prickelnd.« Lucca schaute entschuldigend und stand auf. »Ich glaube, ich mache mich jetzt mal auf den Weg. Du kommst alleine klar? Der Kühlschrank ist voll, den Wein findest du in dem Regal in der Vorratskammer oder im Keller.«

»Mach dir keine Sorgen, Lucca. Ich koche erst Kompott, dann werde ich noch etwas arbeiten und im Internet surfen.« Lena blickte nachdenklich zu Lucca, die sich ihre Jacke anzog und das Handy einsteckte. Für sie war Lucca eine Suchende, die aus Angst vor Enttäuschung Nähe in ihren Beziehungen nur sehr begrenzt zuließ.

»Ich komme irgendwann heute Nacht zurück.« Lucca verabschiedete sich auch von Susi.

Draußen war es dunkel, als sie sich auf den Weg zu Diana machte.

———————

Das Tor war geschlossen, kein Licht wies den Weg, selbst die Fenster des Hauses waren dunkel. Lucca überlegte, ob Diana möglicherweise noch zu einer Lesung unterwegs, oder ob Dörte im Haus war.

Sie klingelte und wartete. Lucca meinte, eine Bewegung der Überwachungskamera neben dem Tor wahrzunehmen und blickte in die Richtung. Der Lautsprecher blieb stumm und sie drückte erneut auf den Klingelknopf.

»Dörte, sind Sie da?«, rief sie in die Gegensprechanlage. Sie erhielt keine Antwort, aber das Tor schwang lautlos auf.

»Na also, doch jemand zu Hause.« Lucca setzte sich in ihren

Wagen und fuhr vor das Haus. Sie ging zur Eingangstür und fand diese verschlossen. Weit und breit war niemand zu sehen, der ihr öffnen würde. Lucca versuchte, durch die Glasscheiben ins Innere des Hauses zu blicken, doch da alles dunkel blieb, konnte sie nichts erkennen.

»Was soll das?«, murmelte sie. »Na gut, dann versuch ich es mal mit der Terrassentür.« Sie drehte sich um, ging ums Haus und trat auf die Terrasse.

»Was kann ich für Sie tun?« Dörte stand dort im Dunkeln.

»Meine Güte«, Lucca war zusammengezuckt. »Es ist wohl Ihre Spezialität, mich zu erschrecken. Was soll das Theater?« Lucca, die zusammengefahren war, reagierte entsprechend ärgerlich.

»Ich wollte Sie nicht ärgern, Lucca«, antwortete Dörte ruhig.

»Wieso ist hier alles so düster, warum machen Sie kein Licht an?«

»Wir waren bei den Hunden und sind gerade erst herübergekommen.« Dörte ging ins Haus und eine kleine Leuchte flammte auf.

Lucca wollte sich nicht länger mit Dörte aufhalten, nahm ihre Hand aus der Jackentasche und schob die Tür weiter auf. Dabei fiel ihr das Tuch aus der Tasche, das sie auf der Wiese gefunden und längst vergessen hatte.

Dörte, die gesehen hatte, wie das Tüchlein aus der Tasche fiel, bückte sich und hob es auf. Als sie Lucca das Tüchlein hinhielt, stutzte sie. »Sie haben Frau Schwarzes Taschentuch gefunden?«

Lucca, die das Tuch zurückgenommen hatte, blickte auf den eingestickten Namen.

»Das gehört Diana? Da steht doch Beatrix drauf.«

»Beatrix ist der Name der verstorbenen Großmutter und

gleichzeitig der zweite Vorname Frau Schwarzes. Die Großmutter hat ihr die selbstgestickten Tüchlein zu einem Geburtstag geschenkt. Es gibt nur noch zwei davon und Frau
Schwarze hat dieses Tuch schon gesucht. Wo haben sie es
gefunden?« Dörte streckte die Hand wieder aus, um das
Tuch an sich zu nehmen.

Lucca dachte daran, wo sie das Tuch gefunden hatte. Auf
ihrer Wiese, wo Diana nie gewesen war. Es sei denn, sie war
die nächtliche Besucherin, die ihr eins übergezogen hatte
und Santiago vergiften wollte.

Davon sagte sie zu Dörte allerdings nichts. Diese beobachtete sie aufmerksam und ließ den Blick nicht von ihr.

»Wo ist Diana?« In Luccas Kopf setzte sich ein Puzzle
rasend schnell zusammen und ihre Stimme war eisig.

»Sie ist im Bad.« Dörte beobachtete sie fast lauernd.

»Sie weiß, dass ich hier bin?«

»Ja, wir haben Sie am Monitor im Hundehaus gesehen.«

»Und Sie mussten erstmal überlegen, ob Sie mich herein-
lassen.« Das war keine Frage, sondern eine Feststellung.
Dörte lächelte in die Dunkelheit.

»Wie lange sind Sie eigentlich schon bei Diana beschäftigt,
Dörte?« Womöglich wusste diese Frau über alles genauens-
tens Bescheid, oder hatte sogar in Dianas Auftrag gehan-
delt.

»Ich bin seit meinem 20. Lebensjahr bei ihr«, war die
prompte Antwort.

»Ja toll, Dörte. Ich weiß nicht wie alt Sie sind. Also kann ich
mir nicht an meinen Fingern ausrechnen, wie lange Sie
schon diese verantwortungsvolle Aufgabe, Frau Schwarze
zu betreuen, inne haben.« Jedes Wort war in Ironie ver-
packt.

»Seit 15 Jahren versuche ich ihr den Rücken freizuhalten,

damit sie sich ganz ihrer Arbeit widmen kann.« Dörte ließ sich nicht aus der Ruhe bringen.

»Na, das ist ja wunderbar. Dann kennen Sie sie vermutlich besser als sie sich selbst.« Lucca drehte sich um und wandte sich zur Treppe.

»Ja, ich kenne sie sehr gut.« Dörtes Stimme war eine Spur lauter geworden und zerschnitt die Luft, so dass Lucca wie angewurzelt stehen blieb. »Ich habe es mir zur Aufgabe gemacht, sie vor allem zu beschützen, was ihr schaden könnte.«

Lucca hatte sich umgedreht und ihre Stimme nahm einen ätzenden Klang an, »Na, dann haben Sie ja einen Fulltime-Job.«

»Machen Sie sich nicht über mich lustig, Lucca. Sie haben keine Ahnung, worauf Sie sich einlassen!« Dörte fixierte Lucca mit den Augen, während die auf sie zutrat.

»Was wollen Sie mir damit sagen, was?« Lucca hob fragend eine Augenbraue.

»Dass es für alle besser ist, wenn Sie jetzt das Haus verlassen.« Dörte sprach völlig ruhig.

»Wollen Sie mich rausschmeißen? Hat Diana Ihnen das aufgetragen?« Lucca war erstaunt.

»So drastisch würde ich es nicht formulieren. Nein, sie hat mir nichts dergleichen aufgetragen, wie Sie es ausdrücken. Ich möchte nur nicht, dass Diana durch Sie unglücklich wird, Lucca.«

Lucca blickte Dörte einen Moment still an. Weitere Puzzlesteinchen vervollständigten das Bild. »Sie lieben Diana, nicht wahr?« Lucca sah völlig klar. »Sie lieben sie und darum wollen Sie sie beschützen. Vor wem oder was, Dörte?« Lucca erhielt keine Antwort.

»Ich gehe jetzt zu ihr und dann verlasse ich dieses Haus

und werde nicht wiederkommen. Ich werde Ihrer Herrin und Meisterin kein Haar krümmen, Sie können also ganz beruhigt sein.«

Lucca ging die Treppe hoch, während Dörte Wagner still stehen blieb und sich eine Träne weg strich. Sie glaubte nicht, dass Lucca irgendetwas begriffen hatte.

Alana, die, nachdem sie Luccas Nachricht bekommen hatte, große Sehnsucht entwickelt und ein Auto organisiert hatte, wollte in diesem Moment in die Einfahrt einbiegen und wäre fast vor das verschlossene Tor geprallt.

»Was ist denn hier los?« Alana blickte durch die Windschutzscheibe und sah zwei grüne Augen leuchten, die zu einem ihr fremden Hund gehörten. Sie stieg aus und sah zu dem Haus, bei dem die Küchenfenster erleuchtet waren. Alana blickte Susi an, die sie freundlich anwedelte. Die Haustür öffnete sich und jetzt erschien auch noch eine ihr völlig fremde Frau. Wo war Lucca? Alana wartete gespannt auf eine Antwort.

»Hallo.« Lena war am Tor angelangt. »Ich habe einen Wagen gehört und sah die Scheinwerfer. Was kann ich für Sie tun?«

»Wo ist Lucca? Was ist hier los?« Alana wusste nicht, was sie von dieser Frau und ihrem Hund zu halten hatte.

Lena ihrerseits war ebenfalls sehr zurückhaltend, da sie von Lucca keine Order erhalten hatte, was zu tun sei, wenn jemand kommen würde. »Sie ist weggefahren«, war von daher ihre knappe Antwort.

»Hm, sie hat mich heute doch noch angerufen. Na ja, vielleicht ist sie ja auch zum Freitagabendtreff gefahren.«Alana überlegte laut in der Hoffnung, dass diese Frau auf der anderen Seite des Tores etwas Erhellendes beitragen würde. Lena blieb jedoch still und Susi wedelte weiter freundlich. »Dann fahre ich mal wieder. Grüßen Sie Lucca doch bitte von mir, falls ich sie nicht mehr sehen sollte.« Ihr fiel der fragende Blick von Lena auf. »Mein Name ist übrigens Alana.« Als auch dies zu keiner anderen Reaktion als einem Nicken führte, hob Alana grüßend die Hand, stieg in ihren Wagen und setzte zurück auf die Straße.

Der Hund blieb am Tor stehen und sah ihr nach, während die Frau zum Haus ging.

Alana fragte sich, was das sollte. Lucca hatte ihr nichts davon erzählt, dass sie Besuch bekommen würde, der sich so vertraut und selbstverständlich im Haus und auf dem Grundstück bewegen würde. Alana blickte sich nochmals um, aber sie konnte weder ihr eigenes noch Luccas Auto irgendwo sehen. Dann war sie wahrscheinlich wirklich nicht da und das leise Misstrauen, dass sich in Alanas Kopf zu schleichen begann, war überflüssig. Sie hoffte, dass diese Frau nicht zu einem erotischen Wochenende bei Lucca war.

Alana entschloss sich, zu Anna zu fahren, denn dort schien ihr am ehesten ein Treffen der Freundinnen stattzufinden. Anna hatte schließlich operierte Hunde zu betreuen und würde diese sicherlich nicht stundenlang allein lassen.

Lucca betrat das Schlafzimmer und wollte zum Bad durchgehen, als sie sah, dass aus dem Arbeitszimmer ein schwacher Lichtstrahl drang. Als sie zusätzlich eine Stimme hörte, dachte sie sich, dass Diana bereits aus dem Bad sei und öffnete die Tür.

Die kleine Lampe auf dem Sekretär warf einen Lichtschein auf das aufgeklappte Notebook. Lucca blickte sich suchend um, doch Diana war nicht hier. Die Stimme kam aus einem Gerät, das Lucca an einen Weltempfänger erinnerte, und wurde immer hysterischer, je länger sie sprach. Lucca meinte, dass es eine englischsprachige Sportübertragung war und erkannte nach kurzer Zeit, dass es sich um einen Livebericht aus dem Shelbourne-Park-Stadium handelte. Sie hätte nie gedacht, dass Diana sich so sehr dafür interessierte, wie ihre Hunde bei den Rennen abschnitten, dass sie sich eine Live-Berichterstattung anhörte.

Als sie sich umdrehte, um den Raum zu verlassen, stieß sie leicht an das Notebook und der Bildschirm flackerte auf. Lucca sah mehrere Zahlenkolonnen, die sich teilweise veränderten und neben denen eine Art Stoppuhr lief:

0001	=	A 0950	Kontakt	13K4	1000
0002	=	A 0951	Linie unterbrochen		−500
0003	=	A 0952	Kontakt	13K4	−600
0004	=	A 0953	Kontakt	13K5	1500
0005	=	A 0954	Linie unterbrochen		−2000

Die Liste schien ellenlang zu sein, es flimmerte und flackerte in einer Tour. Lucca blickte darauf, ohne etwas zu begreifen. Sie nahm wieder die Stimme aus dem Gerät war. »Den ersten Platz im großen Championat belegt Kildares Memory, Besitzerin Diana Schwarze.«

»Das ist doch …« In dem Moment, in dem Lucca alles durchschaute, wurde sie hart herumgerissen und Dörte flüsterte aufgeregt:»Um Himmels Willen, was machen Sie hier? Raus hier, raus, bevor sie Sie findet.«

Lucca wurde ausgesprochen unsanft aus dem Arbeitszimmer geschubst und gezerrt und Dörte schloss die Tür. Das ging so schnell, dass Lucca gar nicht reagieren konnte. Sie öffnete den Mund, um sich über die Behandlung zu beschweren, als Diana aus dem Badezimmer trat und schnell zwischen Lucca und Dörte hin- und hersah. Dörte senkte den Kopf und ging leise aus dem Raum.

»Lucca, ich bin überrascht, dich hier zu sehen. Waren wir verabredet?« Diana ging zum Bett und sah sich an, welche Kleidung dort für sie vorbereitet lag. Sie ließ ihr Handtuch auf den Boden fallen und zog sich aufreizend Slip und BH an. Lucca bemerkte, dass Diana sie im Spiegel mit einem zufriedenen Lächeln beobachtete.

»Du glaubst, dass du mich im Griff hast, nicht wahr?« Lucca fühlte sich sehr unwohl in ihrer Haut.

»Habe ich das etwa nicht?« Diana drehte sich zu ihr um. Sie war sich vollkommen sicher, dass Lucca auch jetzt, so wie immer, ihren körperlichen Reizen erliegen würde, weil sie ihr nicht widerstehen konnte. Von daher trafen sie Luccas Worte wie ein Schlag.

»Ich bin hier, um mich von dir zu verabschieden, Diana.« Lucca blickte Diana in die Augen und sah, dass diese einige Zeit brauchte, um zu begreifen, was ihre Worte bedeuteten.

»Unsere Beziehung ist zu Ende, Diana. Ich will nicht mehr.« Diana drehte sich um und Lucca sah im Spiegel, wie sich ihr Gesicht in eine starre Maske verwandelte.

»Wie kommst du denn darauf, Lucca?« Diana versuchte, ihrer Stimme einen betont ruhigen Klang zu geben und zog sich weiter an.»Wir haben guten Sex miteinander, das können nicht so viele Menschen von sich behaupten.«

»Nur Sex reicht mir nicht, Diana.« Lucca war selbst erstaunt, dass gerade diese Worte aus ihrem Mund kamen. »Ach, seit wann das denn? Seit wann brauchst du mehr als einen geilen Körper, der dich anturnt.« Diana lächelte süffisant. »Bist nicht gerade du es, die von Körper zu Körper hüpft und immer einen neuen Kick für den Augenblick braucht?« Diana drehte sich um. »Aus Miss Machos Mund persönlich so was zu hören.« Sie lachte auf. »Das hört sich reichlich dämlich an und wirkt nicht sehr glaubwürdig.« Diana blickte Lucca an und meinte, einen aufziehenden Schimmer des Zweifels in deren Augen zu erkennen.

Lucca ihrerseits bemerkte den Triumpf in Dianas Stimme, die offensichtlich der Meinung war, sie nach Belieben manipulieren zu können.

»Lass uns diesen kleinen Fauxpax vergessen, Lucca. Ich verzeihe dir.« Diana stand dicht vor Lucca und versuchte, sie zu küssen.

Lucca schob sie weg und wandte sich ab. »Nein, Diana, ich vergesse nicht und du hast mir nichts zu verzeihen. Bevor ich jedoch gehe, möchte ich noch etwas mit dir besprechen.«

Lucca wollte sich auf den Stuhl neben der Kommode setzen und hatte Diana unsinnigerweise den Rücken zugewandt. Sie sah nicht den Hass in Dianas Augen, nicht die Veränderung in ihrem Gesicht, die sich in Sekundenbruchteilen abspielte und nicht wie Diana den Pokal vom Regal nahm.

Lucca sah aus den Augenwinkeln einen Lichtreflex und wollte sich gerade umdrehen, als der Pokal auf ihren Kopf niedersauste.

Ihr letzter Gedanke war ›Ich Idiotin!‹.

Anna machte Alana erfreut die Tür auf. »Wir dachten schon, ihr kommt überhaupt nicht mehr.« Anna blickte auf die Straße. »Wo hast du Lucca gelassen, parkt sie am Ende der Welt?«

»Ich dachte, sie ist schon hier.« Alana trat ein. »Ich verstehe das nicht.«

»Komm mit nach oben, das ist ja wirklich merkwürdig. Das ist gar nicht Luccas Art, nicht Bescheid zu geben. Vielleicht kommt sie ja gleich.«

Im Wohnzimmer saßen Mona und Susanne und blickten ihnen erwartungsvoll entgegen.

»In der Küche ist noch Chili. Du hast doch sicher Hunger, ich hole dir etwas.« Anna versorgte Alana mit allem und setzte sich neben Susanne.

Die Freundinnen überlegten, wo Lucca sein könnte oder was sie aufgehalten hat.

»Bei Lucca im Haus ist eine Frau, die ich noch nie gesehen habe. Die benimmt sich so, als sei sie dort zu Hause. Ihr Hund läuft auf dem Gelände herum und sieht echt furchteinflößend aus.« Alanas Augen waren Fragezeichen.

»Und sie hat nichts zu Lucca gesagt?« Mona stand auf und ging zum Telefon. »Das haben wir gleich.« Sie wählte Luccas Nummer und wartete. Der Anrufbeantworter sprang an.

»Hallo, hier ist Mona mit einer Nachricht an die Frau, die zur Zeit im Haus ist. Bitte nehmen Sie den Hörer ab ...«

»Hallo Mona, hier ist Lena.« Lena war etwas kurzatmig, weil sie schnell zum Telefon gestürmt war.

»Lena! Du? Was machst du bei Lucca und wo ist die reizende Person?« Mona kannte Lena von verschiedenen Treffen und machte ein beruhigendes Zeichen zu den Freundinnen.

»Ich bin mit Susi hier, weil Lucca uns eingeladen hat. Sie möchte, dass Susi mit grausamem Gesichtsausdruck vor dem Tor auf und ab läuft und potentielle Eindringlinge abschreckt. Das scheint ganz gut zu funktionieren. Und wo Lucca ist, kann ich dir nicht sagen. Sie ist vor einer guten Stunde gefahren, weil sie mit jemandem sprechen wollte. Ist etwas nicht in Ordnung?« Lenas Stimme klang besorgt.

»Es ist nur komisch, dass niemand weiß, wo sie hin ist. Eigentlich wird sie nämlich hier erwartet.« Mona überlegte kurz. »Hat sie nichts angedeutet?« Mona drehte sich um und sprach sehr leise. »Ist irgendein Frauenname gefallen?«

»Nein, überhaupt nicht. Sie wollte ein klärendes Gespräch führen, mehr hat sie mir nicht gesagt. Sie war sehr nachdenklich und verschlossen.«

»Wenn du etwas von ihr siehst oder hörst, dann sag ihr doch bitte, dass sie sich kurz bei Anna meldet. Dann wünsche ich dir noch viel Spaß heute abend.« Mona verabschiedete sich von Lena und legte auf.

Sie drehte sich um und drei Augenpaare blickten sie gespannt an.

Mona gab kurz wieder, was sie von Lena erfahren hatte.

»Tja, das bringt uns auch nicht wirklich weiter.« Anna nippte an ihrem Weinglas.

———————

Um Lucca war schwärzeste Nacht. Sie hatte schreckliche Kopfschmerzen und konnte sich nicht bewegen. In ihrem Mund steckte ein Tuch, das sie nicht ausspucken konnte und sie musste würgen.

Von irgendwoher drang eine Stimme zu ihr durch. »Geht es dir nicht gut, Liebelein?«

Luccas vernebelter Verstand begann nur mühsam und ganz langsam zu arbeiten. Sie lag mit angewinkelten Beinen und auf dem Rücken zusammengebundenen Armen auf einer harten Unterlage, die sich bewegte. Sie versuchte immer wieder, die Augen zu öffnen, doch dann wurde ihr noch übler und sie ließ es sein.

Ihr fiel wieder ein, wie dämlich sie gewesen war und überlegte, wo sie nun war und zu wem die Stimme gehörte. Das Schaukeln veränderte sich, hörte dann ganz auf und Lucca vermutete, dass sie in einem Wagen lag.

Ein Licht ging an und tat Lucca in den Augen weh, so dass sie diese schnell schloss. Mit einem Ruck wurde das Klebeband abgerissen, das den Knebel in ihrem Mund fixiert hatte und Lucca stöhnte auf.

»Oh, habe ich dem Liebelein etwa weh getan?« Lucca öffnete vorsichtig die Augen und blickte einer höhnisch grinsenden Diana ins Gesicht.

Lucca wollte etwas sagen, brachte aber nur einen unartikulierten Laut über die Lippen. Ihr Mund war völlig ausgetrocknet und ihre Zunge fühlte sich wie ein extremer Fremdkörper an. Sie lag tatsächlich in einem Wagen, und zwar in ihrem eigenen Kombi.

Diana ließ sich auf die Rückbank fallen und nahm vom Beifahrersitz eine Wasserflasche. »Durst?« Sie ließ die Flasche vor Luccas Gesicht hin- und herbaumeln, öffnete sie dann und nahm selbst einen Schluck.

Lucca nickte mit dem Kopf, was dazu führte, dass eine erneute Schmerzwelle durch sie hindurchraste.

»Du musst dich schon hinsetzen, ich bin doch keine Krankenschwester, die deinen Kopf hält.« Diana schien kein Mitleid zu kennen.

Lucca versuchte sich aufzurichten, was ihr aber nicht

gelang. Diana kniete sich auf die Rückbank und zog Lucca mit beiden Händen am Jackenkragen mit einem Ruck hoch.

»Herrje, stell dich doch nicht so an. Du bist wirklich auf der ganzen Linie enttäuschend.« Diana wirkte genervt und hielt Lucca die Flasche Wasser hin.

»Wie soll ich die Flasche halten, wenn du mir die Hände auf dem Rücken gefesselt hast?« Lucca war kaum zu verstehen.

Diana atmete tief durch, stieg aus dem Wagen und öffnete die Kofferraumtür. »Dreh dich mit dem Rücken zu mir, damit ich an deine Hände ran komme.«

Lucca musste sich sehr konzentrieren und viel Kraft aufwenden, um diesem Befehl nachzukommen.

Diana öffnete die Handschellen, die sonst bei ihren verschiedenen Sexspielen zum Einsatz kamen, so dass Lucca ihre Hände nach vorn nehmen konnte. Die Handschellen wurden augenblicklich wieder angelegt und verschlossen. Diana lächelte sie dabei kalt an. »Besser so, Liebelein?«

Lucca richtete sich wieder mühsam auf, lehnte sich an und legte den Kopf nach hinten. Sie schloss die Augen. Wo war sie nur hineingeraten, was lief hier ab?

»Na los, du wolltest doch trinken. Ich möchte hier nicht ewig bleiben.« Diana hielt ihr die Flasche hin. Lucca ergriff sie mit beiden Händen, führte sie an den Mund und nahm einige kleine Schlucke.

Diana hatte sich währenddessen wieder nach vorne in den Wagen gesetzt und sich zu ihr umgedreht. Sie ließ Lucca nicht aus den Augen.

»Wie hast du mich in den Wagen bekommen?« Lucca blinzelte.

»Nachdem du zu Boden gegangen bist, habe ich Dörte ins Bett geschickt. Damit sie auch wirklich schläft, habe ich etwas nachgeholfen.« Diana blickte versonnen. »Ich habe ihr etwas in den Gute-Nacht-Drink getan, sie schläft tief und fest.« Diana lachte und warf Lucca einen spöttischen Blick zu. »Sie fragte noch nach dir, ob du über Nacht bleiben würdest. Als ich sagte, dass sie deine Verabschiedung offensichtlich nicht mitbekommen habe, hat sie mir geglaubt, dass du dich still und leise vom Acker gemacht hast. Tja, und dann habe ich dich die Treppe heruntergezogen und dich in den Wagen gehievt.« Diana seufzte gekünstelt. »Es war ein klein wenig anstrengend, aber ich weiß ja wofür ich es tue.« Der Blick, den sie Lucca zuwarf, war voller Kälte und Hohn.

Lucca krampfte sich der Magen zusammen. Sie musste hier raus und weg von Diana, wer konnte schon wissen, was diese Frau noch vorhatte.

Diana schien Luccas Gedanken zu lesen. »Wie kommst du eigentlich darauf, dass du mich verlassen kannst?« Sie beugte sich vor. »Niemand verlässt Diana Schwarze, Lucca. Ich verlasse, ich werde nicht verlassen.« Diana hatte plötzlich eine Pistole in der Hand. »Und ich bestimme, wann und wie.«

»Du bist verrückt, Diana.« Lucca hätte sich am liebsten auf die Zunge gebissen. Sie musste einfach ihr Gehirn einschalten, bevor sie etwas so unüberlegtes sagte. Lucca vermutete, dass Diana zu vielem fähig war, von dem sie jetzt noch keine Vorstellung hatte.

Diana hatte aufgelacht. »Verrückt?« Sie lachte weiter. »Nenn es wie du willst, aber ich bin alles andere als verrückt. Du allerdings bist sehr undankbar, meine liebe Lucca, und das kann ich überhaupt nicht leiden.«

Lucca begriff nicht, worauf Diana hinaus wollte und blickte sie abwartend an.

»Du hättest meine Partnerin sein können, Lucca. Du hättest

alles von mir haben können.« Es entstand eine kleine Pause. »Ich hätte vielleicht über die eine oder andere kleine Schlampe hinwegsehen können … ich hätte mich derweil ebenfalls anderweitig amüsiert …« Diana ließ den Satz unvollendet und sah mit starrem Blick an das Wagendach. »Du bist aus meinem Bett direkt zu anderen gelaufen, bist nachts zu deiner Tierarztfreundin und zu dieser Zahnarztschlampe, deren Pferd du auf deiner Wiese stehen lässt.« Diana redete sich offensichtlich in Wut und Lucca fiel nichts ein, womit sie diesen verhängnisvollen Verlauf aufhalten könnte.

»Die Journalistentussi wäre dir ja am liebsten in meinem Beisein noch an die Wäsche gegangen. Du hast wirklich nichts ausgelassen.« Dianas Blick richtete sich wieder auf Lucca. »Deine unverschämte Lüge, du wärest in Dublin versackt, während du in Wirklichkeit mit dieser irischen Hexe herumgemacht hast, fand ich überhaupt nicht lustig. Ich lasse mich nicht vorführen, Lucca!« Ein hysterischer Unterton war zu hören.

»Woher willst du wissen was ich wann mit wem gemacht habe?« Lucca überlegte fieberhaft nach einem Ausweg aus dieser Situation.

»Ich habe dich beobachtet, bin dir oft nachgefahren, um zu sehen, wo und mit wem du die Zeit verbringst. Und du hast davon nichts, aber auch gar nichts mitbekommen.« Diana schaute so, als sei sie darüber ehrlich erstaunt, während Lucca überlegte, ob sie tatsächlich von Diana beobachtet worden war.

»Ich wollte dafür sorgen, dass die Zahnarztschlange nicht mehr zu dir kommen muss, um ihr blödes Pferd zu versorgen und dir so ganz nebenbei schöne Augen zu machen,« redete Diana weiter. »Aber dieser blöde Köter musste mich nachts ja unbedingt über die Wiese jagen. Schade, dass er nicht krepiert ist. Und dann tauchtest du auch noch auf, das war geradezu lächerlich.« Diana blickte wieder ans Wagendach und spielte mit der Pistole herum.

»Du hast Nefertari vergiftet, stimmts?« In Lucca stieg das Grauen auf.

»Die wäre sowieso gestorben,« antwortete Diana hart. »Sie hatte einen schnell voranschreitenden Krebs. Sie hat ihren Zweck in doppelter Hinsicht erfüllt. Sie war eine gute Zuchthündin und sie hat dafür gesorgt, dass die Tierärztin sich einen neuen Job suchen kann.«

»Was hat Anna dir getan?« Lucca war, als blicke sie in einen bodenlosen Abgrund.

»Sie hat mich zurückgewiesen. Mich, Lucca, verstehst du, das konnte ich nicht dulden.« Diana war empört.

»Ach ja, ich vergaß, du wirst weder verlassen noch zurückgewiesen. Und wenn doch mal jemand so unverschämt und undankbar ist, dann musst du bestrafen.« Lucca begriff, dass Diana Menschen um sich brauchte, die sie bedingungslos bewunderten. Diana duldete offenbar keine fremden Götter neben sich.

»Das scheint ja wohl nur Dörte richtig zu begreifen, für die du der Mittelpunkt ihres Lebens bist.« Lucca versuchte, ihre Kräfte zu sammeln. »Du gehst ausgesprochen brutal gegen Lebewesen vor, die deine Erwartungen enttäuschen.« Diana sah Lucca an und diese wusste in dem Moment, dass Diana jeden Bezug zur Realität verloren hatte. Ihr Blick ging ins Leere und war kalt wie Eis.

Lucca bekam Angst, was würde Diana mit ihr machen? Was konnte sie nur tun, um sich aus dieser misslichen Lage zu befreien? Sie lag mehr, als dass sie saß, mit gefesselten Händen und Füßen in ihrem Wagen, während Diana mit einem beängstigenden Blick mit der Pistole spielte und immer wieder den Lauf in Luccas Richtung hielt.

»Lass uns mit dem Blödsinn aufhören, Diana. Wir sind hier nicht in einem Film und wenn das hier zu einem besonderen Sexspielchen gehört, dass dich anmacht, dann möchte ich das wissen.« Lucca hoffte inständig, dass sich die Situation so auflösen ließ und Diana sie lachend von ihren Handschellen befreite. Aber als sie Diana ansah, wusste sie, dass es eine naive Hoffnung war und dass ihre Lage ausgesprochen ernst war.

»Oh, die taffe Lucca kriegt es mit der Angst zu tun.« Diana lächelte. »Dies ist kein Spiel, Liebelein.«

Was konnte sie jetzt noch sagen, um Diana abzulenken? Luccas Verstand schien sich verabschiedet zu haben und sie spürte Tränen in ihren Augen.

Alana hatte die Vermutung geäußert, dass Lucca zu Diana Schwarze gefahren sein könnte.

»Das wäre nicht gut«, rutschte es Susanne heraus und die Freundinnen blickten sie besorgt und fragend an.

Susanne fühlte sich nicht wohl in ihrer Haut und überlegte, wie sie den neuesten Erkenntnisstand vermitteln könnte.

»Wir haben mit unseren Ermittlungen inzwischen große Fortschritte gemacht. Wir können ihr in nicht unerheblichem Umfang Steuerhinterziehung nachweisen. Auf der grünen Insel gibt es auch Aktivitäten, unsere irischen Kollegen ermitteln noch. Wir erwarten aber in Kürze ihre Ergebnisse.« Susanne hüstelte und blickte Anna fast entschuldigend an. »Die Persönlichkeit von Diana Schwarze ist der unberechenbare und somit bedrohliche Punkt. Unser Psychologe traut ihr durchaus zu, dass sie sozusagen durchdreht, wenn sie die Kontrolle zu verlieren droht.«

»Wir müssen zu dieser Frau und sehen, ob Lucca dort ist, und sie mitnehmen.« Alana war blass geworden und aufgesprungen.

»Ich schließe mich an, ich glaube, dass wir Lucca schnellstens aus dem Dunstkreis von Diana Schwarze herausholen müssen.« Susanne stand ebenfalls auf.

Eigentlich saß in dem Moment keine der Freundinnen mehr auf ihrem Sessel oder Stuhl.

»Anna, du bleibst besser hier, damit Lucca nicht vor verschlossenen Türen steht, wenn sie in der Zwischenzeit kommt.« Susanne hatte einen ernsten Gesichtsausdruck. »Wir bleiben über Handy in Kontakt, ja?!«

Anna nickte und sah den drei Frauen hinterher, die schnell ihre Jacken nahmen und das Haus verließen. Sie blickte aus dem Fenster, bis sie Susannes Wagen nicht mehr sehen konnte.

Diana war ausgestiegen und um den Wagen herumgegangen. Sie öffnete die Heckklappe. »Na, dann mal los, ich will hier nicht übernachten!«

»Warum hast du Amazing Sunshine fast zu Tode geprügelt?« Lucca bewegte sich nicht von der Stelle.

Diana sah sie an als sähe sie eine Fata Morgana. »Fast zu Tode geprügelt? Ist die verdammte Töhle etwa nicht tot?«

Dianas Gesicht verzerrte sich. »Diese blöde Kuh hat mir doch gesagt, dass sie den Hund entsorgt hat!«

»Ist Dörte die blöde Kuh?« Lucca wollte Diana in ein Gespräch verwickeln. Sie überlegte, wie sie an ihr Handy kommen könnte, dass sie in der Jackentasche hatte. Sie wollte Anna eine Nachricht zukommen lassen, denn sie dachte sich, dass die Freundinnen auf sie warteten.

»Was hat sie mit dem Hund gemacht?« Diana schrie Lucca an.

»Sie hat ihn entsorgt, Diana.«

»Wo?«

»Bei mir.«

»Blödsinniges Geschöpf.« Es war klar, dass Diana mit dieser Aussage Dörte Wagner meinte.

»Der Hund kommt vielleicht nicht durch, Diana. Warum hast du das gemacht?«

»Oh, Putzi, Putzi, lass doch den Hund endlich aus der Kiste.« Diana äffte Luccas Tonfall nach. »Wie niedlich du am Flughafen vor dem Hundecontainer gesessen und dir Sorgen um das Wohlergehen des Hundes gemacht hast.« Diana spuckte aus.

»Du willst damit doch wohl nicht sagen, dass du auch noch eifersüchtig auf diesen Hund warst?«

Bevor Lucca noch etwas sagen konnte, schlug Diana ihr voller Wucht mit dem Handrücken auf den Mund. Dabei riss ihr Ring, den sie am kleinen Finger trug, Luccas Lippe auf. Das Blut lief Lucca am Hals entlang und sie biss die Zähne aufeinander, um nicht in Tränen auszubrechen.

»Sei still, ich will nichts mehr hören.« Diana schien völlig außer sich zu geraten. Sie zerrte an Lucca und schrie sie an, endlich auszusteigen.

Bei dem Gezerre fiel Luccas Handy aus der Jacke und

rutschte zwischen die Seitenverkleidung und die Reserveradabdeckung. Lucca blickte ihm entsetzt hinterher, während Diana nichts davon mitbekam.

Alana, Mona und Susanne standen vor dem verschlossenen Tor.
»Weit und breit niemand zu sehen, kein Licht, nichts.« Susanne spähte durch das Tor.
»Ich sehe nirgendwo ihren Wagen.« In Alanas Stimme machte sich zunehmend Sorge breit.
Mona drückte wiederholt auf die Klingel. »Nichts, da meldet sich niemand. Wir müssen über den Zaun.« Mona blickte sich in der Dunkelheit suchend nach einer Möglichkeit um, auf das Grundstück zu gelangen.
»Ich nehm das hier auf meine Kappe«, sagte Susanne entschlossen, als sie ein dickes Seil mit einer Art Anker am Ende aus ihrem Kofferraum holte und über das Tor warf. Ein anderes Seil legte sie sich über die Schulter und kletterte am Tor hoch.
Alana und Mona beobachtete diese Aktion zuerst verdutzt und folgten Susanne, als diese auf der anderen Seite des Tores am Boden war.
Für Mona, die nicht ganz so sportlich war, bedeutete diese Kletterei einige Mühe. Susanne war schon in Richtung Haus gelaufen, als sich Mona und Alana, die auf sie gewartet hatte, ebenfalls auf den Weg machten.
Susanne kam den beiden schon wieder entgegen und sagte, dass die Tür verschlossen sei und es hinter dem Haus ver-

suchen wollte, vielleicht war ja ein Fenster oder eine Terrassentür auf. Die Frauen liefen gemeinsam ums Haus und auf die Terrasse. Susanne machte eine Handbewegung und sie blieben still stehen.

»Die Tür hier ist tatsächlich nicht verschlossen«, flüsterte Susanne und zog ihre Dienstwaffe, als sie ins Haus trat.

»Hallo, Frau Schwarze, sind sie da?« Susanne lauschte in das stille Haus. »Hallo, ist jemand zu Hause?« Es blieb still.

»Ihr wartet hier, ich sehe mich um!« Susanne war verschwunden, ehe die beiden anderen etwas sagen konnte.

»Ist das unheimlich hier«, flüsterte Mona. Dies trug nicht zu Alanas Beruhigung bei.

Sie hörten Susannes Stimme leise aus dem Obergeschoss und sahen sich an.

»Da ist jemand. Vielleicht ist Lucca hier?« Alanas Herz machte einen Satz. Sie wollte ebenfalls nach oben gehen, als Susanne ihr auf der Treppe entgegen kam.

»Lucca und Diana sind nicht hier. Ich habe eine Frau angetroffen, die entweder betrunken, betäubt oder zugedröhnt ist. Sie kann kaum sprechen und war fast nicht zu verstehen, aber sie sagte immer wieder Luccas Namen und dass sie in Gefahr sei. Ich habe den Notarzt gerufen, damit er sich um die Frau kümmert.« Susanne verschwand durch die Haustür nach draußen.

Mona und Alana folgten ihr.

»Gut, wir gehen jetzt zum Auto und warten auf die Kollegen.« Susanne kletterte wieder über das Tor.

»Aber wir müssen Lucca finden!« Alana wollte ihre Zeit hier nicht mit Warten verbringen, während der Geliebten wer weiß was geschah. »Ich rufe sie einfach auf ihrem Handy an.« Alana machte sich sofort daran, ihr Vorhaben in die Tat umzusetzen, erreichte aber nur die Mailbox.

»Das ist eine gute Idee,« sagte Susanne. »Wenn sie ein GPS-Handy hat, können wir sie über das Signal ausfindig machen.«

Sie sprach mit einem Kollegen und leitete die nötigen Schritte ein. In der Ferne hörten sie schon die Sirenen des Rettungswagens und der Polizei. Drei Wagen kamen mit Blaulicht auf sie zugerast. Susanne stellte sich vor das Tor, zeigte ihre Dienstmarke und sprach leise mit den Beamten und der Notarztwagenbesatzung. Dann stieg sie zu Alana und Mona in den Wagen. Sie sahen zu, wie ein Streifenwagen langsam anfuhr und gegen das Tor drückte. Das gab relativ schnell nach und sprang aus dem Schloss.

»Okay, die Jungs sind drin, jetzt brauchen wir nur noch die Rückmeldung durch GPS.« Susanne hatte gerade ausgesprochen, als ihr Handy klingelte. Ihr wurden die Koordinaten für Luccas Handy durchgegeben. Susanne nahm eine Kartenmappe aus dem Handschuhfach und stieg aus. Sie suchte offensichtlich eine bestimmte Karte und breitete diese dann auf der Motorhaube aus. Alana und Mona waren ebenfalls wieder ausgestiegen und hatten sich zu ihr gesellt. Susanne zeigte mit dem Finger auf eine Stelle. »Hier wurde das Signal aufgefangen.« Sie blickte Mona und Alana an. »Habt ihr eine Ahnung, was Lucca da macht?«

Alana blickte einen Moment verständnislos auf die Karte und dann fiel es ihr ein. »Ich weiß, wo sie ist.« Sie stutzte. »Aber was macht sie da mit Diana? Sie ist doch noch mit der Frau zusammen, oder?« Sie blickte Susanne an.

»Vermutlich«, war die knappe Antwort.

»Wir müssen sofort fahren, schnell!« Alana saß bereits im Wagen.

Mona verstand überhaupt nichts mehr.

Lucca stand mit zitternden Beinen neben dem Volvo. Diana hatte ihr die Fußfesseln abgenommen, während sie die entsicherte Pistole auf sie gerichtet hatte. »Mach keinen Blödsinn, Liebelein, sonst schieße ich.« Lucca glaubte das sofort. Diana schloss die Heckklappe, nahm einen Rucksack auf und bedeutete ihr mit der Hand loszugehen.

Lucca versuchte herauszufinden, wo sie hier waren. Offensichtlich stand der Wagen neben einem Feld vor einem Waldstück. Es war sehr dunkel und sie konnte nicht erkennen, ob sie hier schon mal war. Ihre Lippe schmerzte, die Blutung hatte nachgelassen.

»Wo sind wir?« Lucca konnte kaum sprechen und Diana verstand nicht, was sie sagte. Sie blieb stehen und wiederholte ihre Frage.

»Hier bist du mit dieser Frau aus dem Wald gekommen. Ihr seid dann zu dir gefahren und habt es getrieben.« Dianas Stimme war klar und ruhig.

Alanas Mondsee. Sie gingen jetzt offensichtlich in den Wald, in dem versteckt der Mondsee lag.

»Ich habe euch eine ganze Zeit in diesem verfluchten Wald gesucht, aber ich konnte euch nicht finden. Ihr ward wie vom Erdboden verschluckt. Plötzlich seid ihr dann wie aus dem Nichts wieder aufgetaucht.«

Diana wusste also nichts von dem See und in Lucca keimte eine Hoffnung. Hatte nicht Alana von einer Legende erzählt, davon wer zu dem See fand und wem der Zugang versperrt blieb. Lucca hoffte, dass dieses Märchen Wahrheit werde.

Diana stieß ihr den Pistolenlauf in den Rücken. »Na los, weiter!«

Lucca drehte sich wütend zu ihr um. »Lass mich in Ruhe. Wer glaubst du, wer du bist?« Ihre Lippe schmerzte und sprang sofort wieder auf. »Wie kommst du eigentlich dazu, dir anzumaßen, über mein Leben zu bestimmen?« Lucca war kaum zu verstehen, ihre Augen funkelten Diana böse an.

»Du gehörst mir, Lucca.«

»Ich gehöre mir allein, Diana. Und ich lasse nicht zu, dass eine Betrügerin wie du mein Leben manipuliert. Du machst auf deinen Seminaren den Leuten vor, was für eine tolle und einfühlsame Frau du bist. In Wirklichkeit bis du eine geldgeile Buchmacherin, die ein System für illegale Wetten für Hunderennen betreibt. Ich habe dein Notebook gesehen.«

Lucca hatte kaum ausgesprochen, als sie ein Fausthieb in den Magen traf und sie zusammensacke. Sie fiel auf die Knie und musste würgen, gleichzeitig wusste sie kaum, wie sie mit den Schmerzen umgehen sollte. Ihr sprangen Tränen in die Augen. So hatte sie sich das Klärungsgespräch mit Diana nicht vorgestellt.

Lucca lag vornübergekrümmt auf den Knien, ihre Stirn lag auf dem weichen Waldboden. Lucca überlegte, wie sie aus diesem schlechten Film wieder herauskommen sollte. Die Heldinnen und Helden der Actionfilme steckten solche Schläge wie eben weg wie Fliegenschiss, ohne mit der Wimper zu zucken. Ihre Wirklichkeit hier im Wald sah völlig anders aus. Sie war offensichtlich nicht zur Heldin geboren. Niemand wusste wo sie war oder in welcher Situation sie sich befand. Diana hatte noch bis vor wenigen Stunden nicht den Eindruck einer durchgeknallten Irren gemacht, aber was sie hier anscheinend vorhatte, ließ darauf schließen, dass sie den Bezug zur Realität verlor und sich selbst für das Maß aller Dinge hielt.

Lucca überlegte fieberhaft, was sie tun könnte, um noch

halbwegs heil hier heraus zu kommen. Ihre Hände krallten sich in den Boden und sie nahm alle Kraft zusammen, um wieder aufzustehen.

Diana hatte die ganze Zeit schweigend neben ihr gestanden und ihren Qualen zugesehen.

Lucca rappelte sich mühsam hoch, stand auf wackeligen Beinen vor Diana und sah sie an. Diana hob ihre Taschenlampe und leuchtete Lucca voll ins Gesicht. Diese nahm langsam die gefesselten Hände nach oben, so als wollte sie ihre Augen gegen das Licht abschirmen. Diana achtete nicht weiter auf Luccas Hände und so schleuderte Lucca die Blätter und den weichen Humusboden, den sie vom Boden aufgenommen hatte, in ihre Richtung und hoffte, dass sie die Augen treffen würde. Gleichzeitig stürzte sie sich auf das Licht, bekam Diana zu fassen und schleuderte sie mit der Kraft, die sie noch hatte, zur Seite und stürmte geblendet davon.

Lucca hörte Diana aufschreien und fluchen. Im nächsten Moment zerriss ein Schuss die Stille des Waldes.

Susanne, Mona und Alana standen neben Luccas verschlossenem Auto und blickten durch die dunklen Scheiben, als sie den Schuss hörten.

»Oh, mein Gott, Lucca«, flüsterte Alana. »Bitte nicht.«

Susanne, die an dem Knall erkannte, dass eine Pistole abgefeuert worden war und nicht etwa ein Jäger mit seinem Gewehr auf ein Tier angelegt hatte, forderte polizeiliche Verstärkung und einen Rettungswagen an.

Während Susanne noch telefonierte, lief Alana los und verschwand in der Dunkelheit. Mona blickte Susanne ratlos an.

Susanne schüttelte den Kopf. »Wir bleiben hier, Mona. Es macht keinen Sinn, dass wir jetzt allein durch den Wald stolpern, bevor meine Kollegen hier sind. Ich hoffe, Alana macht keinen Fehler.«

———————

Lucca spürte einen brennenden Schmerz in ihrer linken Schulter. Tränen liefen ihr über die Wangen, während sie weiter in den Wald flüchtete. Sie stolperte über Wurzeln und Zweige schlugen ihr ins Gesicht. Hinter sich hörte sie irgendwo Diana schreien, die sich offensichtlich an ihre Verfolgung gemacht hatte. An ihrem Arm lief etwas Warmes herunter und durchtränkte ihre Jacke, doch Lucca achtete nicht weiter darauf. Sie steckte alle Energie darein, einen Fuß vor den anderen zu setzen, um zwischen sich und Diana möglichst viel Abstand zu schaffen.

Lucca stolperte orientierungslos durch den Wald, die Angst um ihr Leben trieb sie ohne nachzudenken vorwärts. Sie hörte erst noch, wie Diana immer wieder ihren Namen rief. Doch das Rufen wurde leiser und hörte schließlich ganz auf.

In dem Moment stolperte Lucca durch ein Gebüsch und stand am Ufer des Mondsees. Um sie herum herrschte Stille, nur ihr rasselnder Atem war zu hören. Lucca versuchte, ihre Umgebung zu erkennen und sie sah den Baum, Alanas Lieblingsplatz. Sie nahm die gefesselten Hände vor die Brust, um ihren Arm zu entlasten, der höllisch schmerzte. Sie taumelte zu dem Baum und kletterte in die große Mulde, die seine ausgefächerte Wurzel gebildet hatte. Sie lehnte sich gegen einen der Stämme und ließ sich langsam runterrutschen bis sie auf dem weichen, mit Laub ausgepolsterten Boden saß.

Lucca wurde sich allmählich ihrer Verletzungen bewusst. Diana hatte einen Schuss abgefeuert und sie an der Schulter getroffen. Einerseits hatte das Blut aus der Wunde an der Schulter inzwischen den Ärmel steif werden lassen, andererseits war ihr Mund verklebt, denn ihre Lippe war wieder aufgeplatzt.

Lucca fror und zitterte, während ihr Körper schweißnaß war. Sie schloss die Augen und weinte. Wie hatte das alles nur passieren können? Lucca war verzweifelt. Sie dachte an Alana, sah ihr Gesicht, ihre Augen vor sich. Es hätte so schön werden können, da war sie sich sicher. Aber wie sollte sie an Diana vorbei zum Auto kommen? An Diana, die im Wald auf sie lauerte, um sie umzubringen.

Sie musste unter Tränen lachen. Welche Ironie, der Göttin der Jagd in die Hände zu fallen.

Alana dachte keinen Augenblick an die Gefahr, in der sie sich befand. Sie wollte Lucca finden und folgte ihrem Impuls, der sie den Weg zum Mondsee einschlagen ließ. Alana legte diesen Weg nicht zum ersten Mal im Dunkeln zurück und spürte keinerlei Unsicherheit. Ab und zu blieb sie stehen, um in den Wald zu lauschen, ob sie Stimmen oder knackende Zweige hörte. Sie hoffte, dass kein weiterer Schuss mehr fallen würde. Am Anfang hatte sie noch gehört, wie Diana nach Lucca rief. Doch seit geraumer Zeit herrschte Stille. Alana wusste nicht, was davon zu halten war.

Sie bewegte sich nun langsamer, um nicht durch unnötige Geräusche Diana zu verraten, wo sie war. Sie stolperte über einen Rucksack, aus dem der Stiel eines Klappspatens herausragte.

Alana blieb stehen und schaute sich um. Sie glaubte eine Bewegung links von sich zu erkennen und starrte in die Dunkelheit. Sie wollte nicht glauben, was sie sah. Alana wandte den Blick ab und ging weiter.

Lucca wurde müde, sie versuchte die Augen aufzureißen, aber es gelang ihr nur für kurze Zeit. Vielleicht war es gar nicht so schlimm, wenn sie etwas schlafen würde, um neue Kräfte zu sammeln. Sie schob den inneren Einwand beiseite, dass Schlaf sie nur schwächen würde und sie unbedingt wach bleiben müsste.

»Nur eine Minute«, flüsterte sie leise in die Nacht. »Nur eine Minute schlafen.«

Lucca hörte ein Geräusch und öffnete die Augen. Sie sah Siggi auf sie zuhumpeln. Sein Gipsbein knickte dabei merkwürdig zur Seite. Gefolgt wurde er von Pepper und der dreibeinigen Greyhoundhündin.

»He, da kommt ein Trio Infernal.« Lucca musste grinsen. Sie spürte, wie Siggi vorsichtig in die Mulde kletterte und sich auf ihren Bauch legte. »Du bist ja die reinste Wärmflasche, Siggi. Das kommt echt gut.« Sie wollte den kleinen Hund streicheln, doch sie konnte ihre Arme nicht bewegen. Luca spürte einen warmen Atem, der um ihre Nase strich und blickte in die Augen von Amazing Sunshine. Die Hündin quetschte sich neben Lucca in die Mulde. Pepper legte sich neben den Baum und blickte aufmerksam in den Wald. »Wo habt ihr Alana gelassen? Habt ihr sie nicht mitgebracht?« Lucca konnte kaum sprechen. Sie spürte eine Hand, die sanft über ihre Wange strich und einen Mund, der ihre Stirn küsste. Lucca lächelte, denn sie erkannte den Geruch des Parfüms. »Hallo Alana. Ich liebe dich, ich habe dich so vermisst.«

Anna bewachte verzweifelt das Telefon und wanderte nervös im Haus zwischen Wohnung und Praxis herum. Sie schaute immer wieder aus dem Fenster, in der Hoffnung, ihre Freundinnen gemeinsam um die Ecke biegen zu sehen. Ein Geräusch aus der Praxis ließ Anna aufhorchen und sie ging hinunter, um nachzusehen. Hoffentlich machten die bisher so positiv verlaufenen Heilungsprozesse der beiden verletzten Hunde keinen Rückschritt.
Sie öffnete die Tür zum Krankenzimmer und machte Licht. Auf den ersten Blick schien alles normal zu sein. Siggi lag in seinem Gefängnis, wie Lucca den Käfig bezeichnet hatte, die Greyhoundhündin lag dick verbunden in einem anderen Käfig und Pepper, der als einziger die volle Bewegungsfreiheit genoß, lag hingestreckt vor den Käfigen.
Anna wollte das Licht löschen und wieder nach oben

gehen, als ihr auffiel, was an dieser Situation merkwürdig war. Kein Hund hatte den Kopf gehoben, sie angesehen und mit der Rute gewedelt.

Anna stürzte zu den Tieren. Alle drei hatten die Augen weit geöffnet und blickten starr vor sich hin. Die Pupillen waren riesengroß und zeigten keinerlei Veränderung bei Lichteinfall. Anna nahm das Stethoskop und hörte die Hunde ab. Der Herzschlag war bei allen völlig regelmäßig, die Atmung zeigte keinerlei Auffälligkeiten und bei keinem Hund war eine erhöhte Körpertemperatur zu verzeichnen. Anna wusste nicht, was sie davon zu halten hatte. Die Tiere waren in eine Art Starre verfallen, ihre Vitalfunktionen dabei aber völlig in Ordnung.

Anna setzte sich an einen kleinen Tisch und beobachtete die Hunde, die keinerlei sichtbare Reaktionen zeigten. Sie war völlig ratlos und überlegte, wen sie mitten in der Nacht anrufen und um Rat fragen könnte, als die drei wie auf Kommando die Köpfe hoben. Anna blickte in sechs braune Hundeaugen, die sie aufmerksam ansahen.

»Was war denn mit euch los?« Annas Frage wurde von allen mit einem freundlichen Wedeln beantwortet, während sie kopfschüttelnd über ihre Köpfe streichelte. Es dauerte keine Minute und die Hunde schliefen tief und fest mit geschlossenen Augen.

Alana hoffte, dass ihre Entscheidung, direkt zum Mondsee zu laufen, richtig war und Lucca den Weg hierher gefunden hatte. Als sie durch das Gebüsch trat, blickte sie sich suchend um. Sie hatte nicht daran gedacht, dass Lucca irgendwo am Ufer des Sees sein könnte. Vielmehr ging sie, ohne zu überlegen warum und wieso, davon aus, dass Lucca ihren Lieblingsplatz aufsuchen würde und steuerte direkt auf den Baum zu.

Alana konnte nichts erkennen, bis sie unmittelbar davor stand und in die Mulde sah. Ihr Herz stockte. Lucca war tatsächlich hier und lag zusammengekrümmt im Laub. Im schwachen Licht konnte Alana erkennen, dass sie blutüberströmt war.

»Lass sie bitte nicht tot sein«, flüsterte sie, während sie nach dem Puls suchte. Sie fand ihn am Hals ganz schwach. »Hallo, Lucca, kannst du mich hören?« Alana berührte sie sanft. Es kam keine Reaktion und sie überlegte, ob Lucca auf Grund des Blutverlustes das Bewusstsein verloren haben könnte. Sie massierte Luccas Hände, die sie zu Fäusten geballt vor der Brust hielt. »Lucca, ich bins, Alana. Ich bin hier bei dir. Alles wird wieder gut. Kannst du die Augen aufmachen?« Sie versuchte Lucca vorsichtig zu bewegen.

Ein leises Stöhnen ließ Alana zurückzucken. »Es tut so weh«, flüsterte Lucca kaum verständlich.

»Ja, das glaube ich. Es wird auch noch mehr weh tun, Lucca, wenn du aufstehst. Aber du musst hier raus und mit mir zum Auto, hörst du? Meinst du, du schaffst das?« Alanas Tränen tropften auf Luccas Gesicht.

»Du bist ja immer noch da, Alana«, murmelte diese lächelnd. »Du bist bei mir geblieben.«

»Ja, ich bin bei dir.« Alana wusste nicht, was Lucca meinte.

»Ich helfe dir aufzustehen. Komm.«

»Pass auf Siggis Bein auf.«

»Auf Siggis Bein?« Alana blickte sich suchend um. »Ist Siggi hier?« Das konnte ja wohl nicht wahr sein.

»Er hat für mich die Wärmflasche gegeben.« Lucca redete scheinbar wirr und Alana glaubte, dass sie phantasierte.

»Ja, ich passe auf ihn auf«, sagte sie, um Lucca zu beruhigen.

»Gut.« Lucca schien zufrieden zu sein. »Amazing Sunshine und Pepper sind schon vorgegangen.«

Lucca schien vollends abzudrehen. »Ja, Lucca, die beiden sind schon am Auto. Jetzt müssen wir nur noch hinterher, okay?«

»Okay.«

Alana nahm ihr Handy und drückte die Taste für Susannes Nummer, die sie auf der Fahrt hierher einprogrammiert hatte. Susanne war sofort dran. »Alana, wo bist du?«

»Ich habe Lucca gefunden. Sie ist verletzt und ich bringe sie zum Auto.«

»Wo seid ihr? Wir kommen euch entgegen! Wir haben die Schwarze noch nicht gefunden. Also bleibt, wo ihr seid.« Susanne schrie aufgeregt.

»Ich kann dir nicht beschreiben, wo wir sind. Wir machen uns jetzt auf den Weg.«

Alana unterbrach die Verbindung. »Komm, Lucca, los geht's.«

Lucca richtete sich mit ihrer Hilfe unter viel Ächzen und Seufzen auf und drohte aufgrund der Schmerzen wieder ohnmächtig zu werden. Alana redete ununterbrochen auf sie ein und versuchte, ihre Aufmerksamkeit zu binden.

Sie kamen nur mühsam voran. Alana versuchte, Lucca auf dem Rücken zu tragen, doch es war mehr ein Schleifen und Ziehen als ein Tragen. Lucca weinte leise vor Schmerzen und Alana glaubte, dass ihr Herz zerreissen würde. Es tat ihr so leid, dass Lucca sich so quälen musste.

Vor sich sah Alana plötzlich mehrere Lichter, die sich auf sie zu bewegten. Sie blieb mit Lucca stehen und rief laut Susannes Namen. Die Lichtkegel richteten sich augenblicklich auf sie und erfassten sie nach kurzer Zeit. Menschen hasteten auf sie zu, Susanne und Mona waren plötzlich da, Lucca wurde auf eine Trage gelegt und Mona und der Notarzt kümmerte sich um sie. Nach zehn Minuten waren sie am Parkplatz und Lucca wurde in einen Krankenwagen verfrachtet. Alana wollte bei ihr bleiben und ließ sich nicht zurückweisen, so dass sie schließlich mit Mona im Krankenwagen mitfuhr.

Susanne blieb zurück, informierte Anna und besprach das weitere Vorgehen mit ihren Kolleginnen und Kollegen, die inzwischen reichlich vor Ort waren.

Lucca öffnete vorsichtig die Augen. Es war dunkel, von irgendwo kam ein schwaches Licht. Sie versuchte, sich zu orientieren. Es war still und sie lag offensichtlich in einem Bett. Das Licht kam von einer kleinen Lampe, die sie nicht sehen konnte. Sie versuchte, ihren Kopf zu drehen, ließ es aber bei dem Versuch bewenden, denn augenblicklich verspürte sie Schmerzen. Sie stöhnte auf.

»Es ist alles gut, Lucca«, flüsterte Alana an ihrem Ohr.

Sie riss die Augen wieder auf und blickte in Alanas Gesicht. Diese strich ihr sanft über das Haar. »Du bist im Krankenhaus.« Alanas Lächeln war mehr zu erahnen, als dass Lucca es in diesem Dämmerlicht wirklich erkennen konnte.

Ihr fragender Blick veranlasste Alana zu einer weiteren

Erklärung. »Es ist nicht so schlimm, wie es anfangs aussah.«

Wenn man davon ausging, dass sie glaubte, Lucca sei tot, dann war das hier wirklich nur ein Klacks.

Lucca wollte etwas sagen, doch ihre Oberlippe fühlte sich seltsam an und so ließ sie es sein.

»Deine Lippe wurde getackert, Liebling. Um deinem ohnehin verwegenen Aussehen durch eine Narbe nicht noch einen Hauch von Piraten der Karibik zu geben, solltest du besser nicht sprechen. Du könntest Töne kommen lassen, wenn du denn unbedingt willst.« In Alanas Augen blitzte der Schalk. »Vielleicht ein Grunzen für ›ja‹ und zwei für ›nein‹?«

Lucca versuchte nach Alana zu greifen, doch ihr linker Arm war in einer Art Schlinge fest am Körper fixiert.

»Tja, tut mir leid, es sieht so aus, als wäre die Macht im Moment mit mir.« Alana nahm Luccas Hand. »Spaß beiseite, Lucca, du bist im Augenblick nicht sehr beweglich. Aus deiner linken Schulter wurde das Projektil entfernt, das Diana Schwarze auf dich abgefeuert hat. Es ist am Schulterblatt stecken geblieben. Dein Arm ist jetzt durch die Schlinge befestigt.« Sie schaute Lucca besorgt an. Diese machte mit der rechten Hand Zeichen.

»Du hast Durst?«

Lucca brummte als Antwort und Alana hielt ihr vorsichtig den Becher mit dem Strohhalm an den Mund.

Als sie den Becher wieder zurückgestellt hatte, fuhr sie fort.

»Du hast ja wohl einen zweiten Schlag auf den Kopf bekommen. Ich frage mich, ob du dieses weiße Röllchen immer tragen möchtest. Nun, jetzt sitzt es auf jeden Fall auf der anderen Seite, es lebe die Abwechslung. Die Fäden vom ersten Schlag wurden bei der Gelegenheit gezogen, du scheinst der ökonomische Typ zu sein.« Alana machte eine Pause. »Möchtest du noch mehr wissen?«

Lucca brummte wieder.

»Braver Schatz. Also diesmal hast du eine Gehirnerschütterung und darum musst du die Nacht zur Beobachtung hier bleiben. Morgen wirst du in die Obhut von Mona übergeben, wenn du das möchtest. Du kannst natürlich auch weiter bleiben.«

Lucca brummte vernehmlich zwei Mal.

»War nur ein Vorschlag, Schatz. Mona hat mit der Oberärztin diskutiert und vehement deine Interessen vertreten, du warst leider ziemlich weggetreten und dann schließlich narkotisiert. Im Krankenwagen hast du anfangs eine Riesenwelle gemacht und dich geweigert, ins Krankenhaus gebracht zu werden. Du hast immer wieder gesagt, dass ein Krankenhaus nur so heißen würde, weil man dort krank herauskäme, denn sonst würde es Gesundhaus heißen.« Nach einer Weile fügte Alana hinzu: »Außerdem ist diese Ärztin viel zu jung und zu gut aussehend und hat dich zu interessiert fixiert, als dass ich dich unbesorgt hier lassen könnte.«

Lucca musste lächeln und ließ ein zweifelndes Brummen ertönen.

»Doch, doch, glaub mir.« Alana küsste Lucca auf die Stirn. »Ich glaube, es ist besser, wenn du jetzt noch etwas schläfst. Schlafen ist die beste Medizin. Pepper wird von Anna versorgt, du kannst also beruhigt schlafen.«

Lucca brummte leise und Alana, die neben ihrem Bett auf einem Stuhl saß, rückte näher und legte ihren Kopf neben Lucca auf das Kissen.

Diese lächelte schief und schloss die Augen. Alana atmete tief durch und sah die Geliebte lange an. Lucca hatte irrsinniges Glück gehabt und Alana verdrängte den Gedanken daran, was alles möglich gewesen wäre.

Im Wald wurde die ganze Nacht versucht, eine Spur von Diana Schwarze oder sie selbst zu finden.

Am Morgen waren die Suchmannschaften ausgetauscht und erweitert worden. Susanne blieb vor Ort und wollte nicht eher gehen, bis Diana Schwarze gefunden wurde. Ihre Kollegen überlegten, ob die Frau womöglich das Gelände längst verlassen hatte und mit einem irgendwo versteckten PKW auf der Flucht war. Susanne hatte angeordnet, dass das Haus von Diana Schwarze und auch Dörte Wagner überwacht wurden. So wusste sie, dass die Angestellte das Krankenhaus am frühen Morgen verlassen hatte und mit einem Taxi nach Hause gefahren war.

Die Kollegin, die das Eingangstor beobachtete, benachrichtigte Susanne, nachdem Dörte das Haus betreten hatte. Dörte traf im Haus auf Beamte, die eine akribische Hausdurchsuchung vornahmen.

Susanne fragte sich, ob sie an alle Möglichkeiten gedacht hatten, oder ob ihnen etwas entgangen war. Sie selbst glaubte, dass sich Diana Schwarze noch in dem unzugänglichen Waldgebiet aufhielt. Vielleicht wartete sie in einem Versteck ab, bis die Suchmannschaften abzögen.

Die Hunde hatten ihre Spur deutlich angezeigt, solange diese mit denen von Lucca verknüpft waren. Dann drifteten die Spuren der beiden Frauen auseinander, und die Hunde konnte weder die eine noch die andere Spur wiederaufnehmen. Es war merkwürdig. Die Frauen konnten doch nicht durch den Wald geflogen sein.

Die Hundeführerinnen und -führer zuckten immer wieder entschuldigend mit den Schultern, wenn mal wieder ein hoffnungsvoller Anfang in eine Sackgasse geführt hatte.

Am Nachmittag wurden dann zuerst die Hundestaffeln abgezogen, zwei Stunden später auch die Suchmannschaften.

Diana Schwarze blieb verschwunden.

Mona war, wie versprochen, gekommen, um Lucca abzuholen und sie mit sich nach Hause zu nehmen. Für Lucca bedeutete die verordnete Ruhe eine große Herausforderung.

Alana, die die ganze Nacht bei ihr im Krankenhaus verbracht hatte, war mit dem Versprechen nach Hause gefahren, sich spätestens am Abend telefonisch zu melden.

Am Vormittag rief Susanne an, die Mona fragte, wann sie mit Lucca sprechen könnte.

»Na ja, sprechen würde ich das nicht nennen, Susanne. Auf Grund der Verletzung der Lippe hat sie jetzt eher das volle Brummstadium erreicht.« Mona musste lachen.

»Lieber gebrummt als gar nichts gesagt. Ich muss Lucca einige Fragen stellen und würde gerne sofort vorbeikommen.« Susanne erhoffte sich Hinweise auf den Verbleib Dianas.

»Dann schwing die Hüfchen, Susanne. Du kannst mit uns

essen und ich verspreche dir, dass nur Lucca aus der Schnabeltasse trinken muss.«

»Das beruhigt mich ungemein. Bis gleich, Mona.«

Lucca schaute Mona erwartungsvoll an. »Nur brummen ist ja wohl übertrieben«, presste sie zwischen den geschlossenen Zähnen hervor.

»He, du bist ja sogar zu verstehen, wenn man sich Mühe gibt.« Mona lächelte. »Brummend hast du mir besser gefallen, du konntest nicht so viele Widerworte geben und warst mir ausgeliefert.«

»Sadistin.«

»Ja, ich muss zugeben, dass dies die eigentliche Motivation für meine Berufswahl war. Nicht nur Zahnärzte zeichnen sich durch diese Eigenschaft aus.« Sie steuerte auf Lucca zu. »Was kann ich unter diesen neuen Gesichtspunkten für dich tun?« Mona legte den Arm um die Freundin.

Luccas Antwort war nur ein kurzes Brummen.

»Okay, dann werde ich es Susanne überlassen, dich zu quälen. Sie wird gleich hier sein.« Mona stand wieder auf und ging in die Küche, um dort den Tisch für Drei zu decken. Das Gedeck für Lucca bestand tatsächlich aus einer Schnabeltasse und Mona freute sich schon diebisch auf den Blick der Freundin, wenn sie die Tasse sehen würde.

Es dauerte nicht lange und es klingelte. Mona machte die Tür auf und Susanne trat in Begleitung von Anna und Pepper ein, der schnurstracks ins Wohnzimmer ging, um sein Frauchen ausgiebig zu begrüßen. Er schnüffelte vorsichtig an Luccas Lippe und untersuchte mit seiner feinen Nase den Arm, der in einer Schlinge steckte. Lucca hatte Tränen in den Augen, als sie ihr Gesicht in das Fell des Hundes drückte.

»Hallo, Lucca. Ich hoffe, es geht dir einigermaßen.«

Susanne war an der Tür stehen geblieben und hatte die Zwiesprache der beiden abgewartet. Lucca schüttelte den Kopf als wollte sie sagen, dass es schon mal besser war. Susanne setzte sich lächelnd auf einen Sessel.

Mona rief aus der Küche »Habt ihr sie gefunden?«

»Nein, leider nicht. Es gibt keine Spur von ihr.«

Mona schaute ungläubig um die Tür. »Keine Spur? Wie kann das denn sein?«

»Es ist merkwürdig, denn tatsächlich haben weder die Hunde noch die Mannschaften eine Spur aufnehmen können.« Susanne sah Lucca an. »Ich hoffe, dass du vielleicht etwas Klarheit in die Geschichte bringen kannst. Du hast sie zuletzt gesehen.«

Mona stand auf, holte Papier und einen Stift und reichte es Lucca. »Du solltest schreiben, damit du deine Lippe nicht zu sehr strapazierst.«

Lucca nahm den Block, atmete tief durch und sah Susanne an.

»Woran kannst du dich noch erinnern, Lucca? Was ist gestern Abend geschehen?« Susanne ihrerseits hatte ein kleines Heftchen aus der Tasche gezogen, das sie aufschlug.

Lucca schrieb auf, wann sie zu Diana gefahren war und warum, dass sie dann im Wagen wach und von Diana in den Wald getrieben wurde. Als sie begriff, dass Diana sie töten wollte, habe sie eine Gelegenheit genutzt, Diana für einen Moment außer Gefecht zu setzen und zu fliehen. Sie erinnerte sich auch noch an den Schuss und die Schmerzen.

»Und dann, was war nach dem Schuss?« Susanne wartete gespannt.

»Ich bin in den Wald, mehr weiß ich nicht.« Lucca sprach durch die Zähne, ohne die Lippen zu bewegen.

Susanne hatte das Gefühl, in eine Sackgasse zu geraten. Lucca wusste entweder tatsächlich nicht mehr, was danach geschah, oder sie wollte im Moment nicht darüber sprechen.

»Kein Problem, Lucca, es fällt dir vielleicht später wieder ein. Dann erzähle ich euch erst Mal, was wir wissen. Diana ist bis jetzt nicht in ihrem Haus aufgetaucht, das rundherum bewacht wird. Es hat eine Hausdurchsuchung gegeben und es wurde unter anderem ein Notebook sichergestellt. Die Daten darauf konnten bis jetzt noch nicht vollständig ausgewertet werden, denn anscheinend hat sie dort einen Code benutzt.«

»Ich weiß vielleicht, was das ist.«

Susanne sah Lucca an. »Du weißt davon?«

Lucca schrieb auf, dass sie zufällig gesehen hatte, welche Zahlenkolonnen über den Bildschirm liefen, als parallel dazu eine Sportübertragung im Radio gesendet wurde.

»Ja, und? Was hat das miteinander zu tun?« Susanne wusste nicht, worauf Lucca hinauswollte.

»Illegale Hundewetten.« Lucca legte erschöpft den Kopf auf das Kissen.

Susanne starrte sie an. »Das ist es, Lucca.«

Sie sprang wie von der Tarantel gestochen auf und griff nach ihrem Handy, während Mona besorgt Luccas Puls fühlte. »Ich glaube, wir machen jetzt eine Pause. Das ist alles noch zu viel für dich.«

Susanne kam wieder zu ihnen. »Danke, Lucca. Ich muss jetzt los. Ich melde mich wieder bei dir, dann sprechen wir weiter.« Sie verabschiedete sich, drehte sich aber noch mal um, bevor sie das Haus verließ. »Bis wir Diana Schwarze nicht gefunden haben, bleibst du bitte hier.«

Mona war mit zur Tür gegangen und sah Susanne jetzt fragend an.

»Luccas Haus wird überwacht, zur Sicherheit sitzen auch hier zwei Beamte in einem Wagen«, sagte Susanne mit gedämpfter Stimme. »Wir können Diana Schwarze nicht einschätzen und trauen ihr alles zu.« Mit dieser Erklärung musste sich Mona zufrieden geben.

»Na, dann machen wir es uns jetzt gemütlich und essen erst mal.« Mona holte ein Tablett aus der Küche und stellte es vor Lucca ab. Auf einer weißen Serviette prangte die Schnabeltasse aus Porzellan.

Lucca stieß eine Reihe hoher Töne aus, die Pepper veranlassten, sich davon zu überzeugen, dass es seinem Menschen gut ging.

Nach dem Essen schlief Lucca und Mona nutzte die Gelegenheit, einen kleinen Spaziergang mit Pepper zu machen und anschließend mit Anna zu telefonieren. Sie tauschten sich über den Ermittlungsstand aus und verabredeten ein Treffen am Abend bei Mona.

Am späten Nachmittag rief Alana an und wurde von Mona ebenfalls für den Abend eingeladen.

So traf sich später die fast komplette Runde. Anna hatte auch die beiden Invaliden in ihren Boxen mitgebracht, worüber sich Lucca sehr freute. Siggi war seinem Temperament entsprechend völlig aus dem Häuschen, wurde schließlich von Anna aus der Box geholt und Lucca auf den Schoß gelegt, in der Hoffnung, dass ihn das beruhigen würde.

Die Greyhoundhündin lag still in ihrer Box und beobachtete das Spektakel, wobei sie Lucca nicht aus den Augen ließ.

Es herrschte ein allgemeines Tohuwabohu, denn alle redeten durcheinander, liefen rum, um sich etwas zu Trinken oder zu essen zu holen. Nach einer Viertelstunde war die allgemeine Betriebsamkeit soweit heruntergeschraubt, dass man sich unterhalten konnte.

Alle Augen richteten sich auf Susanne, die gerade Luft holte, um zu weiteren Ausführungen auszuholen, als es klingelte. Alana kam ziemlich abgehetzt ins Zimmer und entschuldigte sich für ihre Verspätung. Sie ließ sich erschöpft neben Lucca auf dem Boden nieder, aber nicht, bevor sie ihr einen zärtlichen Kuss gegeben und ihr sanft über die Wange gestreichelt hatte.

Nachdem auch Alana mit allem nötigen versorgt war, blickten wieder alle zu Susanne.

»Dein Wagen wurde inzwischen wieder freigegeben, Lucca. Dein Handy wurde von der Spurensicherung gefunden und auch untersucht. Ich habe es dir mitgebracht.« Susanne legte es auf den Hocker neben dem Sofa. »Wir haben mit Frau Wagner gesprochen, die sich überraschend schnell von ihrer unfreiwilligen Narkose erholt hat, die ihr im Tee verabreicht worden war. Sie kann angeblich nichts zu dem Verbleib von Diana Schwarze sagen.«

»Habt ihr sie noch nicht gefunden?« Alana sah Susanne nicht an, sondern blickte in ihre Teetasse.

»Immer noch spurlos verschwunden.«

»Muss sie denn gefunden werden?« Dies Mal sah Alana Susanne an.

Susanne musterte sie, bevor sie antwortete. »Die Untersuchungen könnten schneller abgeschlossen werden.«

Alana spürte Luccas Hand auf ihrer Schulter und drehte sich um. Ein liebevoller Blick Luccas zauberte ein Lächeln auf ihr Gesicht und sie entspannte sich.

»Na ja, die ach so saubere Diana Schwarze war in reichlich schmutzige Geschäfte verwickelt. Die Hundezucht diente lediglich dem seriösen äußeren Erscheinungsbild und der

Möglichkeit, Kontakte in vielen Ländern zu knüpfen. Ihr illegales Wettbüro, das sie betrieben hat, stand nur einem ausgesuchten Kundenkreis zu Verfügung und man brauchte eine persönliche Empfehlung eines Mitgliedes, um sich registrieren zu lassen. Wir haben verschiedene Konten in der Schweiz und auf exotischen Inseln gefunden. Diana Schwarze gehört zu den größten Greyhoundzüchtern Europas. Auf einer riesigen Farm in Irland züchtet sie Sieger, zur Zeit leben dort über 300 Greyhounds. Sie setzt unvorstellbare Summen mit der Zucht um.« Susanne blickte in die Runde. »Stellt euch vor, ein Siegerhund bringt bis zu 50.000 €, wenn er vor den großen Rennen angeboten wird. In Amerika hat jemand 60.000 € für einen jungen, gut durchtrainierten Hund bezahlt. Die Massenzucht macht das Geschäft lukrativ, denn nicht jeder Hund erzielt solch horrende Preise. Unsere Recherche hat ergeben, dass allein in Irland jedes Jahr 14.000 Greyhounds für die Renn-Industrie gezüchtet werden. 100 Welpen werden jedes Jahr auf der Schwarze-Farm geboren.« Susanne zog einen Umschlag aus ihrer Tasche. »Ich habe hier einige Fotos, die uns die irischen Kollegen gefaxt haben.«
Die Fotos, auf denen zu sehen war, wie zwei oder drei Hunde sich einen Zwinger teilten, der maximal drei Quadratmeter groß war, wanderten von Hand zu Hand.
Ebenso die Aufnahmen von Windhunden in jämmerlichen Verschlägen. »Teilweise werden die Hunde auf ihrer Farm in feuchten Holzkisten gehalten. Wusstet ihr, dass jährlich auf der ganzen Welt 50.000 Greyhounds aufgehängt, ertränkt oder erschlagen werden?« Susanne blickte in die Runde.
Niemand sagte etwas. Lucca hatte die Augen geschlossen und kämpfte gegen die Bilder aus Dublin, die vor ihrem inneren Auge vorbeizogen. Sie hob die Lider und Tränen

liefen über ihre Wange, als sie in die sanften Augen von Amazing Sunshine blickte. Lucca bildete sich ein, dass die Hündin sie anlächeln würde.

»Ich verbinde mit dir einen anderen Namen«, presste sie hervor und ihre Freundinnen starrten sie an.

»Was ist los?« Anna hatte nichts verstanden.

»Wer hat einen anderen Namen?« Mona sah verständnislos von einer zur anderen.

Alana schaute Lucca fragend an, obwohl sie sich denken konnte, was diese meinte.

»Amazing Sunshine.«

»Und wie willst du sie nennen?« Anna befürchtete eine weitere tierzentrierte Eskalation.

Alana spürte die Verbundenheit Luccas mit den Hunden. Für sie waren es Fantasien, aber vielleicht hatte Lucca die Hunde am Mondsee tatsächlich gesehen, vielleicht hatte sie mit Siegfried, Pepper und Amazing Sunshine so etwas wie spirituelle Telepathie vollzogen und aus der Kraft der Tiere die Stärke geschöpft, nicht aufzugeben.

»Für mich ist sie Dakota.« Lucca dachte an die Zeit ihres Studiums, in der sie sich intensiv mit der Kultur der nordamerikanischen Ureinwohner beschäftigt hatte.

»Aha, und gibt es dafür auch eine Übersetzung?« Anna hatte sich neben Susanne gesetzt und sich an sie gelehnt.

»In der Sprache der Sioux-Indianer bedeutet es ›Freund, Begleiter‹.« Obwohl sich die Freundinnen Mühe gaben, sie zu verstehen, gelang es nicht allen.

»Ich habe leider kein Wort verstanden.« Anna zuckte entschuldigend die Achseln.

Alana wiederholte, was Lucca gesagt hatte.

»Aber ich werde sie Amy rufen.« Die Hündin spitzte die Ohren, als Lucca sprach.

»Na, dann sollten wir den neuen Namen feiern.« Mona war nicht aufzuhalten. »Wir holen die Gläser aus der Küche und den Schampus aus dem Kühlschrank.« Mona ging, gefolgt von Susanne und Alana, in die Küche.

Alana hielt Susanne auf dem Flur zurück. »Ich muss mit dir reden. Können wir morgen miteinander telefonieren?«

»Klar, ich gebe dir nachher meine Karte.«

Amy ließ die improvisierte Taufe würdevoll über sich ergehen und es wurde noch ein lustiger Abend.

Alana verabschiedete sich relativ früh und fand die versprochene Karte in ihrer Jackentasche.

Lucca schlief fast unmittelbar danach ein und die Freundinnen verzogen sich leise in die Küche, um ihren Schlaf nicht zu stören.

Alana rief Susanne früh am Morgen an und verabredete sich mit ihr an dem Waldparkplatz, der in der letzten Nacht die Basis der Suchmannschaften war und wo Lucca von dem Krankenwagen aufgenommen war.

»Ich kann dir zeigen, wo ich Diana Schwarze zuletzt gesehen habe, Susanne.« Sie atmete hörbar aus.

»Dann reicht eine kleine Truppe der Spurensicherung?«

»Ich glaube schon.«

»Dann bis gleich.« Susanne hielt sich am Telefon nicht mit Fragen auf.

Eine Stunde später erwartete Alana die Beamten auf dem Parkplatz. Ein kleiner Bus fuhr vor, aus dem allerdings nur Susanne stieg.

»Ich dachte, die Kolleginnen und Kollegen bleiben erst noch so lange im Wagen, bis wir miteinander alles besprochen haben.« Susanne blickte Alana an, diese nickte.

»Ich habe sie gestern Abend gesehen, als ich Lucca suchte.« Alana sprach fast flüsternd und es war deutlich zu spüren, dass es ihr schwer fiel, über alles zu reden.

Sie blickte Susanne Hilfe suchend an und diese nickte ihr aufmunternd zu.

»Erzähl einfach, Alana.« Susanne machte den Kollegen ein Zeichen, dass sie im Wagen bleiben sollten.

»Es gibt einen Platz in diesem Wald, der für Lucca und mich von großer Bedeutung ist. Diana war uns hierher gefolgt, weil sie uns beobachtete. Sie hat uns allerdings nicht gefunden. Als wir gestern hier waren und ich den Schuss hörte, dachte ich, dass Lucca vielleicht fliehen konnte und zu unserem Platz finden würde. Ich bin also losgerannt, ohne nachzudenken. Auf dem Weg dorthin wurde meine Aufmerksamkeit plötzlich abgelenkt und ich blieb stehen.« Alana atmete tief durch, Susanne wartete schweigend ab.

»Ich leuchtete mit meiner kleinen Taschenlampe, die ich am Schlüsselbund habe, in die Richtung, wo ich glaubte, eine Bewegung wahrgenommen zu haben. Ich leuchtete direkt in zwei schreckgeweitete Augen. Viel mehr war von Diana Schwarze nicht zu sehen, denn sie steckte bis zum Kopf in einem Sumpfloch. Sie war schon bis über den Mund eingesunken und klammerte sich mit einer Hand an einem Strauch fest.« Alana sah Susanne an. »Ich habe ihr nicht geholfen, Susanne, vielleicht hätte ich ihr helfen können. Aber ich hatte schreckliche Angst um Lucca und habe mich weggedreht und bin weitergelaufen.« Alana weinte. »Ich sehe immer wieder diese Augen vor mir.«

Susanne nahm Alana in den Arm und diese ließ ihren Tränen freien Lauf.

»Es war eine schwierige Situation, du musstest dich entscheiden und du hast an Lucca gedacht. Das ist doch nachvollziehbar und niemand wird dir einen Vorwurf daraus machen.« Susanne versuchte, Alana zu beruhigen.

»Heinz, bringst du bitte einen Kaffee«, rief Susanne nach einiger Zeit zum Auto. Die Bitte wurde umgehend erfüllt und Alana trank von dem starken Gebräu. Besagter Heinz stand abwartend neben ihr und sah sie besorgt an. Sie lächelte ihm zu. »Alles okay.«

»Dann zeigst du uns am besten jetzt die Stelle, an der du Diana Schwarze zuletzt gesehen hast.« Susanne machte den Kollegen Zeichen und die Leute von der Spurensicherung zogen sich weiße Staubanzüge an und Schutzüberzieher über die Schuhe. Dann nahmen sie ihre Koffer und die Gruppe setzte sich, von Alana angeführt, in Bewegung. Nach zwanzig Minuten blieb sie stehen und deutete nach links. Alle sahen die Hand, die sich an einem Strauch festgekrallt hatte. Mehr war von Diana Schwarze nicht zu sehen.

»Danke, Alana. Du musst nicht hier bleiben. Kannst du fahren, oder soll ich dich zurück bringen?«

»Ich schaff das schon.« Alana drehte sich um und verschwand im Unterholz.

––––––––

Lucca fühlte sich schon viel besser, als sie am Morgen aufgewacht war. Mit Schrecken fiel ihr Lena ein, die mit Susi ihr Haus hütete. Sie hatte sie vollkommen vergessen!

Mona konnte sie beruhigen, denn sie hatte, umsichtig wie immer, Lena noch aus dem Krankenhaus angerufen und informiert.

Lucca schlürfte ihren Kaffee durch einen Strohhalm, während ihr gegenüber Mona genüsslich in ein Brötchen biss. Sie blickte hoch. »Ich kann es dir höchstens vorkauen.«

Lucca stöhnte auf. »Wofür braucht man Feinde, wenn man Freundinnen hat.«

»Dir scheint es wirklich besser zu gehen, wenn du frech zu deiner Krankenschwester und Ärztin wirst.« Mona drohte scherzhaft mit erhobenem Zeigefinger.

»Ich möchte wirklich gerne wieder nach Hause, Mona.«

»Bist du etwa mit meiner außergewöhnlich liebevollen und aufmunternden Pflege unzufrieden?« Mona, die genau wusste, dass Luccas Wunsch damit überhaupt nichts zu tun hatte, wollte sie ablenken, um einer depressiven Verstimmung bei ihrer Freundin vorzubeugen.

Luccas Handy meldete sich und Mona stand auf, um es ihr zu geben.

Es war eine SMS von Deirdre, die schrieb, dass die Polizei bei ihnen war, um sie zu Diana Schwarze zu befragen. Dabei hatte sie von den dramatischen Entwicklungen um Lucca erfahren und wollte nun wissen, wie es ihr geht.

Während Lucca die SMS postwendend beantwortete, klingelte Monas Telefon.

»Hallo Mona, wir haben die Schwarze gefunden, ihr könnt euch wieder normal bewegen. Der Wagen vor deinem Haus wurde bereits abgezogen.« Susanne wollte offenbar nicht mehr sagen.

»Ja, und … wo habt ihr sie gefunden und wie geht es ihr?«

»Sie ist tot, Mona. Sie steckt noch in einem Sumpfloch, aus

dem wir sie nicht herausbekommen. Ich werde wohl noch eine ganze Weile hier draußen bleiben müssen.«

Mona blickte durch die Tür zu Lucca, die immer noch mit der SMS beschäftigt war. »Soll ich es Lucca sagen?« Mona war sich nicht sicher, ob diese Information Luccas Heilungsprozess aufhalten würde.

»Das liegt bei dir. Ich rufe wieder an, wenn ich hier fertig bin und dann komme ich direkt bei dir vorbei.«

Mona ging zurück zu Lucca und setzte ein besonders unbefangenes Lächeln auf.

»Nur weil ich den Arm in einer Schlinge trage, bin ich weder taub noch blöd, Mona.« Lucca schleuderte ärgerliche Blitze aus ihren Augen.

»Entschuldige, ich wollte dich schonen.« Mona atmete tief durch. »Ich hab es nur gut gemeint.«

»Klar, ›gut gemeint‹ ist das Gegenteil von ›gut‹!« Lucca beruhigte sich wieder. »Sie ist tot?«

»Ja«, Mona nickte. »Mehr weiß ich aber auch nicht. Susanne kommt vorbei, wenn sie die Leiche geborgen haben.«

»Wo haben sie Diana gefunden?« Lucca war inzwischen perfekt im »Durch-die-Zähne-Sprechen«.

»Das hat sie mir nicht gesagt.«

In der nächsten halben Stunde standen die verschiedenen Telefone nicht still. Alana und Anna riefen an, die beide unbedingt dabei sein wollten, wenn Susanne mit den neuesten Informationen auftauchen würde, es wurde SMS an Deirdre und Charlotte geschickt. Und dann rief auch noch ein völlig aufgelöster Hans Bork an, der aus den Nachrichten erfahren hatte, dass auf seine Tochter geschossen worden war.

Mona verordnete Lucca schließlich eine einstündige Mittagsruhe und ging mit Pepper spazieren. Sie fühlte sich wie in einem Tollhaus und hoffte, dass sich die Aufregung bald legen würde.

Kriminaloberkommissarin Reiners und ihr Kölner Kollege Inspektor Kevin Spörl warteten vor dem Haus von Diana Schwarze auf Dörte Wagner. Die beiden hatten ihr Kommen angekündigt, doch jetzt schien niemand zu Hause zu sein. Inspektor Spörl betätigte ungeduldig den Klingelknopf und trommelte mit den Fingern auf den Türrahmen.
»Entschuldigen Sie bitte, ich war bei den Hunden und habe nicht rechtzeitig auf die Uhr gesehen.« Dörte Wagner lächelte zaghaft und beobachtete die Kriminalbeamten mit ängstlicher Sorge. Sie schloß die Tür auf und bat sie herein. Dörte führte sie in den Salon, in dem auch schon Karina und Lucca Platz genommen hatten.
»Was kann ich Ihnen anbieten? Kaffee? Tee? Wasser?« Dörte blickte Susanne offen an.
»Danke, Frau Wagner«, mit einem Blick auf den Kollegen sagte Susanne, »wir brauchen nichts. Danke.«
Es entstand eine kleine Pause, in der sich Susanne für das zu sammeln schien, was sie sagen musste und Dörte wappnete sich für das, was sie zu hören bekam.
»Ich muss Ihnen leider mitteilen, dass Frau Schwarze tot ist.« Susanne wartete ab, bevor sie weiter sprach.
Dörte zog die Luft heftig ein und Tränen rollten über ihre Wangen.
»Wir haben sie vor wenigen Stunden in einem Waldstück gefunden.«

»Was ist passiert?« Dörtes Blick zeugte von einer tiefen Verzweiflung.

»Sie ist in ein Sumpfloch gestürzt und ertrunken.« Susanne sprach betont ruhig.

»Hat Frau Bork etwas damit zu tun?«

»Nein. Endgültige Klarheit wird die Obduktion erbringen, aber die Spurenlage und erste Einschätzung des Gerichtsmediziners schließen Fremdverschulden fast vollständig aus.« Dörte atmete tief aus und tupfte sich die Augen.

»Wir haben da noch einige Fragen an Sie.« Susanne sah Dörte scharf an, als wollte sie einschätzen, was sie ihr noch zumuten könnte.

»Bitte fragen Sie, ich stehe das durch.« Dörte setzte sich aufrecht hin und faltete die Hände in ihrem Schoß.

»Wir brauchen für das Protokoll unter anderem noch einige Angaben zu Ihrer Person.« Susanne blickte zu ihrem Kollegen, der sein Notizbuch und einen Stift zückte.

Dörte nickte nur stumm und wartete auf die Fragen.

»Seit wann sind sie bei Frau Schwarze angestellt und in welcher Funktion?«

»Ich arbeite seit fünfzehn Jahren für sie. In der ersten Zeit nur sporadisch, seit dreizehn Jahren bin ich als Sekretärin und Haushälterin bei ihr. Seit der Zeit lebe ich auch in ihrem Haushalt. Wir haben bis vor drei Jahren in Bielefeld gelebt. Dann hat Frau Schwarze dieses Haus gekauft.«

»Sie waren sozusagen die rechte Hand Frau Schwarzes.« Dörte nickte.

»In welcher Beziehung standen sie zu ihrer Chefin?« Susanne sah ein Flackern in Dörtes Augen und beugte sich nach vorn.

»Ich, sie war …« Dörte knetete ihre Finger. »Ich bin ihre Tochter.«

»Sie sind die Tochter von Frau Schwarze?« Susanne hatte mit vielem gerechnet, aber nicht damit.

Dörte nickte.

»Können Sie uns mehr dazu sagen?« Inspektor Spörl meldete sich zu Wort.

»Meine Mutter war fünfzehn Jahre alt, als ich geboren wurde. Für ihre Familie war es ein Skandal. Die Schwangerschaft und Entbindung wurden vor der Öffentlichkeit geheim gehalten. Die Familie bestand darauf, dass ich unmittelbar nach der Geburt zur Adoption weggegeben wurde.« Dörte bekam einen starren Gesichtsausdruck. »Heinz und Beate Wagner aus Paderborn nahmen mich auf und gaben mir ihren Namen. Als ich achtzehn Jahre alt wurde, eröffneten sie mir, dass ich adoptiert sei. Das kam für mich völlig überraschend und eine Welt brach zusammen. Ich fühlte mich getäuscht und war von den Menschen, die ich bis dahin als meine Eltern gekannt hatte, enttäuscht. Sie gaben mir eine Telefonnummer und ich begann zu recherchieren, wer ich eigentlich bin und woher ich komme. Sie können sich vielleicht vorstellen, dass ich nicht mehr bei Wagners bleiben wollte.« Dörte sah Susanne mit einem Blick an, in dem immer noch die Enttäuschung zu sehen war.

»Was haben sie dann gemacht?«

»Ich bin nach Bielefeld und habe dort eine Ausbildung als Bürokauffrau gemacht.« Dörte stockte. »Und ich habe die Nähe von Diana Schwarze gesucht, nachdem ich wusste, dass sie meine leibliche Mutter ist.«

»Was hat sie dazu gesagt, als sie sich als ihre Tochter vorgestellt haben?« Susanne war neugierig.

»Sie konnte nichts dazu sagen, weil ich mich nicht zu erkennen gegeben habe.« Dörte sah Susanne an.

»Wie sollen wir das verstehen? Sie haben nie gesagt,

dass sie verwandt sind?« Susannes Stimme klang zweifelnd.

»Richtig. Ich habe es ihr nie gesagt.« Dörte schüttelte den Kopf.

»Sie haben für sie gearbeitet und in ihrem Haus mit ihr gelebt und ihr nicht gesagt, dass sie ihre Tochter sind?« Kevin Spörl konnte das nicht glauben.

»Dann hätte sie mich weggeschickt, und das wollte ich auf jeden Fall vermeiden. Ich wollte nicht wieder weggeschickt werden.« Dörtes Augen füllten sich erneut mit Tränen.

Susanne und ihr Kollege sahen sich an. »Möchten Sie, dass wir eine Pause machen, Frau Wagner?« Susanne tat diese Frau plötzlich unendlich leid.

»Es geht schon, danke.«

»Ich habe sie in den Jahren recht gut kennengelernt und je besser ich sie kannte, desto sicherer war ich mir, dass ich ihr das nicht sagen konnte.« Dörte blickte Susanne an. »Sie können das wahrscheinlich nicht verstehen, aber das hätte sie nicht ausgehalten.«

Susanne versuchte sich ein Bild von dieser komplizierten Beziehung zu machen.

»Ich habe ihr geholfen, ihr Leben zu managen und es für sie so schön wie möglich zu gestalten. Wissen Sie, sie war auf der einen Seite ein Stern, der sehr hell strahlen und in dessen Licht sich viele Menschen partizipierend aufhalten konnten. Auf der anderen Seite war sie kleinmütig, engstirnig und jederzeit bereit, völlig unkontrolliert zu reagieren, wenn etwas nicht so lief, wie sie es haben wollte.« Dörte wirkte nachdenklich und Susanne wartete mit weiteren Fragen ab. »In den letzten Jahren wurde sie immer extremer, es war so, als hätte sie zwei Gesichter.«

»Haben Sie von den Betrügereien und Steuerhinterziehungen gewusst? Sie waren ihre Sekretärin?« Kevin Spörl schaltete sich wieder ein.

»Seit fünf Jahren hat sie ihre Buchhaltung einem Steuerberater übertragen. Von den Unterlagen habe ich nie etwas gesehen. Um ihre Frage korrekt zu beantworten, nein, ich habe nichts davon gewusst. Mir war natürlich bekannt, dass sie in Irland in großem Stil eine Hundezucht betrieb und ihre Greyhounds an den großen Rennen teilnahmen. Sie hatte mich verpflichtet, darüber Stillschweigen zu wahren. Sie wollte nicht, dass das in Deutschland bekannt würde. Mehr weiß ich nicht.« Dörte Wagner schaute beide direkt an und hielt ihrem Blick stand. »Ich war in den letzten Jahren vor allem mit der Vorbereitung und Organisation von Seminaren und Vorträgen betraut, ebenso damit, sie bei ihrer Afghanenzucht zu unterstützen und sie überallhin zu begleiten.«

Die nächste Frage zu stellen, war eigentlich müßig, aber Susanne wollte die Antwort hören. »Sie haben nicht irgendwann daran gedacht, von hier wegzugehen?«

Dörte lächelte. »Nein, niemals.« Als sie die zweifelnden und ungläubigen Blicke sah, fügte sie hinzu, »sie war meine Mutter, und egal welcher Mensch sie war, ich hätte sie nie verlassen.«

Am Abend hatten sich die Freundinnen bereits vollzählig versammelt und warteten ungeduldig auf Susanne, die vor einer halben Stunde ihr Erscheinen angekündigt hatte.

Lucca ließ sich von Alana bemuttern, die das mit einer

Hingabe tat, die von Mona bewundernd und von Anna ablehnend beobachtet wurde.

»Meine Güte, Lucca, du lässt dich betütteln wie ein Baby!« Annas Stirn war in kritische Falten gezogen.

»Du bist bloß neidisch, weil sich die schärfste Nachtschwester diesseits und jenseits des Äquators um mich kümmert und ich tagsüber von Mutter Theresa versorgt werde.«

»Die sind dir von Herzen gegönnt, aber etwas wirst du doch wohl alleine machen können.«

»Möchtest du etwa mit mir zur Toilette gehen?« Lucca versuchte anzüglich zu grinsen, was ihr aber gründlich misslang.

»Wenn du schon wieder so drauf bist, brauchst du überhaupt keine Krankenschwester mehr.« Anna ging grummelnd in die Küche.

Lucca versuchte sich mühsam aufzurichten. »Ich muss tatsächlich für kleine Mädchen.« Sie schaute betreten von einer zur anderen. »Kann ich rufen, wenn ich nicht klar komme?«

»Wovon auszugehen sein wird«, war Monas lapidare Antwort.

Mit Alanas Hilfe stand Lucca auf und verschwand auf zittrigen Beinen im Bad.

»Oh, Supergirl, doch allein unterwegs?« Anna konnte sich die Bemerkung nicht verkneifen, als sie ihr auf dem Flur begegnete. Lucca machte eine wegwerfende Handbewegung und setzte ihren Weg fort. Ihr Dickkopf verbot es ihr, auch nur im Ansatz um Hilfe zu bitten und so kehrte sie nach geraumer Zeit erst wieder zurück.

Sie war gerade wieder von Alana in den Sessel verfrachtet worden, als Susanne kam, die mit freudigem Hallo begrüßt wurde.

Diese ließ sich erschöpft auf das Sofa fallen, streckte alle Viere von sich und bat um einen starken Tee. Mona, die durch Anna von Susannes Leidenschaft für Tee wusste, hatte ihren lange unbenutzten Samowar aufgebaut und so stand das Gewünschte im Handumdrehen auf dem Tisch.

Es herrschte gespanntes Schweigen und alle Augen richteten sich auf Susanne.

»Ja, dann wollen wir mal.« Sie setzte sich aufrecht hin. »Wir haben Diana Schwarze in dem Waldgebiet in einem Sumpfloch gefunden. Der Gerichtsmediziner geht nach einer ersten Untersuchung vor Ort davon aus, dass sie ertrunken und Fremdverschulden auszuschließen ist. Dies wird durch die Auswertung der Spuren bestätigt. Das endgültige Ergebnis allerdings wird erst in einigen Tagen nach der Obduktion vorliegen.«

Keine sagte etwas, sondern alle schauten weiter Susanne an.

»Die Bergung war sehr schwierig, denn ihr linker Knöchel hatte sich in einer Baumwurzel verklemmt. Es war so, als wollte der Sumpf die Frau nicht wieder hergeben. Wären wir etwas später gekommen, wäre von ihr vermutlich gar nichts mehr zu sehen gewesen.«

»Ein scheußlicher Tod.« Mona goss sich ebenfalls eine Tasse Tee ein, der sie eine Portion Rum zufügte.

»Gute Idee, Mona, bitte auch eine Tasse für mich.« Lucca war blass und sah sehr mitgenommen aus.

»Wir haben Frau Wagner informiert und haben dabei erfahren, dass sie ihre …« Susanne holte Luft.

»… Geliebte war«, vollendete Lucca den Satz.

»Nein, Dörte Wagner ist die Tochter von Diana Schwarze.« Susanne beobachtete die Wirkung ihrer Worte.

»Ihre Tochter?«, kam es wie aus einem Mund.

Susanne nickte. »Und Frau Schwarze hat es nicht gewusst. Das werden wir noch überprüfen müssen, wie einiges andere auch.«

Die Freundinnen sahen sich ungläubig an.

»Sie hat das Neugeborene auf Druck ihrer Eltern direkt nach der Geburt abgeben müssen und es komplett aus ihrem Leben gestrichen. Dörte Wagner hat sich anscheinend nie zu erkennen gegeben.« Susanne gähnte erschöpft. »Seid mir bitte nicht böse, aber ich möchte ins Bett.« Sie stand auf. »Die Ermittlungen werden noch einige Zeit in Anspruch nehmen, es geht jetzt vor allem um die Klärung der finanziellen Transaktionen.«

Anna war auch aufgestanden und beide Frauen verabschiedeten sich.

»Ich möchte auch nach Hause.« Lucca starrte an die Decke.

»Ich weiß nicht, ob das so schlau ist. Dort bist du völlig allein, Lucca.« Alanas Gesicht nahm einen besorgten Ausdruck an.

»Egal.«

Alana blickte fragend zu Mona, die mit den Schultern zuckte. »Ich glaube dir gerne, dass du deine vertraute Umgebung vermisst, aber wer soll sich dort um dich kümmern?«

»Du musst doch morgen wieder in die Praxis, dann bin ich auch allein.«

»Du schläfst heute noch mal in meinem Gästezimmer und morgen untersuche ich dich gründlich.« Mona blieb eisern und ließ sich nicht von Luccas Blick erweichen.

Bevor Mona in die Praxis fuhr, untersuchte sie Lucca und gab schließlich dem Drängen der Freundin nach, die unbedingt nach Hause wollte, und wenn es auch nur für ein paar Stunden war.

»Ich möchte nicht undankbar erscheinen, Mona, du kümmerst dich fantastisch um mich. Ich weiß gar nicht, wie ich das wiedergutmachen kann. Ohne dich und Anna wäre ich nur die Hälfte wert.« Lucca seufzte. »Ganz zu schweigen von Alana, ohne die ich gar nicht hier wäre.«

»Okay, heute in der Mittagspause fahre ich dich. Bis dahin ruhst du dich hier noch aus und rührst keinen Finger, klar!?« Mona sah ihre Freundin streng an. »Und nach der Praxis hole ich dich wieder ab, bis dahin hast du genug heimische Luft für heute geschnuppert. Du kannst auf keinen Fall schon alleine bleiben, Lucca.« Mona wartete auf Einwände, doch Lucca sagte nichts. »Deine Lippe sieht Dank der Tinktur schon ganz gut aus, eine kleine Narbe wirst du aber vielleicht behalten.«

»Eine wirklich schöne Frau kann nichts entstellen.«

»Hm, du solltest aber nahrungstechnisch bei Suppe, Eintopf und weich gekochten Nudeln bleiben. Astronautenkost wäre die Alternative!«

»Ich kann mir das Fleisch auch selbst pürrieren und dann schlürfen, vielen Dank.«

Mona überließ Lucca dem Fernsehprogramm und fuhr in die Praxis, nachdem sie noch kurz mit Pepper draußen war. Am frühen Nachmittag war Lucca wieder zu Hause und sie atmete tief durch. Mit dem Versprechen, dass die Rekonvaleszentin keinerlei Ambitionen zu sportlichen Höchstleistungen verspürte, verabschiedete Mona sich und fuhr zurück in die Praxis.

Lucca legte sich auf das Sofa und hörte per Fernabfrage ihren Anrufbeantworter ab:

»Hallo Kätzchen, hier ist dein Vater. Ich habe gerade in den Nachrichten von der Schießerei gehört. Bitte melde dich. Ich versuche es auch unter der anderen Nummer.« Ihr Vater verging vor Sorge und seine Stimme zitterte. »Lucca, Karina hier. Hab ich es dir nicht gesagt!? Diese Frau ist Gift oder vielmehr war ... Ich hoffe, dass die Gerüchte, die mir zu Ohren gekommen sind, nicht ein Fitzelchen Wahrheit enthalten, denn dann würdest du jetzt zum Beispiel querschnittsgelähmt im Rollstuhl sitzen. Melde dich.« »Hallo Lucca, hier ist Deirdre. Wie geht es dir? Danke für deine SMS, ich komme gern zu deiner Ausstellungseröffnung. Glaubst du denn, dass sie wie geplant am nächsten Wochenende stattfinden kann? Ich komme auf jeden Fall. Erhol dich gut. Ich freue mich auf ein Wiedersehen.« »Lena, hallo Lucca. Ich drück dir die Daumen, bis bald.« »Hallo Lucca, Thorsten Ziesel. Es ist wahrscheinlich im Moment völlig unpassend danach zu fragen, aber meinen Sie, dass wir die Ausstellungseröffnung am Samstag wie geplant durchführen können? Eine Verschiebung ist von unserer Seite überhaupt kein Problem. Gute Besserung. Ich melde mich wieder.« »Guten Tag, Lucca, hier spricht Dörte Wagner. Ich möchte mich gerne mit Ihnen unterhalten.« Lucca zuckte bei dieser Ankündigung zusammen und fühlte sich plötzlich vollkommen erschöpft. Die Vorstellung, Dörte Wagner könnte jetzt plötzlich hier auftauchen, ließ sie erschauern. »Ich hoffe, dass Ihre Verletzungen nicht allzu schlimm sind. Ich habe nach Ihnen gefragt, aber weder seitens der Polizei noch im Krankenhaus wollte man mir Auskunft geben. Wenn es Ihnen wieder besser geht, können Sie mich ja zurückrufen. Ich werde auf jeden Fall vorläufig hier im Haus bleiben. Es gibt jetzt viel zu regeln. Auf Wiederhören.«

Lucca schloss die Augen. Wie konnte das alles nur geschehen? Innerhalb weniger Tage hatte sich ihr Leben völlig auf den Kopf gestellt. Sie selbst hatte wie durch ein Wunder überlebt, während Diana jämmerlich ertrunken war. Sie hörte im Kopf, wie Diana hinter ihr her gerufen hatte, erst wütend, dann klang die Stimme aus der Ferne verzweifelt. Die nackte Angst hatte sie vorwärts getrieben, sie wollte nur weit, weit weg. Und als sie daran dachte, dass sie vielleicht nicht mehr aufwachen würde, war Alana plötzlich da und hatte sie in Sicherheit gebracht.

Immer wieder hörte Lucca Dianas Stimme und immer wieder sah sie die Frau vor sich, die sie bedrohte und die sie schließlich weggestoßen hatte, um zu fliehen.

Mona und Alana hatten recht, es war nicht gut für sie, alleine zu sein, und Lucca bereute schon, dass sie sich wie ein kleines Kind benommen hatte. Sie wollte nach dem Handy greifen, als sie draußen einen Wagen und schnelle Schritte hörte. Die Tür wurde vorsichtig geöffnet und Alana schaute herein.

Lucca war so erleichtert, sie zu sehen, dass ihr die Tränen kamen.

»Hallo, was ist denn los?« Alana war sofort bei ihr und nahm sie in den Arm. »Hast du Schmerzen?«

Lucca schüttelte den Kopf und versuchte zu lächeln.

»Du hast dir zu viel zugemutet, stimmts?« Alana küsste sie zärtlich. »Dann ist es ja gut, dass ich noch mit Mona telefoniert habe und sie mich gebeten hat, möglichst schnell bei dir vorbeizuschauen.«

Lucca hielt Alana fest. »Du hast mir das Leben gerettet,

Alana. Danke. Wenn du mich nicht gefunden hättest, wäre ich vermutlich verblutet.«

»Ich glaube, du dramatisierst da ein wenig, armer Liebling.«

»Nein, nein, überhaupt nicht. Ich weiß gar nicht, wie ich das jemals wiedergutmachen kann.«

»Indem du möglichst schnell wieder gesund wirst und dich nicht weiter gegen dein Pflegepersonal auflehnst. So«, Alana stand auf, »ich glaube es ist an der Zeit, dich zu Mona zurückzubringen, du siehst doch sehr käsig aus.«

Sie stützte Lucca und half ihr ins Auto, Pepper quetschte sich auf die Rückbank des Sportwagens und Alana fuhr so vorsichtig wie möglich.

Mona erwartete sie bereits. Lucca wurde ins Bett gepackt und mit den notwendigen Medikamenten versorgt. Mona war bald darauf verschwunden, denn es standen noch einige Hausbesuche auf ihrem Programm.

»Kannst du heute Nacht bei mir bleiben?«

»Nein, es geht leider nicht. Ich bin mit Stephan zu einer Kanzleifeier eingeladen. Ich muss gleich los.« Alana setzte ein aufmunterndes Lächeln auf. »Ich würde gern nach der Eröffnung bei dir bleiben, vielleicht das ganze Wochenende.« Sie küsste Lucca und stand auf. »Wir sehen uns spätestens am Wochenende, okay?« Sie winkte und war verschwunden.

Sie wollte nicht, dass Lucca mitbekam, wie schwer es ihr fiel, zurück nach Bonn und ihrem Mann zu fahren. Die Beziehung zwischen den Eheleuten war sehr angespannt, sie sahen sich kaum und wenn, dann verstand Stephan es meisterlich, in Alana Gefühle der Unzulänglichkeit und des Versagens zu wecken. Und so kühl und distanziert er zu Alana manchmal auch war, sein Verlangen nach Sex war nach wie vor eine Triebfeder seiner Beziehung zu ihr. Sie wusste, dass Stephan heute Nacht mit ihr schlafen wollen würde. Es sei denn, er konnte den verschiedenen Cocktails nicht widerstehen.

Alana wäre am liebsten bei Lucca geblieben. Ihr wurde schwindelig und sie musste anhalten. Sie ließ das Fenster herunter und atmete die frische kühle Luft ein. So konnte es nicht weitergehen. Alana hatte noch nie daran gedacht, sich von Stephan zu trennen. Sie wusste auch jetzt nicht, ob es das war, was sie in letzter Konsequenz wollte. Aber ihre Beziehung konnte so, wie sie jetzt war, nicht weitergehen. Sie musste sich klar werden, was sie wirklich wollte. Stephan war schon so lange ein Teil ihres Lebens, dass sie sich eine Zukunft ohne ihn nicht vorstellen konnte. Aber in letzter Zeit waren daran in ihr leise Zweifel wach geworden. Je mehr sie an Lucca denken musste, desto deutlicher wurde ihr die Entfremdung von ihrem Mann.

Morgen würde Charlotte kommen, mit ihr konnte sie darüber sprechen.

————————

Als Mona von den Krankenbesuchen nach Hause kam, schlief Lucca. Pepper begrüßte sie ungewöhnlich leidenschaftlich und Mona startete schnellstens zum abendlichen Gassigang, denn dem armen Hund stand schon das Wasser in den Augen.

Als sie zurück war, rief sie Anna an, um sie zu fragen, ob sie Pepper die nächsten Tage übernehmen könnte. »Ich schaffe die ganze Organisation nicht allein, Anna, und Pepper scheint bei allem derjenige zu sein, der hinten runterfällt.

Lucca ist nur ein Schatten ihrer selbst und ich bin nicht mehr davon überzeugt, dass es wirklich eine gute Idee war, sie aus dem Krankenhaus zu holen.«

»Ich komme vorbei, Mona, dann können wir uns in Ruhe unterhalten und vielleicht ist Lucca dann wach und kann mit uns gemeinsam alles Weitere überlegen.«

Mona war sehr erleichtert, dass sie Unterstützung von Anna erhielt und versprach, im Gegenzug für einen leckeren Abendsnack zu sorgen.

Als Anna kam, war Lucca tatsächlich aufgewacht und machte einen erheblich erholteren Eindruck als zuvor.

Anna hatte Siggi mitgebracht und ihn diesmal sofort zu Lucca verfrachtet, denn beide schienen eine beruhigende Wirkung aufeinander auszuüben.

»Wie lange muss er den Gips eigentlich tragen?« Lucca streichelte ihm mitleidig über die Ohren.

»Insgesamt sechs Wochen. Das wird noch eine harte Zeit für ihn …« Anna seufzte, »und uns«, fügte sie hinzu.

»Wenn wir ein großes Haus hätten, könnten wir alle dort leben, und eine ungewöhnliche Belastung wie diese jetzt würde uns nicht den letzten Nerv rauben.« Lucca starrte an die Decke. »Die Kranken könnten sich gegenseitig aufheitern und die Betreuung fiele nicht nur für eine von uns so stark ins Gewicht.« Sie sah zu Mona und Anna. »Ich kann euch gar nicht sagen, wie froh ich bin, euch zu haben. Ich hoffe, ich kann mich irgendwann entsprechend revanchieren. Dabei hoffe ich natürlich, dass ihr nicht so wie ich durch die Mangel gedreht werdet, um in den, allerdings vermutlich eher zweifelhaften, Genuss meiner Fürsorge zu kommen.«

»Die Idee mit dem Haus ist gar nicht so übel.« Annas Augen glänzten. »Allerdings müsste es die Möglichkeit bieten, dass wir uns nicht nur aus dem Weg gehen können, sondern uns grundsätzlich größtmöglichen individuellen Freiraum lassen.«

»Ihr beide und eure Träume. Was ihr nicht schon alles ausgesponnen habt in den letzten Jahren.« Mona lachte. »Vielleicht ist das eine Idee für die Zeit, wenn wir alt und gebrechlich sind.«

»Ich fühle mich jetzt schon mehr als gebrechlich.« Lucca blickte düster vor sich hin.

Beim Essen wurden Pläne geschmiedet, wie man die Remise zu einer Praxis und einer Wohnung für Anna umbauen konnte. Und zwischen jedem Löffel Kartoffelbrei mit pürrierten Möhren und Hackfleischsoße wurde von Lucca eine weitere grandiose Idee entwickelt.

»Unsere Wohn- und Arbeitskonzepte werden Geschichte schreiben, Mädels, glaubt einer armen alten Frau«, waren Luccas abschließende Worte zu diesem Thema.

Anna schlug vor, Pepper mitzunehmen, und Lucca musste versprechen, sich auszuruhen und zu pflegen, denn ansonsten wollte Mona nicht ihre Einwilligung zu Luccas Teilnahme an der Ausstellungseröffnung geben. »Ich sehe dich bis dahin überhaupt noch nicht auf den Beinen. Es wäre vernünftiger, den Termin um mindestens eine Woche zu verschieben.«

Das wiederum war das falsche Stichwort für Lucca, die sich mit Händen und Füßen gegen eine Verschiebung wehrte, ohne dass die Freundinnen verstehen konnten, was der Grund dafür war. Der Kompromiss, auf den sich Lucca schließlich einließ, war Monas Vorschlag, einen AOK-Chopper auszuleihen, um die Anstrengung in Grenzen zu halten. Lucca verdrehte die Augen und schwor sich, dass sie sich auf gar keinen Fall da reinsetzen würde.

Anna verließ schließlich lachend mit den Hunden den Ort der hitzigen Diskussion. Die Vorstellung, wie Lucca mit Leichenbittermine im Rollstuhl durch die Gegend geschoben wurde, erheiterte Anna ungemein.

Charlotte kam wie angekündigt am Donnerstag aus New York und wurde von Alana am Flughafen erwartet. Charlotte hatte ihren Plan, direkt zu ihrer Mutter zu fahren, aufgegeben, nachdem Alana sie telefonisch gebeten hatte, bei ihr zu übernachten.

Sie hatte von den dramatischen Entwicklungen der letzten Tage nichts mitbekommen und geriet im Nachhinein in Angst und Schrecken, als ihr Alana die Geschichte erzählte.

Stephan hatte sich nach der nächtlichen Aussprache mit seiner Frau eine »Auszeit« verordnet und war für ein langes Wochenende verreist, sodass Alana und Charlotte Zeit für sich hatten und sich ausgiebig unterhalten konnten, ohne Rücksicht auf Stephans Bedürfnisse nehmen zu müssen.

Charlotte hatte sofort begriffen, dass es zwischen Alana und Stephan zu Differenzen gekommen war, die das Maß allen bisher dagewesenen überschritt.

»Du hast ihm von Lucca erzählt?« Charlotte staunte über ihre Freundin, die nie Schwierigkeiten damit hatte, ihre Affären vollkommen auszublenden und vor Stephan geheim zu halten. »Warum?«

»Lucca ist nicht irgendeine Affäre, Charlo«, Alana benutzte

unbewusst den vertrauten Namen aus Jugendzeiten. »Sie ist mir sehr wichtig und ich will sie nicht verstecken.«

»Und Stephan?«

»Ich glaube, er nimmt mich nicht ganz ernst. Er war irgendwie gönnerhaft, er geht nicht davon aus, dass mein sexuelles Interesse für eine Frau lange anhalten wird. Er nannte Lucca ein Spielzeug, dass ich ausprobieren und zur Seite legen würde, weil ich mehr, nämlich, wie er sagte, einen Mann brauchen würde. Er war ekelhaft.« Alana sah Charlotte an, die zu ihrer Freundin kam und sie in den Arm nahm. Charlotte hütete sich zu sagen, dass sie auch überlegt hatte, ob Lucca ein sexuelles Experiment sei, das auf dem Hintergrund einer frustrierten Ehefrau zu verstehen war. Sie würde Alana dies sicherlich noch fragen, aber nicht jetzt.

»Weißt du, mich interessieren auch nicht plötzlich »die« Frauen, ich will nicht mit irgendwelchen anderen Frauen zusammen sein, ich will nur Lucca.«

»Das hört sich ganz anders an, als bei deinen Männergeschichten vorher, Alana.« Charlotte strich ihr über das Haar. »Du hast dich verliebt, richtig verliebt.« Charlotte dachte daran, dass ihrer Freundin mit großer Wahrscheinlichkeit eine ebensolche Enttäuschung bevorstand, wie sie selbst vor Kurzem erlebt hatte. Lucca war schließlich immer noch Lucca.

»Ich kann mir denken, was dir gerade durch den Kopf geht, Charlo. Wie blöd muss ich sein, um mich in diese Frau zu verlieben, und dass eine langfristige Beziehung mit ihr Utopie ist.« Sie sah Charlotte ernst an. »Ich werde es versuchen, Charlo, ich werde es auf jeden Fall versuchen.«

»Wenn Lucca mitkriegt, dass du in längeren Perspektiven denkst, ist sie schneller weg, als wir beide pieps sagen können.«

»Vielleicht unterschätzt du sie, Charlotte.« Alana sah zu ihrer Freundin. »Und mich möglicherweise auch.«

Das Freitagstreffen fand bei Mona statt und alle Freundinnen waren da. Es herrschte aufgeregtes Stimmengewirr. Fragen über Fragen prasselten auf Charlotte nieder, denn alle wollten wissen, was mit dem scharfen Schotten war, wie weit die Pläne für eine gemeinsame Wohnung gediehen waren und überhaupt und sowieso. Ebenso musste Anna sich Fragen nach Susanne gefallen lassen, die heute nicht dabei sein konnte, weil sie überraschend wegen der Ermittlungen im Fall Schwarze in Irland war. Es war geplant, dass sie zur Eröffnung am frühen Abend mit der Maschine aus Dublin kommen und direkt zur Galerie fahren würde.

Mona traktierte Lucca weiterhin mit fürchterlich riechenden und entsprechend schmeckenden Kräuteraufgüssen. Das tapfere Trinken dieser Tees wurde von den anderen mit lautem Johlen quittiert und die Vermutung ging rund, dass, nach dem Geruch zu urteilen, ein Inhaltsstoff Fledermausmist sein musste.

Die Stimmung an diesem Abend war sehr ausgelassen und fröhlich und gegen 23 Uhr wurde der erschöpften Lucca Nachtruhe verordnet. Sie protestierte nur schwach, denn Alana wollte unverzüglich den nachtschwesterlichen Dienst übernehmen. Diese Aussicht stimmte sie ausgesprochen zufrieden und so waren die beiden nach wenigen Minuten verschwunden, um sich über die Erwartungen an die Art der Betreuung auszutauschen. Lucca schien es offensichtlich bestens zu gehen, denn trotz eingeschränkter Einsatzfähigkeiten entwickelte sie Ideen, die es in sich hatten, und in der Nacht setzte Alana weiterer Aktivitäten mit dem Hinweis auf den kommenden Tag ein Ende.

Eine Stunde vor der Eröffnung war Lucca vor lauter Lampenfieber nicht mehr ansprechbar. Da sie der Galerie zwangsläufig freie Hand für die letzten Arbeiten geben musste, als sie selbst nicht in der Lage war, sich zu engagieren, war sie gespannt, wie die Fotografien in den Räumen nun tatsächlich wirken würden.

Mona hatte tatsächlich einen Rollstuhl organisiert, dessen Anblick Lucca an den Rand des Wahnsinns trieb. Alana, Mona und Charlotte redeten mit Engelszungen auf sie ein, damit sie das Vehikel wenigstens mitnehmen konnten.

Thorsten Ziesel erwartete sie eine Stunde vor der offiziellen Eröffnung, zu der er persönliche Einladungskarten verschickt hatte. Auf Grund der unfreiwilligen Publicity war von ihm ein Sicherheitsservice damit beauftragt worden, den Eingang zu sichern. Der Galerist rechnete mit erheblich mehr Gästen, als dies unter anderen Umständen der Fall gewesen wäre. Viele Neugierige würden heute Abend erscheinen, die ihre Einladung sonst in den Papierkorb geworfen oder weitergereicht hätten. Die Presse hatte sich ebenfalls in einem Ausmaß angemeldet, das ungewöhnlich war.

Lucca Bork war im Moment die Sensation und alle wollten

heute Abend ihre neuesten Arbeiten sehen. Natürlich wollten auch viele sie selbst sehen und kamen nur, um hinterher davon erzählen zu können.

Eine halbe Stunde vor Eröffnungsbeginn standen die Gäste draußen Schlange und die Security ließ, nach Absprache mit Thorsten Ziesel, nur eine begrenzte Zahl herein. Die anderen mussten warten, bis jemand die Veranstaltung verließ, um nachrücken zu können.

Lucca setzte sich freiwillig in den Rollstuhl, nachdem sie das dritte Kurzinterview für einen Fernsehsender gegeben hatte. Es waren nur Fragen zu ihrer Arbeit im Rahmen der Ausstellung erlaubt, aber allein das zehrte erheblich an ihren Kräften.

Als die Presse bedient war, kehrte eine gewisse Ruhe ein und Lucca konnte sich einzelnen Gästen widmen.

Alana brachte ihr ein Glas Wasser und beobachtete sie besorgt. Lucca erstarrte plötzlich zur Salzsäule und sah zur Tür.

»Was ist los, Liebling, was ist mit dir?« Alana beugte sich zu ihr runter.

»Was ist denn mit ihm passiert?«, flüsterte Lucca, die weiterhin zur Tür starrte. Alana blickte nun ebenfalls dorthin und sah einen älteren Herrn mit einer Frau am Arm dort stehen.

»Kennst du die Leute?«

»Das ist mein Vater, sieh nur, wie er ausstaffiert ist.« Lucca schluckte. »Das ist total peinlich.«

»Was denn?« Alana verstand nichts.

»Diese Frau hat keinen guten Einfluss, zumindest hat sie einen grottenschlechten Geschmack. Mein Vater sieht ja aus wie ein verhinderter Gigolo mit seinen weißen Schühchen.« Lucca war entsetzt.

Ihr Vater hatte sie entdeckt und kam freudestrahlend mit Renate auf sie zu. Als er realisierte, dass seine Tochter im Rollstuhl saß, wurde er weiß wie die Wand. Um ihrem Vater die erste Angst zu nehmen, stand sie etwas mühsam auf, damit er sehen konnte, dass sie nicht gelähmt oder sonstwie schwer verletzt war. Ihr Vater reagierte mit prompter Erleichterung, noch bevor er sie zur Begrüßung in den Arm nahm.

»Ich habe den Stuhl nur, damit ich mich ausruhen kann«, flüsterte sie ihm ins Ohr.

»Gott sei Dank, ich dachte schon das Schlimmste, als ich dich sah«, flüsterte er zurück. Es schien so, als wollte Herr Bork seine Tochter gar nicht mehr loslassen. Lucca kannte keinen derartigen Gefühlsausbruch bei ihrem Vater und sie beendete die Situation, die ihr unangenehm wurde, indem sie sich in den Rollstuhl fallen ließ und ihrem Vater Alana vorstellte, die neben ihnen stand. Nun vollführte ihr Vater zu ihrem Staunen eine ähnlich emotionale Begrüßung und nahm Alana in den Arm. Diese erwiderte die Begrüßung mindestens ebenso herzlich, so als würden sie beide sich schon seit Jahren kennen.

Mona, die als einzige ihrer langjährigen Freundinnen Luccas Vater tatsächlich kannte, eilte auf sie zu und beendete den Begrüßungsreigen.

Renate hatte die ganze Zeit milde lächelnd daneben gestanden und nutzte nun die Gelegenheit, Lucca die Hand hinzustrecken. Die weitere Vorstellung fiel zwar freundlich, aber erheblich distanzierter aus.

Die nächste halbe Stunde verbrachte Lucca damit, die Hände der verschiedensten Menschen zu schütteln und ihre Fragen zu der Ausstellung zu beantworten. Dann erschien Mona und entführte sie in Ziesels Büro. »Ich gebe dir noch maximal eine Stunde, Lucca, aber nur, wenn du ab jetzt im Rollstuhl sitzen bleibst. Du siehst aus wie ausgespuckt, wenn ich dir das in aller Herzlichkeit sagen darf.«

»Ich fühl mich auch nicht mehr ganz taufrisch. Lass uns die Zelte hier abbrechen und zu mir fahren.«

Mona hatte mit Gegenwehr gerechnet und war nun sprachlos. »Okay, in einer halben Stunde. Dann kannst du dich jetzt langsam verabschieden.« Mona schob Lucca zurück.

Lena war mit Angela gekommen und wurde freudig begrüßt. »Wenn ihr euch umgesehen habt, dann kommt doch zu uns, wir stehen im Moment noch da an der Säule«, Lucca deutete auf den ausgelassenen Kreis, »wir fahren aber gleich zu mir raus, da wird die eigentliche Party steigen. Ihr beide kommt hoffentlich mit?!«

»Wenn wir Susi mitbringen können, sehr gerne.«

»Das war doch hoffentlich keine Frage, Lena!«

»Hallo, Lucca«, flötete es von rechts. Karina beugte sich herunter und gab Lucca einen herzhaften Kuss auf den Mund. Alana sah Mona fragend an. Diese schüttelte beruhigend den Kopf. Lucca, die sich von ihrer Überraschung erholt hatte, stellte Karina Alana vor. »Ah ja, die sexy Stimme. Hallo.« Alana lächelte Karina an. Bevor diese etwas fragen konnte, hatte sich Alana umgedreht und steuerte auf Charlotte zu, die mit Anna vor einer der Fotografien stand.

»Sexy Stimme? Wer ist Alana, Lucca?«

Mona wartete gespannt auf Luccas Antwort.

»Sie ist die Frau, die mir das Leben gerettet hat … wir sind zusammen.«

»Darüber müssen wir mal in einer ruhigen Stunde sprechen.« Karina lächelte Lucca an und blickte in den Raum. »Wer ist denn das messerscharfe rothaarige Gerät da neben Anna?«

»Deirdre, und du darfst den Mund ruhig wieder zumachen, steht dir irgendwie besser.«

Mona schob Lucca zu der Runde der Freundinnen. Susanne und Deirdre waren gerade angekommen. Sie hatten sich tatsächlich schon in Dublin auf dem Flughafen kennengelernt, saßen während des Fluges nebeneinander und hatten sich prächtig unterhalten.

Karina steuerte unter vollen Segeln auf Deirdre zu. Doch bevor sie zum finalen Entern ansetzen konnte, wurde sie sanft mit einem leisen »Sorry« von Deirdre zur Seite geschoben, die gerade Lucca entdeckt hatte und freudestrahlend auf sie zukam. Mona konnte sich ein Grinsen nicht verkneifen, ein Blick zu Alana sagte ihr, dass auch sie dieses kleine Missgeschick gesehen und ihren Spaß daran hatte.

Charlotte hatte alles aus der Entfernung beobachtet, den übertriebenen Begrüßungskuss von Karina, Alanas Rückzug, die verunglückte Kontaktaufnahme zu Deirdre und die Freude von Alana und Mona über diese Aktion. Alana würde ein dickes Fell brauchen, da war sie sich sicher. Und so wie Deirdre jetzt Lucca ansah, würde das die Sache auch nicht erleichtern.

»Lucca, herzlichen Glückwunsch.« Deirdre war neben dem Rollstuhl in die Hocke gegangen und sah Lucca an. Sie strich über ihre unverletzte Schulter und lächelte mitfühlend. »Die Ausstellung ist ein großer Erfolg, nehme ich an?«

»Lass dich von den Gaffern nicht beeindrucken. Viele sind nur aus Sensationslust hier. Warten wir mal ab, wie die Szene reagiert.« Lucca schaute sich um. »Komm, ich möchte dich meinen Freundinnen vorstellen, zuerst allerdings Alana.«

Die Genannte kam gerade mit einem Tablett voller Sektgläser von der kleinen Bar zurück.

Karina schien sich von ihrem Rückschlag erholt zu haben und schob sich zwischen Alana und Deirdre, nachdem sich die beiden begrüßt hatten.

»Die irischen Kollegen waren fabelhaft«, sagte Susanne in die Runde. »Wir werden die Ermittlungen bald abschließen.«

»In Irland hatte Diana einen ganz anderen Ruf als hier bei euch.« Deirdre nippte an ihrem Glas. »Sie war als knallharte und gnadenlose Geschäftsfrau bekannt und gefürchtet. Es gibt niemanden in Irland, der mit ihr befreundet sein wollte.«

»Ja, sie scheint eine einsame Frau gewesen zu sein, mit einer erheblichen kriminellen Energie versehen.« Susanne hob ihr Glas und prostete Lucca zu. »Auf den für dich glimpflichen Ausgang der Geschichte.«

Bevor zum endgültigen Aufbruch geblasen wurde, erlebte Charlotte noch die Überraschung des Abends. Lucca bemerkte den schlanken Mann als Erste, der suchend an der Bar stand. Sein Gesicht hellte sich auf, als er die ausgelassene Runde sah, die sich um Lucca geschart hatte, und er steuerte schnurstracks auf sie zu. Als ein sonores Hallo ertönte, verschluckte sich Charlotte fast an ihrem Sekt und riss die Augen auf. Der Schotte war da. Er wollte Angenehmes mit Nützlichem verbinden und hatte am Nachmittag eine dienstliche Besprechung im Amerikahaus in Köln mit dem Überraschungsbesuch bei Charlotte verknüpft. Sean wurde sofort herzlich aufgenommen und zur weiteren Feier in Luccas Haus eingeladen.

Hans Bork und Renate wollten nicht mitfahren und so verabredete Lucca sich mit ihrem Vater und seiner zukünftigen Frau zum Mittagessen.

Dann gab sie das Zeichen zum Aufbruch, alle verteilten sich

auf die unterschiedlichen Autos und machten sich auf den Weg. Sie trudelten nach und nach ein.

Alana und Mona hatten Lucca in den großen Sessel bugsiert und sich dann in die Küche zurückgezogen, um einen Imbiss vorzubereiten.

Charlotte und Sean räumten im Wohnzimmer den Teppich zur Seite und starteten die Musik.

Lena und Angela sorgten für Getränke. Susi hatte sich zu Pepper gesellt, der mit ihr zu Santiago getrottet war.

Deirdre hatte sich zu Lucca gesellt und beide unterhielten sich angeregt.

Karina war zwischen Deirdre und Sean offensichtlich hin- und hergerissen und hielt sich an einem Glas Rotwein fest.

»Tja, ich schätze, für Miss Erotikon wird der Abend in einer Enttäuschung enden.« Mona lehnte am Türrahmen und sprach mit Alana, die ihrerseits das Gespann Lucca und Deirdre im Auge behielt.

Anna und Susanne kamen zuletzt, da sie zu Hause vorbeigefahren waren, um Siggi und Amy zu holen. Susi machte sich den beiden bekannt und suchte dann wieder die Gesellschaft von Pepper auf.

Es gab reichlich vom schottischen und irischen Nationalgetränk und als Deirdre eine irische Trommel entdeckte, wurde gesungen und getanzt. Sean bedauerte, dass es in Luccas Haus zwar jede Menge unterschiedlicher Trommeln, aber keinen Dudelsack gab und versuchte dann, mit seinem Mund für entsprechende Ersatzmusik zu sorgen. Es herrschte eine fröhliche Stimmung, es wurde gesungen, gelacht, getanzt bis in den frühen Morgen.

Lucca hielt, an Alana gekuschelt, erstaunlich lange durch, doch irgendwann musste sie der Anstrengung Tribut zollen und wurde ins Bett verbannt. Ein Blick Luccas genügte und Alana sagte ebenfalls Gute Nacht und zog sich mit ihr nach oben zurück.

Das Gästezimmer war für Deirdre vorbereitet, die anderen würden sehen, wo sie wann schlafen würden.

Lucca war gespannt darauf, wer beim Frühstück noch da sein würde, und sie fragte sich, ob Deirdre heute alleine schlafen würde. So wie sich die Lage entwickelt hatte, schien Karina sich gute Chancen erarbeitet zu haben, das Lager mit ihr zu teilen.

Im Badezimmer starrte Lucca in den Spiegel. »Ich hab schon mal besser ausgesehen.«

Alana drückte ihr Zahnpasta auf die Bürste und gab sie ihr. »Du kennst doch den alten Spruch, eine wirklich schöne Frau kann nichts entstellen, Lucca.« Sie strich ihr übers Haar. »Sag mir lieber, welch exquisites Nachtgewand ich dir holen soll.«

»Gar keins.« Lucca spuckte die Zahnpasta aus, spülte und sah Alana herausfordernd an.

»Sollte wieder Leben in die gebeutelten Knochen kommen, oder wie habe ich den frechen Blick zu deuten?« Alana küsste Lucca vorsichtig auf den Mund.

»Leben ist gar kein Ausdruck«, flüsterte diese und zog Alana mit einem Arm an sich. »Nachdem du mich bekanntlich tagelang schmählich alleingelassen und vernachlässigt hast, hatte ich ausreichend Zeit, in der Theorie die eine oder andere Technik zu entwickeln, die zwar Rücksicht auf meinen eingeschränkten körperlichen Einsatzbereich nimmt, aber unsere Lust nicht behindert. Und ich würde dir jetzt gern etwas davon vorstellen.«

Alana hatte sich inzwischen ausgezogen und presste ihren weichen warmen Körper an Lucca. »Und warum stehst du

dann noch hier rum und laberst mir 'nen Knopf an die
Backe?«

www.zornroeschen.de

Kontakt- und Informationsstelle gegen sexuellen
Missbrauch an Mädchen und Jungen